Valérie-Anne Henrard

Agathine & les murmols

EDITIONS ATRIA

553 rue Saint Nicolas – 59235 Bersée

Dépôt légal : Septembre 2009

ISBN 978-2-918078-07-4

Illustrations de couverture :

Kevin Vanbelle

Illustrateur Graphiste

06.82.03.94.56

kevin.vanbelle@laposte.net

Partie 1

Magos Mobilis

1

Agathine They en avait assez. En repensant à la dernière sortie qu'elle avait faite avec sa mère, il lui semblait que tous ses amis avaient des mères normales sauf elle.

Fred, par exemple, sa mère était infirmière. C'est bien ça, une infirmière, elle soigne les gens.

Chez les Barst-Rathen, elle restait à la maison et passait son temps à la décorer.

Tristan D'Allebard était un cas particulier puisqu'il vivait seul avec son père Gaberick, historien.

Quant à la mère de sa meilleure amie Irina, c'est simple : elle adorait cette femme qui venait d'un autre pays, avait toujours de drôles d'idées et cuisinait des plats bizarres. De temps en temps, elle parlait une autre langue qu'on ne comprenait pas. Ça c'était drôle ! Mais pour Agathine, 15 ans, sa mère était folle, absolument folle.

Théodora They parlait tout le temps toute seule. Enfin, pas vraiment toute seule. On avait toujours l'impression qu'elle s'adressait aux objets : la table, les chaises, le buffet. Et ce n'était pas amusant du tout. Les amis d'Agathine trouvaient sa mère *super chouette,* mais elle, ça la gênait beaucoup. Si encore elle s'était contentée de ne faire ça qu'à la maison…

Mais non... Dans les magasins, c'était pareil ! Alors Agathine en avait assez !

Son père aussi en avait eu assez et les avait quittées il y a cinq ans : incompatibilité entre son travail et l'originalité de maman. Il avait refait sa vie avec une femme normale. Pas très aimable mais normale ! A partir de ce moment, les visites de son père s'étaient espacées jusqu'à devenir quasi inexistantes : un coup de fil ou un mail de temps en temps. Agathine se doutait bien que sa belle-mère y était pour quelque chose.

Face à Théodora They, il n'y avait que trois attitudes possibles : la honte (ce qui était le lot quotidien de la jeune fille), le malaise (généralement en feignant d'ignorer purement et simplement les élucubrations de madame They) ou la peur. Agathine plaçait sa belle-mère dans cette troisième catégorie : l'anormalité des autres effraie.

La sonnette de la porte d'entrée ramena Agathine à la réalité. C'était sûrement Alex qui passait la prendre. Elle saisit sa gibecière et s'apprêtait à fermer la porte de sa chambre lorsqu'un couinement lui fit rebrousser chemin.

— Ce que tu peux être goinfre toi, alors ! lança-t-elle d'un ton faussement réprobateur à l'adresse de l'animal tout en lui donnant une poignée de foin.

A la réflexion, elle se dit que parler à un cochon d'inde devait bien être aussi dingue que de parler aux meubles.

- Mais au moins tu es vivant ! Et puis, des tas de gens parlent à leurs animaux. C'est ordinaire, ça. Allez hop, je file. Salut Panda !

En arrivant à la cuisine, la jeune fille trouva Théodora They en tenue de travail : un pantalon ample et un sweat-shirt crème dont les manches étaient bariolées aux couleurs de l'arc en ciel.

– Ça n'est pas Alex que j'ai vu dehors ?

Entre deux accolades, Agathine lui expliqua que c'était effectivement Alex, qu'elle était pressée, qu'elle n'avait pas trop le temps de discuter… Une façon comme une autre d'éluder la conversation mais elle était soulagée : sa mère ne sortirait pas pendant son absence. Quand elle commençait à travailler, elle restait enfermée dans son atelier et brossait, ponçait, vernissait, ravivait des vieux meubles. Bien sûr, elle allait parler toute seule, mais au moins, elle n'allait pas le faire en présence d'étrangers.

Madame They était restauratrice, elle n'avait pas son pareil pour travailler le bois. Elle redonnait vie de façon unique à tous les vieux meubles qu'on voulait bien lui confier. Bon nombre d'entre eux venaient du magasin d'antiquités, le Magos Mobilis, tenu par Monsieur Corbelin.

L'adolescente soupira de soulagement : c'était journée shopping avec la bande et si sa mère restait dans son atelier, il n'y aurait aucun risque de la rencontrer chez l'antiquaire, elle allait pouvoir lui acheter son cadeau de Noël sans qu'elle le sache. Elle tenta donc une sortie rapide, presque une fuite, avant de subir un autre matraquage de questions.

2

Alex Barst-Rathen était un garçon élancé, aux cheveux frisés. Ses petits yeux verts vous regardaient d'un air malicieux, comme si tout ce que vous lui disiez était drôle. On ne savait jamais s'il écoutait ou s'il s'en moquait. C'était précisément ce que la jeune fille aimait chez lui : ses interlocuteurs étaient incapables de déterminer ce qui avait de l'importance ou non à ses yeux.

En attendant, ils étaient terriblement en retard et il fallut courir jusqu'à l'arrêt de bus, au bout du sentier.

– Mais vous le faites exprès ou quoi ? On se gèle à vous attendre ! 20 minutes de retard ! On a déjà loupé le premier bus !

Aïe, Irina s'était levée du mauvais pied.

Irina Tassilov, une petite poupée de porcelaine, des cheveux brillants avec d'immenses yeux noirs interrogateurs et surtout, une façon bien à elle de marier les couleurs et les motifs. Aujourd'hui, par exemple, elle portait une jupe imprimée à fleurs avec un long pull-over, ce qui aurait été parfait si elle s'était arrêtée là (quoique la jupe fût un peu longue pour elle). Mais en plus, elle était affublée d'un long cardigan enrichi de spirales surpiquées multicolores.

Ahhhhhh!!!! Le groupe évita aussi de poser les yeux sur son écharpe, on l'aurait crue tout droit sortie d'un match de football avec ses lignes bariolées jaunes et orange…

Totalement insensible aux regards des uns et des autres, Irina continua sur sa lancée.

– Vous savez déjà ce que vous voulez acheter comme cadeaux au moins ?

Agathine sauta sur l'occasion.

– J'avais envie d'aller au Magos Mobilis, j'y ai vu un vieux coffret à bijoux. Et toi, Fred?

Fred Chirivel était à la discrétion ce qu'Irina était à l'exubérance. D'un naturel taquin, il était la coqueluche des filles du lycée, sans doute attirées par sa silhouette sportive, accentuée par des vêtements portés près du corps. Des lunettes rectangulaires à la monture noire rehaussaient ses yeux bleu acier. Un catogan emprisonnait sa crinière châtain vers l'arrière. Il était toujours un peu en concurrence avec Alex, car tous deux faisaient partie de l'équipe de base-ball, probablement la seule de la région. Ça n'était pas pour leur déplaire. Comme Irina, mais dans un registre différent, ces deux-là aimaient bien se démarquer des autres.

La bande étant au complet, ils mirent à profit les quelques minutes qu'il leur restait pour faire le point car Noël, c'était dans deux jours !

Fred voulait aller au centre commercial *Le Galion*, son budget ne lui permettant pas autre chose qu'une grande surface.

Irina voulait faire un saut dans une parfumerie. Alex, égal à lui-même, s'en fichait un peu, il comptait sur l'inspiration.

Le bus arriva enfin. Tous commençaient à avoir froid. En s'engouffrant à l'intérieur, leur plan d'action était tracé.

Tout d'abord Fred. A cette heure matinale, il y aurait moins de monde dans l'hypermarché. Ensuite, direction la parfumerie pour Irina. Ce trajet les mènerait doucement vers la sortie qui débouchait dans la rue du *Magos Mobilis*. En route, si la chance leur souriait et si Alex voulait s'en donner la peine, les achats de Noël pourraient être bouclés assez vite : ils passeraient devant au moins dix boutiques différentes avant d'arriver au magasin d'antiquités !

C'est là où Tristan les rejoindrait. Flâner, regarder les boutiques, il avait horreur de ça. Et quand bien même, il n'avait guère d'alternative en matière de cadeaux avec son père : une connotation historique était impérative.

Le ralliement avait donc été décidé chez Monsieur Corbelin dont l'échoppe se trouvait en bordure d'un bloc de trois maisons très anciennes, la dernière étant celle de Tristan. Les D'Allebard y étaient installés depuis de nombreuses générations.

C'était peut-être pour cela que son père était historien, cette demeure était littéralement envahie de vieux souvenirs. Du mobilier aux livres, tous avaient une place dans la genèse familiale… Ah si les meubles pouvaient parler …

Si les objets pouvaient parler tout court, ils leur seraient d'un grand secours car, bien entendu, si pour Irina et Fred, les emplettes avaient été rondement menées, pour ne pas dire expédiées, on ne pouvait pas en dire autant de *monsieur* Alex. Cela faisait bien un quart d'heure qu'il les trimballait entre la bijouterie fantaisie et le magasin de disques.

– Alex, cesse de tergiverser et décide-toi, pressa Irina visiblement à bout de patience. Tu veux un avis féminin ? Si c'était moi, je prendrais les boucles d'oreilles.

Cette réponse laissa Alex pantois : comment faire confiance à une fille qui ne sait même pas coordonner ses tenues.

Finalement, l'intervention d'Irina eut du bon car il opta pour le DVD.

– Maman va adorer, c'est son acteur préféré et on ne le voit plus beaucoup à l'écran.

En son for intérieur, Alex essayait de se rassurer sur son choix. Le reste du groupe était plutôt soulagé d'avoir terminé.

En route pour le *Magos Mobilis* !

3

Mâche-la-Poix, rue du Bout d'En Bas : la boutique était à peine visible qu'ils se firent accueillir fraîchement par un :

– Vous avez dévalisé les magasins pour arriver aussi « vite » !

Ça c'était Tristan : un grincheux jamais content. Un garçon très gentil et serviable au demeurant mais il ne supportait pas qu'une chose ne se déroulât pas comme il l'avait prévue, alors il bougonnait. Tout le monde était habitué maintenant et généralement, on faisait diversion avec une question bateau. Le salut vint d'Alex cette fois-ci.

– Qu'est-ce qu'on fait après ? Je boirai bien quelque chose de chaud. Les magasins, ça me creuse.

La colère de Tristan retomba aussitôt. Il offrit une petite collation chez lui : proposition acceptée à l'unanimité. D'autant qu'aucun d'entre eux n'avait vraiment envie de repartir vers le centre commercial, tant le froid commençait à les engourdir.

Pour l'heure, ils pénétrèrent au numéro 1, chez Paul Corbelin, antiquaire.

Le *Magos Mobilis* était un magasin atypique qui contrastait avec la modernité extérieure. La boutique toute entière, de la devanture aux meubles, donnait l'impression d'être d'un autre temps.

Tout d'abord, on devait pousser la porte d'entrée -une belle porte vitrée en chêne- à l'aide d'une béquille.

On franchissait le seuil du magasin au son d'une cloche et on était immédiatement saisi par une bonne odeur de chêne, de noyer, de hêtre. Tout se mélangeait à l'instar du joyeux bric-à-brac qui régnait dans l'entrée. On y trouvait des coffres cachés par d'immenses tableaux, des guéridons si surchargés de petits objets -des cuillères, des verres, des bougeoirs- qu'on aurait été surpris d'apprendre qu'ils étaient également à vendre. Au fond du rez-de-chaussée, le gros mobilier : des garde-robes sans porte et des buffets qui ne fermaient pas et pour cause : les étagères débordaient ! On ne prêtait même plus attention aux autres trésors et merveilleux objets disposés dans les niches car il y en avait trop, beaucoup trop !

Le tintement de la cloche ayant averti le maître des lieux de la présence de clients, il sortit de sa tanière.

L'antiquaire était un homme fluet dont les vêtements étaient à l'image de son univers : désuets. Il arborait ce jour-là un costume trois pièces gris anthracite avec de fines rayures blanches, qui n'était pas sans rappeler la couleur de ses cheveux poivre et sel. Agathine n'aurait su donner l'âge de cet homme. Elle l'avait toujours connu et d'après les bribes de conversations qu'elle avait pu saisir, son amitié avec sa mère remontait à un passé bien antérieur à sa naissance. De ce fait, elle l'apparentait plus à un aïeul qu'à un ami de la famille.

— Agathine They, comme cela fait plaisir de te voir ici. Je constate que tu es venue avec ton escorte. Bonjour jeunes gens.

D'un seul cœur, le petit groupe renvoya sa politesse au marchand.

— Alors, que puis-je pour toi ? enchaîna-t-il.

— Je voudrais savoir si vous avez encore le coffret à bijoux que j'ai vu la dernière fois où je suis venue. J'aimerais l'offrir à maman pour Noël et puis mon ami Tristan D'Allebard, que voici, voudrait quelque chose pour son père. Si vous pouviez nous conseiller.

— Mais bien sûr, avec joie, répondit-il en ajustant ses minces lunettes en écaille sur son nez.

Les jeunes gens virent le bonhomme s'éloigner un instant dans l'arrière boutique pour en revenir un coffret à la main.

C'était une pièce assez rustique dont le bois n'avait pas été protégé et dont le dessus était noirci par de nombreuses manipulations, tout comme la sculpture qui ornait le couvercle, impossible à identifier.

— Il est dans un sale état, j'aurais honte de présenter un tel objet à ma mère sans lui redonner une seconde jeunesse. Monsieur Corbelin, croyez-vous que je puisse utiliser les produits de maman pour cela ?

— Certainement, je t'y engage ! Il me semble… Oui, je dois même pouvoir te faire la liste des ingrédients à utiliser.

Une petite lueur de malice égaya le regard du vieil homme. Il s'apprêtait à se mettre en route lorsqu'un homme élancé à l'air sévère fit son entrée dans le magasin. Il avait une petite bouche fine, des yeux rapprochés, un large front accentué par une calvitie naissante et des cheveux châtain clair coupés très courts. Son long pardessus noir assorti d'une écharpe grise le faisait ressembler à un corbeau et le rendait d'emblée antipathique.

Paul Corbelin paraissait décidé à faire patienter le nouveau venu. Ils se croisèrent du regard et l'antiquaire se figea.

— Excusez-moi jeunes gens.

Le petit homme fluet planta là la jeunesse pour trottiner à la rencontre de son visiteur.

La discussion ne s'éternisa pas. Après quelques phrases animées accompagnées de gestes saccadés, le teint habituellement gris pâle du vieil homme passa au rouge vermillon. Il était tellement excité que sa voix monta d'une octave. Les jeunes gens entendirent cet homme, habituellement si calme, clamer à l'inconnu :

— On vous a mal renseigné monsieur, je n'ai pas cet écrit.

La réponse ne parut pas satisfaire le client qui insista mais l'antiquaire restait inflexible.

— Inutile de vous obstiner, il n'est pas en ma possession... Adieu Monsieur.

Le groupe était embarrassé, surpris par l'agressivité de la conversation et surtout choqué par l'emportement d'un homme qui, il y a cinq minutes à peine, était toute sérénité.

Visiblement dépité, mais convaincu que son interlocuteur camperait sur ses positions, le sinistre individu tourna les talons et sortit du *Magos Mobilis* dans un tel état de contrariété qu'après son passage, le bâton de la cloche résonna longtemps.

4

Magnus Charoniax affichait encore les traces de la violente discussion qu'il venait d'avoir avec l'antiquaire. Incapable d'avoir une idée claire, son visage était rouge et ses mains tremblaient. Il répétait sans cesse « *si près du but !* ».

Ces trois derniers mois, il les avait passés à rencontrer des maîtres d'armes, des forgerons, des joailliers.

Ces entrevues avaient toutes abouties à la même conclusion : il lui fallait le parchemin du derve. Il enquêta alors auprès des prêtres et des historiens, rendit visite à une multitude d'antiquaires.

Absent depuis une quinzaine d'années, il avait eu du mal à contacter ces personnes. Il avait d'abord dû gagner leur confiance, puis les convaincre de se rallier à son nouveau projet.

Il ne s'était pas offusqué de l'ignorance des gens à son égard, la plupart méconnaissait son importance dans le monde de l'archéologie. *Ils sont trop jeunes,* se disait-il. *Peu se souviennent encore qu'il y a quinze ans, j'étais sur le point de faire la plus importante des découvertes : l'épée d'Alexandre le Grand ! Leur méfiance est légitime, ils ne savent pas à qui ils ont affaire. Mais bientôt,* se disait Charoniax, *grâce à cette nouvelle épée, je serai de nouveau le plus grand et ils le sauront tous.* Puis brandissant le poing en direction du magasin, il vociféra : « *et ce n'est pas cette vieille chouette qui m'en empêchera !* »

Le nom du *Magos Mobilis* avait été prononcé par un ébéniste. Il n'avait pas fait le rapprochement immédiatement. Ce n'est qu'en voyant l'antiquaire qu'il avait reconnu celui à qui il devait son exil, celui qui lui avait mis des bâtons dans les roues et avait fait échouer son plan grandiose. A l'époque, il avait sous-estimé son adversaire. Il ne ferait pas deux fois la même erreur.

Il était sûr que le parchemin était dans ce magasin et il trouverait un moyen pour se l'approprier. Il devait juste attendre d'être plus calme pour découvrir comment.

Si ces jeunes gringalets n'avaient pas été là, pensait-il, *je n'aurais fait qu'une bouchée de tout son fourbi !*

D'ailleurs, bizarrement, ces visages ne lui semblaient pas totalement inconnus. Dès qu'il les avait vus, il avait ressenti comme une familiarité, un déjà vu.

Il s'éloigna toujours de fort mauvaise humeur, et préoccupé. Alors qu'il traversait la rue, il s'arrêta net au grand dam des automobilistes qui prirent pour une insulte le sourire béat que leur renvoyait ce crétin qui cherchait à se faire écraser. Insensible au tohu-bohu qu'il venait de créer, Charoniax reprit sa route d'un pas plus léger, en sautillant presque. Il n'avait plus besoin du parchemin. Il savait comment parvenir jusqu'à l'épée.

5

Théodora They posa un instant son pinceau pour admirer le liquide brillant imprégner délicatement le nouveau meuble. De toutes les étapes, c'était celle-ci qu'elle affectionnait le plus. Cela aurait pu être le moment où elle le débarrassait de toutes ses couches accumulées au fil des siècles et de la mode, ou alors le jour de leur première rencontre quand elle détectait qu'un meuble était spécialement fait pour être travaillé par elle. Malgré tout ce qu'il pouvait lui raconter au fur et à mesure de sa lente résurrection, cette phase finale l'avait toujours fait frémir. Déjà elle frissonnait à l'idée que d'ici une à deux minutes, le bonheur-du-jour allait revenir à la vie. Bien sûr, elle avait au cours de sa carrière fait quelques petites erreurs. Il lui était arrivé une fois de s'être donné grand'peine pour une commode qui s'était avérée une copie ou alors de sortir de sa léthargie un confiturier qui préférait dormir profondément plutôt que de servir d'objet de décoration à une maisonnée peu respectueuse de sa fonction de garde-manger.

Mais pour l'heure, Théodora They avait d'autres préoccupations que le bienfondé de son diagnostic. Sa fille Agathine allait bientôt hériter. Elle ne s'attendait pas à ce que celle-ci découvre avec gaieté de cœur le don que la famille They lui léguait. Peut-être avec un peu de chance, sauterait-il une génération ? Cela avait été le cas avec son propre père -le grand-père d'Agathine- qui n'avait rien reçu, ou si peu, au profond désespoir de ses parents. Mais lorsque l'héritage fut transmis à Théodora, quelle fierté : il avait plus que doublé ! Cela n'avait pas gêné Théodora, mais elle doutait qu'il en soit de même pour sa fille. Elle voyait bien comme ça l'embarrassait de voir sa mère parler aux meubles… Sinon, il lui restait l'espoir que la dotation soit convertie, c'était arrivé à son ami l'antiquaire.

Comme à son habitude, la restauratrice avait fini par prendre à partie le meuble et cherchait son appui :

– Franchement, si elle s'en donnait la peine, elle verrait à quel point une conversation avec du vieux bois peut-être enrichissante… Oh pardon, je n'avais pas vu que tu étais réveillé, s'excusa-t-elle auprès du bonheur-du-jour. J'entendais vieux dans le sens d'ancien bien sûr… Oui, je vois que tu t'interroges sur mes vêtements. C'est que tu as dormi longtemps… Laisse-moi te résumer les quelques années que tu as à rattraper...

Alors, oubliant ses tracas familiaux, Théodora They sortit de sous son plan de travail un énorme livre portant le titre *« Petites et grandes histoires à raconter aux murmols qui se réveillent »*. Elle le déplia face cachée sur le meuble, en le soulevant à intervalles réguliers pour tourner les pages, sans pour autant cesser son verbiage.

6

Au *Magos Mobilis*, tout le monde était encore perturbé par le passage mouvementé du client forcené.

L'antiquaire peinait à retrouver son souffle et ses idées.

– Où en étions-nous ? Ah oui... Le jeune D'Allebard.

Son regard se voila de nouveau pour reprendre aussitôt avec énergie :

– Votre père est pratiquement mon voisin, non ? Il faudra lui dire de venir me voir, nous avons de quoi parler pendant des heures et... j'ai comme l'impression que monsieur votre père est un vrai courant d'air, je ne le vois pas beaucoup.

– C'est vrai, en ce moment il travaille sur un document familial très ancien qui pourrait faire remonter notre histoire généalogique au VIIIe siècle. Il est tellement fasciné qu'il en oublie mon existence. Si je pouvais lui offrir un objet qui puisse détourner son attention, ça me plairait bien.

– Je vois, je vois... Mmmmm... Venez, montons à l'étage supérieur, j'ai un document à vous montrer.

Le petit bonhomme les invita à le suivre et la troupe s'aligna à la queue-leu-leu dans l'escalier en colimaçon.

C'était l'endroit du magasin qu'Agathine préférait. Elle avait toujours aimé poser sa main sur la pomme du pilastre, une pomme bien ronde, surmontée d'un cabochon en ambre.

Mais cette fois-ci, le plaisir lui était quelque peu gâché par une contrariété difficile à évacuer. À cause de cet esclandre, Corbelin ne lui avait pas expliqué comment rénover son coffret. D'un autre côté, elle hésitait à le lui rappeler, l'incident avait l'air d'avoir laissé quelques notes d'électricité dans l'air.

Le premier étage du *Magos Mobilis* n'avait rien à voir avec le rez-de-chaussée. Ici, tout était ordonné, rangé. L'ascension de l'escalier leur avait offert un voyage aux antipodes : un ordre méticuleux régnait ici.

Le palier débouchait sur une immense antichambre en forme d'arc de cercle divisé en trois quartiers. Chaque clivage était dédié à une ère différente de l'histoire et donnait sur une double porte-fenêtre. La première pièce était plutôt tournée vers l'époque romaine, la Gaule, l'Égypte ancienne. Une amphore aux personnages peints en noir faisait le lien avec la pièce suivante, visiblement axée sur le moyen âge. Cet endroit semblait inviter la troupe à s'asseoir. De fait, la proposition vint de l'antiquaire lui-même. Agathine et ses amis prirent place autour d'une table en chêne sur des chaises si massives qu'ils peinaient à les soulever. Peu habitués à ce style de mobilier, certains se sentaient légèrement mal à l'aise et, pour se donner une contenance, ils se concentrèrent sur les deux mannequins qui les entouraient de chaque côté de la table : un homme et une femme dont les vêtements étaient cachés par une cape entourée de fourrure.

En l'absence de leur hôte qui s'était éclipsé derrière la porte-fenêtre, Irina, la plus proche de la troisième pièce, se risqua à un commentaire.

– J'aimerais bien avoir ce salon chez moi, tu as vu les couleurs et les motifs floraux ? Et tous ces lys peints à la main !

Comme toujours, lorsque leur camarade émettait une appréciation artistique, les autres évitaient de relever.

Tristan de son côté était intéressé par l'amphore.

– Ouah ! Ces silhouettes, on dirait qu'elles sont sur le point de danser !

Alex ne détachait pas ses yeux de l'épée incrustée de pierres posée négligemment sur la table.

L'attention de Fred n'était pas portée sur les objets :

– Si à chaque fois que l'on monte d'un étage c'est plus ordonné, qu'est-ce que cela doit être au deuxième ! Tu y es déjà allé Gaty ?

La question resta sans réponse car l'homme au complet anthracite était réapparu à la porte-fenêtre, les yeux brillants, tenant un parchemin entre ses mains.

— Jeune homme, voici de quoi satisfaire les deux D'Allebard, père et fils.

— Qu'est-ce que c'est ? demanda Tristan intrigué.

— Un écrit de la main même d'un descendant de votre famille. Je pense que c'est sur lui que portent les recherches de votre père.

Égaré un instant dans les méandres de sa généalogie, Tristan resta bouche bée, puis reprit le dessus.

— Le document est signé…

— Godesalc D'Alebaerd, confirma l'antiquaire triomphant et dont la voix pétillait de malice.

Tristan se mit à bégayer, son visage était d'une pâleur surprenante.

— C'est lui, c'est lui que mon père cherche à identifier ! Comment…

Un évènement pour le groupe : Tristan perdait de sa superbe !

— Tristan, poursuivait le philanthrope, cela faisait longtemps que je souhaitais m'entretenir avec ton père à ce sujet. Je n'en avais jamais eu l'occasion à ce jour. Je pense que le moment est venu. Sois seulement prudent lorsque tu lui offriras ce parchemin, il se pourrait que ce qu'il y lise ne lui plaise pas ou le perturbe. Si tel est le cas, dis-lui de venir me voir.

En fils d'historien, Tristan connaissait la valeur d'un tel document, il lui paraissait impensable qu'il puisse acquérir ce parchemin. La gorge nouée, il tenta une explication :

– Monsieur Corbelin, je ne peux pas vous acheter un document pareil, il vaut une fortune ! Il doit dater du…

L'antiquaire esquissa un sourire.

– Du VIIIe siècle, oui jeune D'Allebard, il est des histoires qu'il vaut mieux rendre à qui de droit plutôt que de les voir livrées en pâture à des pharisiens. J'ai la certitude que votre père sera de cet avis et qu'il partagera cette découverte avec vous. Il prendra soin de cet écrit plus que quiconque car il en connaît la valeur. C'est ce qui m'importe le plus.

– Mais…

– Jeune homme, réglez-moi simplement selon votre porte-monnaie et votre conscience, ainsi l'affaire sera conclue.

Agathine savait que lorsque Corbelin se mettait à vouvoyer son interlocuteur, il n'y avait plus matière à discuter. Et s'il se mettait à employer du mademoiselle par-ci ou du jeune homme par-là, voire du monsieur, il allait sérieusement se fâcher. Aussi fit-elle signe à son ami, encore tout déconcerté, qu'il était inutile d'insister.

C'était décidément la journée des surprises. Mais ce n'était pas fini. Sur le point de prendre congé, l'antiquaire prit la jeune fille en aparté :

– Demande à ta mère de venir me voir dès qu'elle le pourra. J'ai quelque chose pour elle aussi.

Cette requête perturba Agathine qui n'avait jamais vu autant de facettes de ce drôle de bonhomme en un seul après-midi : affable, irritable, catégorique et pour finir, soucieux !

7

En sortant du 1 rue du Bout d'En Bas, la petite troupe fila se réchauffer au 3, la résidence des D'Allebard. Réunis autour de la boisson réconfortante promise par Tristan, ils restèrent tous silencieux, encore déroutés par les évènements.

La chaleur du breuvage et le fait d'être regroupés autour de la table ronde de la salle à manger délia les langues.

– C'est un drôle de bonhomme ton Corbelin, commença Fred.

– Son magasin est surprenant. Tu crois qu'il sait exactement ce qu'il possède ? s'interrogeait Irina.

– Je me demande ce que le monsieur à l'allure de corbeau lui voulait.

A priori, Alex n'avait pas aimé ce visiteur non plus.

– Je suis impatient de savoir ce qu'il y a dans ce parchemin. Quel cadeau ! Quelle affaire ! Si cet homme les traite toutes de cette façon, il court à sa ruine ! Il n'empêche que grâce à lui, je vais pouvoir épater mon père. Vous réalisez... Godesalc D'Alebaerd !

Mais tout le monde se rendait surtout compte que si Tristan continuait comme ça, il allait s'étouffer.

— Non, justement, on ne réalise pas, rétorqua Irina agacée. C'est qui ce Gode… truc ?

- Godesalc D'Alebaerd, c'est le plus ancien descendant que mon père ait pu identifier ! Il aurait été apprenti chez le célèbre maître forgeron : Mugnifican.

— Ah bon ? Et il a forgé quoi de spécial, ton maître Mugnifican ?

— Durandal, l'épée de Roland !

Tristan avait tendance à oublier que tout le monde ne passait pas ses week-ends comme son père à farfouiller dans les arbres généalogiques, les catalogues des musées, les registres des prieurés ou tout autre endroit possédant des écrits susceptibles de révéler aux D'Allebard un peu de leur histoire. Aussi, comprenait-il difficilement le flottement qu'il percevait chez sa camarade. Condescendant, il décida de mettre cette ignare de copine sur la voie :

— Roncevaux… le massacre des troupes de Roland… qui sonna de l'olifant pour appeler à l'aide…

Le visage d'Irina affichait toujours l'incompréhension. Cela ne surprit guère Alex et Agathine. Tout le monde savait que la demoiselle s'adonnait à la lecture de magazines en cours d'histoire ! Alex restait imperturbable, mais le groupe savait que cela ne voulait rien dire.

Sur sa lancée, Tristan poursuivit ses explications :

— D'après les écrits retrouvés par mon père, mon ancêtre aurait participé à cette bataille... Je me demande ce qu'il raconte, dit-il en lorgnant du côté du parchemin.

La curiosité de Tristan ne surprit personne… Les autres aussi avaient envie de savoir ce que l'ancêtre avait écrit. Mais tout de même, c'était le cadeau de Noël de son père !

Le groupe se rapprocha. L'esprit mêlé de culpabilité et d'excitation, ils déroulèrent le parchemin.

Première déception : le texte était en latin.

Tristan bénit alors son paternel pour les après-midis dominicaux passés à apprendre ces langues anciennes. Il avait toujours considéré ces connaissances rébarbatives et totalement inutiles, mais elles constituaient le seul moyen de s'immiscer dans l'emploi du temps de son père.

Il se mit à tripatouiller ses bouclettes brunes, signe d'extrême concentration.

— Alors ?

— Minute, je ne suis pas agrégé de traduction, monsieur Fred. Traduire du latin, c'est plus compliqué qu'une partie de morpion.

— Oh là, si c'est pour se disputer, je ne veux pas savoir ce que raconte le parchemin, tempéra Irina.

— Oui, bon. Voilà, enchaîna Tristan, qui fit comme si de rien n'était. J'ai un problème. La traduction n'a pas de sens... enfin si, elle a un sens, mais il y a quelques mots impossible à traduire.

— Dis-nous toujours, encouragea Alex jusque là silencieux.

Leur ami, conscient de son importance se redressa et commença.

« Moi, Godesalc D'Alebaerd, fils de Venance D'Alebaerd et d'Ingonde Mugnifican, petit fils du maître Mugnifican, compagnon d'arme de Rolland, je meurs. Je n'ai pas le temps d'ôter les pouvoirs de Murgleis, je peux… la faire taire… Que personne ne trouve son tombeau. Quant à Durandal, je la fais parvenir par mon murmol dévoué. Puissent… les… majiscribes la mettre à l'abri »

Silence suivi immédiatement d'une cacophonie invraisemblable.

— C'est qui Murgleis ? attaquait Irina.

Impossible pour Tristan de répondre, Fred enchaînait sur : « c'est quoi un murmol ?»

Alex, lui, parvint à placer :

— Durandal… l'épée de Roland et les majiscribes, tu es sûr Tristan ?

… entre deux interventions annexes d'Agathine sur Mugnifican

— Le petit-fils du maître forgeron ! Ton ancêtre a peut-être participé à la fabrication de Durandal !

Tristan ne s'y retrouvait plus, il tapa du poing sur la table en scandant un STOP de désespoir. Ce qui eut le mérite de couper l'élan inquisiteur. Le traducteur en herbe mit alors les choses au point.

— Je vous avais prévenus, une traduction pas terrible.

Alex persévéra :

— Mais quand même, Durandal… l'épée que Roland avait à Roncevaux !

— Tu te rends compte ! Le petit fils de Mugnifican ! persistait Agathine totalement excitée à l'idée que son ami puisse avoir une si noble généalogie.

Tristan capitula.

— Oui, je n'ai pas de doute là-dessus. Mais le reste, je n'y comprends rien. Prenez *Majiscribus :* je n'ai jamais vu ce mot dans aucun livre. Je reconnais tout au plus la racine *scribus* qui veut dire écrivain.

— Et pour *murmol*, s'enquit Alex.

— Alors là…

— Dommage, il va falloir que tu attendes ton père.

La réflexion d'Irina ne choqua personne. Elle avait toujours le mot juste pour encourager... à contresens.

Du rez-de-chaussée leur parvint un cliquetis accompagné d'un bruit de porte.

— Ah ! Zut ! mon père, s'affola Tristan en enroulant maladroitement le parchemin.

— Tristan, c'est toi ? demanda une voix rauque.

— Oui, père, je suis avec mes amis dans la salle à manger.

Sur ces entrefaites, il fila au deuxième étage, emportant avec lui l'objet des controverses, puis redescendit un livre entre les mains. Au même moment, D'Allebard père faisait irruption dans la pièce. C'était un homme courtaud avec des cheveux bruns et bouclés, comme son fils. Il portait des lunettes en demi-lune. Avec son pull en jacquard et son pantalon en velours rouille, il ressemblait parfaitement à l'idée que l'on se faisait de sa profession : rat de bibliothèque.

Apercevant le livre que Tristan tenait à la main, il ne put se retenir d'un : Oh, Charlemagne… le VIIIe siècle…

— Oui, on prépare un exposé sur les batailles tragiques. On a choisi Roncevaux. Qu'est-ce que tu en penses ?

Le fils connaissait bien son père, nul besoin de le pousser pour qu'il les éclaire sur cette histoire.

— Une bataille bien mystérieuse est toujours un très bon choix. Evidemment, vous êtes limités par les documents relatant la version historique, mais il vous reste toujours la version romancée écrite trois siècles plus tard… Enfin elle n'en reste pas moins une attaque épique.

— Monsieur D'Allebard, qui est Murgleis ?

Une fois de plus Irina mettait les pieds dans le plat. Des éclairs fusèrent dans sa direction et les cœurs, proches de l'apoplexie, retinrent leur respiration.

— C'est le nom que Ganelon avait donné à son épée. Ganelon, c'est celui qui -aux dires de cette chanson de geste du XIe siècle- aurait révélé la position de Roland à ses ennemis. Vous êtes donc dans la partie romancée de la bataille car aucun document datant de cette époque n'est venu confirmer qu'il était un traître. Il faut surtout être prudent avec cette version de Roncevaux, elle a longtemps fait croire que Roland avait été attaqué par les Sarrasins, mais en fait, il s'agissait d'un guet-apens tendu par les Maures....

Les explications de son père n'intéressaient déjà plus Tristan qui recentra la conversation.

— Mais père, si on trouvait un document qui dise le contraire... Que Ganelon était maléfique. Qu'est-ce que cela voudrait dire ?

— Simplement que la chanson de geste n'était pas aussi romancée que cela. Sur ce point, je dois avouer que pour nous, historiens, il subsiste encore beaucoup de zones d'ombre concernant le rôle précis des personnes présentes sur le champ de bataille et à sa périphérie !

Alex, d'habitude discret, interrompit ces passionnants débats entre père et fils, pour revenir sur les interprétations historiques.

— Je ne comprends pas, monsieur, pourquoi, si ce sont les Basques qui ont attaqué, la chanson de Roland dit que ce sont les Sarrasins. Et pourquoi aurait-on inventé tout cela ?

— Les raisons sont nombreuses, Alex : politiques, journalistiques, idéologies sociales. On pourrait considérer que l'écrit du XIe siècle est une version romancée d'un évènement qui s'est déroulé quelques 300 ans plus tôt. De nos jours, on parlerait de docu-fiction…

Un silence s'installa dans la pièce, non pas par manque de conversation mais parce que chacun était engagé dans une réflexion intense.

D'Allebard père fut le premier à faire part de son cheminement intérieur.

— C'est une coïncidence... Vous ai-je dit qu'un de mes ancêtres avait participé à cette épopée ? Godesalc D'Alebaerd… Ganelon… Savez-vous que ces deux épées sont aussi célèbres que leurs propriétaires ? Elles sont souvent associées à l'éternel duel entre le bien et le mal. Durandal étant l'épée du bien et Murgleis, celle du mal…

Guère plus avancés sur les mots *majiscribes* et *murmols*, mais fortement impressionnés par les passages fiables de la traduction du parchemin, et tout ce qu'il aurait pu impliquer et signifier pour les D'Allebard, les apprentis archéologues devinèrent qu'à ce stade de la conversation, s'aventurer dans une discussion plus ardue risquait de mettre en péril le secret de leur ami Tristan.

Aussi, d'un accord tacite, ils remercièrent leur hôte et prirent congé.

8

Une fois à l'extérieur, l'interprétation du parchemin et ses mots intrigants continua d'échauffer les esprits. Même le taciturne Fred était gagné par la fièvre du savoir.

— Alors ça voudrait dire que ce roman du XIe siècle aurait du vrai ?

— Pas du tout, réfuta Irina. Ce que Tristan nous a lu veut dire que c'est Murgleis, l'épée de Ganelon qui a fait quelque chose !

— Bien sûr, renchérit Alex. Certainement que Tristan s'est trompé… une épée avec des pouvoirs ! Il ne manque plus que Merlin l'enchanteur !

Le groupe n'était pas plus avancé et le mystère du parchemin n'était toujours pas élucidé.

En descendant du bus, ils avaient non seulement les bras chargés de sacs (surtout Fred), mais la tête bien pleine de mots comme *murmols* et *majiscribes*. Ils se séparèrent au point de ralliement du matin en promettant de se tenir au courant sur l'affaire de Tristan. Comme à l'aller, Alex raccompagna Agathine un bout de chemin.

— Qu'est-ce que tu fais cet après-midi ?

— Je pense que je vais essayer de redonner un aspect présentable à ce coffre à bijoux, si je parviens à mettre maman dehors bien sûr. Et toi ?

— Je vais peut-être tenter de percer le mystère *murmols-majiscribes*. Moi aussi, j'ai des livres à la maison.

Agathine avait presque oublié… Alex avait beau être la plupart du temps sur une autre planète, sauf quand il jouait au base-ball, c'était le plus brillant de la bande. Tristan était certainement très fort en histoire et en latin comme son père, mais Alex avait des connaissances incroyables. Il excellait dans toutes les matières. Ce qui perturbait les autres, ce n'était pas tant sa culture, mais le fait qu'il n'en faisait jamais étalage. Cette désinvolture constante le rendait attachant et les personnes qu'il côtoyait se sentaient en confiance.

Agathine se sépara de son compagnon de route en lui criant bonne chance, avant d'emprunter seule le chemin qui la ramenait chez elle.

Le perron n'était pas encore franchi que déjà, on percevait que Théodora They avait bien travaillé : une forte odeur de poussière de bois parvenait de l'atelier.

Cela rappela à la jeune fille le message qu'elle devait délivrer de la part de Corbelin. Elle monta en hâte son paquet à l'abri dans sa chambre pour aller s'entretenir avec sa mère.

— Tu es déjà revenue ? Je pensais que tu allais passer la journée au Galion.

— Non, il faisait trop froid.

Vite, il fallait trouver une question pour détourner l'attention ! Tôt ou tard, sa mère finirait par faire un recoupement et alors… adieu la surprise !

— Oh, tu as bougrement avancé… C'est un bonheur-du-jour, n'est-ce pas ?

— Hmm, tu commences à maîtriser le mobilier XVIIIe siècle ! Tu entends ça, mon petit père ? dit-elle en s'adressant au meuble.

Théodora étant repartie dans son délire, l'adolescente y vit une opportunité pour se débarrasser de sa mission sans éveiller les soupçons maternels.

— Au fait, j'ai rencontré Monsieur Corbelin, il voudrait que tu passes le voir.

— Il t'a dit pourquoi ?

— Non, mais il avait l'air soucieux.

— Je passerai cet après-midi… j'en ai fini avec toi de toute façon !

Les conciliabules de sa mère avec un pseudo interlocuteur la mettaient toujours mal à l'aise, elle préféra s'éclipser.

Arrivée dans sa chambre, elle examina de plus près le coffret à bijoux. D'après les explications de Corbelin, il appartenait à une dame noble du XIVe siècle mais l'antiquaire estimait qu'il datait d'un siècle bien antérieur. Elle chercha à déterminer de quel bois il était fait.

Si Tristan occupait ses dimanches avec son père à apprendre les langues anciennes, Agathine, elle, les consacrait à étudier avec sa mère les différentes sortes de bois. Comme Tristan, elle ne comprenait pas l'utilité de ces cours, mais le résultat était identique : un moment de complicité avec sa mère. Si elle avait correctement retenu, son coffret était en bois de châtaignier. Elle risqua un léger brossage de la sculpture du couvercle, pour s'apercevoir qu'il s'agissait en fait d'une incrustation en ivoire et apparemment, les bordures étaient en cuivre gravé !!!!

Elle réalisa alors l'ampleur de la tâche qui l'attendait, surtout sans les conseils de Corbelin ! Mais ce serait bien le diable si elle n'arrivait pas à trouver une méthodologie parmi les livres de sa mère. Au pire, trouverait-elle un pot d'abrasif, de laque ou de lustrage entassé dans l'atelier qui conviendrait.

Derrière elle, un cri strident et répété se fit entendre.

— Misère, Panda, tu meurs de soif, c'est ça ? Je suis désolée, trop d'évènements à gérer depuis ce matin. Voilà… ça va mieux ma petite boule de poils ?

— A table ! entonna la voix enjouée de Théodora They du bas de l'escalier.

Pendant le repas, Agathine dut essuyer une pluie de questions inquisitrices auxquelles elle avait échappé jusqu'à présent. Impossible de fuir ! Ce fut une réelle délivrance lorsque sa mère prit la route du *Magos Mobilis* !

9

Si vous cherchez un bouquin pour vous détendre, vous frappez à la mauvaise porte : aucun livre moderne ici, que des livres reliés à la croûte de cuir ternie par le soleil !

Avant de commencer les recherches, Agathine laissa ses yeux vagabonder dans la pièce, c'était la première fois qu'elle venait à l'atelier en l'absence de sa mère et sans son autorisation.

De bibliothèque, il n'y en avait pas. Les livres étaient rangés dans deux armoires en vis-à-vis, chacune composée de huit travées. Les panneaux étaient illustrés de sujets peints en blanc sur un fond vermillon et, en s'attardant un peu, on constatait qu'il ne s'agissait rien moins que de Guillaume le conquérant, celui de la tapisserie de Bayeux. Au dessus, les fleurons terminant les montants représentaient des animaux fantastiques. En retrait, le long d'un mur, un lutrin, lui aussi peu commun. Sur un pied très travaillé, étaient disposées deux tablettes surplombées par un animal de légende : une tête de dragon. Contrairement aux représentations habituelles sur les lutrins, l'animal ne servait pas de support aux pupitres, il les regardait ! Dans le fond, du mobilier en souffrance de traitement et au milieu un large plan de travail, avec de chaque côté un accès direct aux pots multicolores. C'était le seul meuble fait avec un matériau moderne, une espèce d'aggloméré disposé sur des tréteaux. L'adolescente n'avait jamais compris le choix de sa mère pour cet espace de travail, elle qui adorait le vrai bois !

— Il faut que je me remue si je veux faire avancer mon projet aujourd'hui. Voyons... la porte de droite : orfèvres et damnations... non... derve et fier de l'être... passons ! Culture et ravivance... non ! Combattre un ponce-pirate... toujours pas ! Si dans les cinq prochains livres je ne trouve rien, je vais voir ce que disent les pots.

Les cinq prochains livres ne furent pas une bonne pioche. Loin de se décourager, la jeune fille poursuivit ses investigations.

— Peut-être ne suis-je pas dans la bonne armoire... Que raconte celle de gauche... pfff.... Goulites et ébroyns... Orfèvres et farlaff... encore des orfèvres... Druides et gnarnuls... Bon, je crois que j'ai fait le tour.

Se redressant, elle s'apprêtait à prendre la direction du vaisselier à pots, lorsqu'elle pila net tel un chien d'arrêt devant le gibier. Elle repartit vers l'armoire, rouvrit la porte de gauche et laissa ses doigts écarter nerveusement quelques livres indésirables. Enfin, elle se releva le visage rougi par l'effort et l'étonnement. Sur la tranche, on pouvait lire le titre : Parler murmol.

En proie à une vive émotion, Agathine arpentait l'atelier de long en large, réfléchissant à la marche à suivre.

– Incroyable, invraisemblable… Un livre qui parle des murmols. Que faire… Téléphoner à Tristan ? Alex ?… Alex ! Tristan est plus éloigné et sans moyen de locomotion.

Impatiente et incapable de tenir en place jusqu'à l'arrivée de son ami, elle tenta de ronger son frein en examinant les pots. Le libellé des étiquettes était aussi édifiant que celui des livres. Néanmoins, elle parvint à identifier quelques mots :

– *Lustrage cuivre.* Ah, celui-ci pourrait m'être utile… *Laque murmol,* encore ce mot. Mieux vaut ne pas s'en servir tant que l'on ignore ce qu'il signifie. *Gnarnul châtaigner*… décidément…

10

Au loin, le scooter d'Alex lançait des coups d'accélérateurs saccadés qui en disaient long sur son impatience à rejoindre sa camarade.

— Tu l'as déjà lu, qu'est-ce qu'il dit ?

— Je t'attendais, viens, posons-le sur ce pupitre.

Le livre était assez lourd et sur sa couverture en cuir, en lettres embossées, on pouvait lire :

Iltud : Parler murmol.

La lecture commença.

AVERTISSEMENT

♣ Je rappelle à tout aspirant druide qu'un murmol n'est pas un animal de compagnie, mais un compagnon pair.

♣ Vous devez le traiter comme votre égal.

♣ Vous devez vous assurer de son bien être et de son confort.

♣ Vous devez le protéger des GNARNULS.

♣ Vous pouvez avoir plusieurs murmols, mais n'aurez de préférence pour aucun.

♣ A l'aube de votre fin, vous devez confier vos murmols à d'autres druides que vous aurez conjointement choisis.

♣ Je vous souhaite des échanges riches avec les murmols.

N'oubliez pas que le respect est la base de votre relation druidique.

Iltud, Druide celte.

Note du traducteur

Ce livre n'a été possible que grâce à ma rencontre avec le murmol d'Iltud : Hypatios.

Il est l'illustration même du dévouement du murmol pour son pair initial.

Il prouve également que l'amitié entre druides et murmols peut venir à bout de toute adversité. Puissiez-vous, apprentis druides, être digne des murmols que vous rencontrerez.

Votre dévoué,

Parvus Corbus.

11

Les jeunes gens se regardaient interloqués.

— Tu y comprends quelque chose ?

— Non Alex et toi ?

— Pas beaucoup plus...

Comme un rappel à l'ordre, un coucou sortit de sa maison, battit bruyamment quatre fois des ailes puis annonça : « Heure de se mettre au travail !».

— Il est 16 heures ! traduisit Agathine.

— Il ne donne pas l'heure ton oiseau ?

— C'est une pendule très originale. Elle te dira : c'est l'heure du thé ou il est temps d'aller chercher Agathine à l'école ou d'autres choses, mais jamais l'heure. A toi de deviner ce que tu dois faire. Toutefois, si tu as bien écouté, il te donne l'heure en faisant du bruit. Là, il vient de me dire que je n'ai toujours pas commencé à restaurer mon coffret et a battu des ailes quatre fois, il est donc 4 heures. Alors Alex, si tu veux, tu peux lire un peu et pendant ce temps, je m'occupe du coffret. Qu'en dis-tu ? Je suis certaine que tu finiras par comprendre de quoi il s'agit, enfin plus que moi en tout cas.

— C'est d'accord.

La jeune fille reprit la direction des pots et réfléchit sur la méthode à employer. Elle était fort ennuyée car elle avait dénombré pas moins de trois matériaux différents et ne savait par lequel commencer. Elle tenta vainement de se remémorer des objets similaires que sa mère aurait pu travailler devant ses yeux mais sans succès.

— Tant pis, je me lance. Voyons voir… « Lustrage cuivre », celui-ci au moins, aucun doute sur son effet.

Elle se munit d'un chiffon et commença l'opération. Quelques minutes, un chiffon et les mains noires plus tard, le cuivre rutilait et des figures géométriques apparaissaient.

De son côté, Alex avait placé une chaise devant le pupitre puis disposé le livre sur l'écrin supérieur et un calepin à l'étage inférieur. Il prenait des notes.

Tous les deux progressaient en silence, ponctué par les messages du coucou. Le dernier était : « un quartier d'heure », ce qui laissait à penser à Agathine qu'il ne lui restait plus beaucoup de temps. Elle hésitait à présent entre « gnarnul châtaigner » et « laque murmol ».

— Alex, tu as trouvé ce qu'est un murmol ?

— Je ne suis pas convaincu de ce que j'ai compris.

— Et un gnarnul ?

— Il est décrit comme un idiot, quelqu'un de commun, qui ne comprend pas grand'chose.

— Alors pourquoi Iltud dit qu'il faut s'en méfier ?

— Parce que justement, c'est un imbécile.

Voilà qui décidait de l'étape suivante. Vu que le gnarnul avait l'air d'être inoffensif, autant l'utiliser. En déplaçant le pot, son regard se posa sur un autre légèrement en retrait contenant des paillettes en mouvement perpétuel, comme des boules de neige. L'étiquette indiquait « murmol châtaignier ». Tentée, mais ne voulant prendre aucun risque, elle se rabattit sur le pot « gnarnul », étala le produit au pinceau sur la boite en prenant soin d'éviter les contours du cuivre et ceux de l'ivoire noirci. A peine eut-elle fini, qu'une mousse se forma, en ébullition, dégageant cette odeur caractéristique de la poussière de bois, tant de fois détectée aux abords de l'atelier. Prise de panique, elle se saisit du premier chiffon qui lui tomba sous la main et épongea cette horreur. Quel désastre, le bois avait blanchi, il n'avait plus de couleur du tout ! Une catastrophe ! Elle gémit si fort qu'Alex s'interrompit et vint voir ce qu'il se passait.

— Regarde, maintenant le coffret est fichu. Je n'aurais jamais dû entreprendre ce travail toute seule ! Je ne peux même pas rattraper le coup, c'est moche maintenant. Gnarnul… inoffensif… tu parles !

Alex lui tendit le pot brillant, un sourire sur les lèvres.

— Essaie le murmol, d'après ce que j'ai compris, cela a un rapport avec la magie. Evidemment, je n'y crois pas mais au point où tu en es, le coffret ne risque plus rien.

Ses propos ne la réconfortaient qu'à demi, mais ils étaient d'une telle candeur qu'avant de se laisser une chance de regretter son geste, elle enduisait le coffret de « murmol châtaignier ». Bizarrement, les paillettes disparurent, comme si elles s'enfonçaient dans le bois. Agathine se surprit à murmurer entre les dents : « Allez, revis, reprends des couleurs. Allez, je t'en prie ! »

Sous leurs yeux écarquillés, le bois reprenait lentement sa chaude robe de châtaignier.

— Merci, tu es le meilleur, dit-elle en lui sautant au cou.

— Oui, enfin, tu n'as pas terminé, dit-il en se dégageant maladroitement. Il te reste l'ivoire, il est toujours noir, celui-là ! Je te laisse, je retourne lire quelques pages, sois prudente…

Toute légère, aérienne presque, Agathine n'avait plus peur du tout de ce qu'il pouvait arriver au coffre. Euphorique, elle badigeonnait le motif en ivoire de «révélateur ivoire» lorsque le coucou dans une énième sortie scanda : « c'est fini », puis fit demi-tour pour présenter son postérieur et remuer sa queue cinq fois.

Elle replaça tous les pots, astiqua une dernière fois le coffret et rejoignit Alex.

Maman ne devrait pas tarder, il vaudrait mieux partir d'ici.

— Tu as raison, de toute façon, il faut que je relise mes notes pour tout mettre en ordre.

— Viens, on va dans ma chambre. Tu veux un chocolat chaud ?

— Bonne idée !

Les deux comparses sortirent, Alex, son carnet sous le bras et Agathine faisant admirer son coffret, un rien jubilatoire. Elle le sentait beaucoup plus léger qu'à l'aller et mit cela sur le compte de l'orgueil du tour de force qu'elle venait de réussir.

12

La chambre avait été conçue comme un mini appartement. Elle possédait sa propre salle d'eau et à la place du dressing, un réchaud, un petit réfrigérateur ainsi qu'une étagère y avaient été installés. On pouvait ainsi ranger sa vaisselle, conserver un peu de nourriture et cuisiner. Il y avait même un évier !

Cet agencement permettait d'avoir des réunions avec des amis de façon très personnelle et, en période de révision, on ne bougeait qu'un minimum.

Pour l'heure, Agathine était impatiente de connaître les conclusions d'Alex.

— Raconte.

— J'hésite encore sur l'interprétation de ce que j'y ai lu, surtout si ta mère a ce livre dans sa bibliothèque.

—Tu m'effraies, allez dis-moi, qu'as-tu découvert.

—A priori - attention, je ne suis pas catégorique - mais il semblerait qu'un murmol soit un objet doté de pouvoirs magiques et qui peut communiquer avec un druide, qui serait un interprète en quelque sorte.

— Tu veux dire comme ma mère qui parle aux meubles ! Elle, c'est un druide et le meuble, un murmol.

—Voilà, en gros, c'est l'idée. Sauf qu'on dit druidesse.

— Et le gnarnul ?

—Lui, ce serait toi et moi, on ne peut communiquer avec rien du tout, nous sommes des gnarnuls.

— Pourquoi rien du tout ? Par opposition aux druides qui peuvent parler avec n'importe quoi ?

—Non, chaque druide a son domaine personnel, tu l'as lu dans la page d'avertissement... Attends, j'ai relevé quelques noms...

Alex tournait avec fébrilité les pages de son calepin.

— Ah, j'y suis. C'est un peu bizarre, tu vas voir, mais ça se tient :

Un farlaff, par exemple, ne parle qu'avec les éléments en métal. Pour tromper les gnarnuls, ils exerçaient un métier en relation étroite avec leur don. Alors je dirais que l'on trouvait les farlaffs chez les orfèvres ou les forgerons.

Un luptuc, c'est quelqu'un qui parle aux animaux. Généralement, ils étaient vétérinaires ou dompteurs. Et aussi...

(Il releva la tête triomphant...)

Un majiscribe parle aux objets en bois !

Agathine restait immobile, oubliant d'avaler son chocolat. C'en était trop, il lui fallait réagir et vite.

— Alex, c'est ridicule, tu te rends compte… Ça veut dire… ça veut dire… que maman est tombée dans une secte… ils lui font croire n'importe quoi.

— Et la lettre de Godesalc D'Alebaerd, tu en fais quoi ?

— Je suis sûre que Corbelin s'est laissé prendre aussi… Tu ne trouves pas étonnant qu'il ne demande presque rien pour un parchemin datant du VIIIe siècle à Tristan ? Et puis, il fait cela tout le temps, comme si ce qui lui importait avant tout, c'était le bien-être de l'objet… comme dans le livre d'Iltud ! Tu réalises, il devrait revendre ses marchandises à prix d'or mais il n'en fait rien… Il est aussi bizarre que maman en fin de compte.

— Oui, ça se tient, concéda Alex, avec une pointe de réticence dans la voix. Mais en ce qui concerne le parchemin de Tristan, les murmols existaient déjà à cette époque ?!

— Cela signifie simplement que cette secte est très ancienne. Tu te souviens, le livre a été écrit par un druide celte.

— Donc bien avant Charlemagne… Tu as raison… Alors qu'est-ce qu'on fait ?

L'attitude d'Alex était contradictoire, d'habitude, il était toujours de bon conseil sur la marche à suivre lorsqu'il y avait des décisions à prendre (sauf pour les cadeaux où il fallait bien reconnaître qu'il était agaçant). Cette fois-ci, on avait la nette impression que ses conclusions ne l'enthousiasmaient pas et qu'il aurait presque aimé qu'un murmol existe ! Pour Agathine, c'était le monde à l'envers !

— Je vais attendre que maman rentre et lui demander des explications. Peut-être que j'arriverai à lui ouvrir les yeux, décida-t-elle sans grande conviction.

— Je crois qu'il faut éviter d'en parler aux autres. Ce n'est qu'une idée après tout.

Alex commençait sérieusement à l'inquiéter, elle voyait son regard prendre une expression voilée. Elle laissa son ami perdu dans ses pensées et mit ce temps à profit pour réfléchir. Un lourd silence s'était installé. Agathine songeait surtout aux conséquences de leur découverte. Si jamais son père avait vent de quoi que ce soit, elle ne donnait pas cher de sa mère. Un mot affreux lui vint à l'esprit : asile psychiatrique et elle… elle devrait aller habiter chez son père avec belle-maman !

— Murgleis ! lança Alex dans un cri strident qui la fit revenir à une autre réalité.

— Quoi Murgleis ?

—Murgleis, c'est une épée murmol. La traduction de Tristan est bonne. Ce que dit son ancêtre, c'est que cette épée a été façonnée par un farlaff et qu'elle est mauvaise, qu'il faut la détruire.

— Oui, c'est cela, et Durandal est l'œuvre d'un gentil forgeron… pardon… farlaff… que Godesalc fait parvenir par son groom de service autrement nommé monsieur le murmol dévoué. Ils se sont baladés dans les airs pendant que Roland vivait ses dernières secondes à Roncevaux, ne put-elle se retenir de lui répondre du tac au tac et l'air goguenard.

— Gaty, notre esprit est tout embrouillé, il vaut mieux voir comment fonctionne cette organisation secrète avant d'ameuter qui que ce soit. Tu es d'accord ?

Et voilà, ses craintes étaient fondées, il avait adoré ce que racontait le livre… Il n'avait pas du tout l'intention de les dénoncer. Mais bien évidemment qu'elle s'y opposait ! Elle qui mourrait d'envie de téléphoner au Magos Mobilis sur le champ pour obtenir des explications !

De nouveau ce silence pesant. Elle savait à présent que les conjectures d'Alex n'allaient plus dans la bonne direction. Comment quelqu'un d'aussi intelligent pouvait croire ne serait-ce qu'une seconde à de telles sornettes !

Dans la chambre d'Agathine, point de coucou mais une horloge en forme de soleil avec, à chaque extrémité des branches, des espèces de grosses perles multicolores fluorescentes, claires le jour et plus foncées la nuit. Comme le coucou, son fonctionnement était particulier. Les perles devenaient fluorescentes à l'approche d'une heure significative. C'était le cas : elles indiquaient 18h30. Houlà, Alex devait rejoindre sa mère pour le repas !

Agathine resta encore un moment à attendre le retour de la sienne.

Enfin, lasse d'être aux aguets, elle mangea sur le pouce et se prépara pour une bonne nuit de sommeil.

Avant de se glisser sous la couette, elle soupesa l'idée de contacter l'antiquaire pour savoir ce qui retenait sa mère si longtemps. Mais elle savait d'avance qu'elle exigerait d'elle des explications sur cette secte de druides celtes et puis, à cette heure-ci, elle ne voyait pas trop quoi faire des renseignements qu'elle aurait glanés ! A tout bien penser, ce n'était pas la première fois qu'elle rentrait tard de chez Corbelin et ça s'était toujours bien passé.

Par association, elle dirigea son regard vers le coffre à bijoux posé sur la commode : il était flambant neuf. Elle prêta pour la première fois attention aux motifs en ivoire incrustés sur le couvercle. Un paon au pied d'un arbre. Un décor magnifique.

Sur le point d'éteindre la lumière, l'adolescente évacua une partie de son angoisse et de sa frustration vers le coffret.

— Vraiment, c'est n'importe quoi, ne crois pas que je vais te parler moi aussi !

— Merci quand même, petite peste.

— Le surmenage, voilà que j'entends des voix idiotes maintenant.

Partie 2

Moktair

1

Maman ? Maman ?

08h00. Le cochon d'inde s'époumonait pour attirer l'attention de sa maîtresse : il avait faim, mais celle-ci l'ignorait. Elle était inquiète. De sa fenêtre, elle n'avait pas vu trace du véhicule de sa mère, une vieille 4L orange et dans sa chambre, son lit n'était pas défait. Personne au rez-de-chaussée. Elle enfila un manteau et des bottes (il avait neigé pendant la nuit), l'atelier était vide. Le paysage avait beau être d'un blanc immaculé, son cerveau commençait à brosser des scénarios tous plus noirs les uns que les autres.

Elle était paniquée. Il n'était que 08h30, mais cela n'avait aucune importance, Agathine composa le numéro du Magos Mobilis… pas de réponse… Elle appela Alex.

— Elle n'est pas rentrée, chez l'antiquaire, ça ne répond pas, tu pourrais venir me chercher pour aller en ville ?

— Je ne vois pas ce que cela va changer si ça ne répond pas au magasin.

— Alex, je t'en prie, ne tente pas de me raisonner mais plutôt de me rassurer.

— Bon, je préviens ma mère et j'arrive.

— Surtout pas, on ne sait pas encore ce qui se passe exactement, je préfère attendre. Si quelqu'un de l'extérieur s'en mêle, la police aussi. Tu imagines les conséquences ? Pour moi, ma mère… sa réputation… Sois sympa, patiente jusqu'à notre retour !

Le scooter fendait la bise hivernale dans un décor surréaliste. Seul le bruit du moteur troublait le silence pesant de ce dimanche matin, veille de Noël.

Consciente des efforts qu'elle demandait à Alex, l'adolescente était toutefois si agitée qu'elle en devenait odieuse.

— Tu ne peux pas accélérer, on se traîne là ! Tu as transformé ton scoot' en tortue cette nuit ?

Son ami s'était certainement rendu compte de son désespoir car il ignorait ses attaques. Enfin ! Enfin, ils arrivèrent. Sans attendre qu'Alex s'arrête, elle descendit et courut tambouriner à la porte du magasin en hurlant comme une furie :

— Monsieur Corbelin, Monsieur Corbelin, vous êtes là ? Ouvrez-moi !

Alex qui l'avait rejointe après s'être garé correctement, fit une énième tentative pour la raisonner.

— Gaty, tu vas réveiller les voisins, calme-toi. Tu vois bien qu'il n'y a personne. Viens, allons voir chez Tristan, ils ont peut-être vu quelque chose.

Les mains toutes boursouflées d'avoir frappé si fort, Agathine tremblait, elle était au bord des larmes. Alex la dirigea, tel un zombie, vers la porte des D'Allebard.

C'est le père qui répondit à leur coup de sonnette.

— Oh bonjour, je suis désolé mais Tristan n'est pas encore réveillé, si vous voulez l'attendre au chaud, il ne devrait pas tarder.

— Non merci, Monsieur D'Allebard, en fait, nous cherchons la mère d'Agathine. Elle est passée au Magos Mobilis hier après-midi et elle n'est pas rentrée. Nous venons du magasin et il n'y a personne non plus. On se demandait si vous n'aviez pas vu quelque chose.

— Bizarre, j'ai pourtant vu madame They quitter la boutique… mais Paul Corbelin est ici. Allez l'interroger, il pourra éventuellement vous en dire plus. Montez, il est dans la salle à manger.

Alors ça, c'était la meilleure ! *Monsieur* prenait le petit déjeuner en toute tranquillité pendant que sa mère était on ne savait où et peut-être en danger!

D'emblée, la jeune fille l'assaillit et au diable les politesses et tout le tremblement.

— Elle est où ma mère ?

— Du calme, jeune fille, intervint Gaberick D'Allebard qui venait de regagner la salle à manger escorté de près par Barst-Rathen. Tout d'abord, si vous nous expliquiez la raison de votre incursion à cette heure si matinale. Vous m'avez l'air extrêmement nerveuse. Il est arrivé quelque chose ?

2

– Elle s'est rendue chez vous hier après-midi… et dans l'atelier… il y avait le livre sur les murmols… et mon coffret à bijoux est devenu comme neuf avec le pot de laque… et vous… (Elle pointa le doigt sur l'antiquaire) la secte des majiscribes… les gens qui parlent aux objets… et maman qui n'est pas rentrée… Qu'est-ce que vous en avez fait ?

Effondrée et à bout de souffle, la jeune fille dut stopper net son flot de paroles.

Dans l'assistance, c'était la consternation, les deux hommes échangèrent un regard de connivence. Alex avait l'air de réfléchir. Ses yeux fixaient l'antiquaire avec la même expression empruntée hier dans l'atelier, laissant présager à Agathine qu'une conclusion incongrue allait poindre à l'horizon.

- Parvus Corbus, c'est vous n'est-ce pas ? Petit corbeau en latin et en français : Paul Corbelin.

Le bonhomme esquissa un sourire en jaugeant alternativement les deux jeunes gens du regard pour finalement prendre la parole.

– Oui Alex, c'est moi qui aie traduit ce livre.

– Dans ce cas, vous êtes un druide ?

N'en pouvant plus de ces fadaises, Agathine intervint pour ramener tout ce petit monde d'illuminés à la réalité.

— Non mais ce n'est pas bientôt fini vos histoires de bibliothèque ! Nous sommes ici pour ma mère et personnellement, il peut parler aux murs, aux arbres, à qui ça lui chante pourvu qu'il me dise où se trouve maman !

— Tu as raison, ceci est préoccupant d'autant que Théodora et moi, nous sommes séparés hier vers 16h30. Elle n'est pas chez elle, dis-tu ?

— Comme si vous ne le saviez pas ! Vous l'avez enlevée, vous et votre secte !

Gaberick D'Allebard s'interposa à nouveau.

— Je peux t'assurer que Paul ne lui a rien fait. Je m'apprêtais à sortir et j'ai vu ta mère quitter la boutique. Paul l'a raccompagnée et il est venu me parler. Nous avons discuté, puis nous nous sommes installés dans cette salle à manger.

Progressivement, les mots de cet homme prirent sens et en scrutant les alentours, force était de constater que la pièce était dans un sérieux chantier. Une multitude de livres et de parchemins était disséminé sur la table, un calepin truffé de notes éparses surplombait un tas de feuilles, elles-mêmes noircies d'écrits divers et, plus loin, posés sur un guéridon, un service à thé et des paquets de biscuits vides. Manifestement, les deux acolytes avaient transformé ce lieu en salle d'étude.

Autres détails qui laissaient à penser que l'antiquaire était là depuis hier : les deux hommes portaient les mêmes vêtements que la veille : Corbelin arborait son costume anthracite, légèrement défraîchi, et Gaberick D'Allebard, son sempiternel pull en jacquard. On ne pouvait aboutir qu'à une seule conclusion, plus sombre encore : si ce n'était pas Corbelin, qui alors !

Paul Corbelin devait se poser la même question, l'inquiétude se lisait sur son visage. Les deux maîtres s'échangèrent un regard complice. Visiblement ils avaient une piste qu'ils ne voulaient pas communiquer. Ce fut la goutte d'eau qui fit déborder le vase.

L'hystérie gagna la jeune fille.

— Mais vous allez me dire ce qui se passe à la fin !

— Je t'assure Agathine, je croyais que Théodora partirait directement chez elle après notre conversation. Elle a pu faire un détour et se rendre chez des amis. As-tu contacté d'autres personnes ?

Il fallait reconnaître que c'était une idée. Obnubilée par le lien étroit découvert la veille entre sa mère et cet homme, elle avait escamoté ses autres connaissances.

Mentalement, elle se dressa une liste des personnes à contacter et n'écouta que de loin la conversation d'Alex avec les deux hommes.

— Agathine… Gaty !

L'adolescente sursauta, interpellée par Alex qui dut s'y prendre à plusieurs reprises avant d'attirer son attention.

– Oui ! Quoi ?

– Monsieur Corbelin nous explique que certains des amis de ta mère ne sont pas joignables ce dimanche, ils sont au bois de Merrain à 10 km d'ici. Il nous propose de nous emmener.

Son esprit chauffait à 100 à l'heure. Bien sûr qu'elle allait l'accompagner ! Ce n'était pas parce qu'il n'avait à priori rien à voir avec la disparition de sa mère qu'elle allait lui faire confiance ! Il faisait partie d'une secte tout de même !

De son côté, Gaberick D'Allebard qui s'affairait depuis leur arrivée à remettre en ordre la salle à manger, les assura de son soutien et offrit son aide pour contacter les autres noms d'une liste visiblement dressée par Corbelin alors que la jeune fille était en pleine introspection. Il leur promit de les appeler s'il apprenait quoi que ce soit. Alex lui communiqua son numéro de portable car, dans sa précipitation, Agathine avait laissé derrière elle sac et téléphone !

Avant de se séparer, un soupçon insidieux lui vint à l'esprit. Elle consulta les noms écrits par le vieux bonhomme. Horreur ! Ses pires craintes étaient fondées… Ils étaient tous là, sa mère et l'antiquaire partageaient le même cercle d'amis, pas un ne manquait ! Et s'ils faisaient tous partie de ces mago-maji trucs ?

Heureusement, la certitude que D'Allebard père n'avait rien à voir avec eux rasséréna la jeune fille. Les deux hommes ne s'étaient jamais rencontrés auparavant et la probabilité était faible que l'on puisse adhérer à une telle congrégation en une nuit ! Surtout un historien aussi érudit que lui ! Quoique… en observant Alex, elle était dubitative !

3

En sortant de chez l'historien, les enquêteurs se heurtèrent au froid de décembre.

Le petit homme au complet anthracite trottinait en tête du groupe. Il s'arrêta à hauteur d'une vieille Citroën DS Athéna. Agathine calcula que si elle allait à la même vitesse que la 4L de sa mère, ils allaient mettre un temps fou pour arriver au bois ! Cette secte devait certainement privilégier les moyens de locomotion à vitesse de tortue !

Comme si l'agacement et l'impatience se lisaient sur son visage, le conducteur la rassura :

– Ne te fie pas aux apparences, cette voiture est très puissante et fiable, même si elle à l'air d'avoir mon âge !

Ils s'engouffrèrent rapidement à l'intérieur, Alex Barst-Rathen à l'avant, Agathine They l'arrière.

Pour rejoindre Merrain, ils devaient reprendre le chemin emprunté voilà 30 minutes en scooter, le trajet était tout de même plus agréable en voiture !

Au sortir de la ville, ils bifurquèrent à droite en direction du bois, mais furent stoppés par le dernier feu avant d'aborder le long tronçon de nationale qui les mènerait à destination.

Une question taraudait la jeune fille depuis le début de cette expédition, elle saisit au vol l'opportunité de cet huis clos forcé.

– Monsieur Corbelin, qu'est-ce que vous lui vouliez à ma mère ?

– Un individu peu recommandable m'a rendu visite et je voulais mettre Théodora en garde. Tu sais qu'elle ne ferme jamais son atelier à clef ! lui répondit-il d'un ton paternel.

Cette insinuation était-elle destinée à la culpabiliser ? Après tout, Agathine avait à moitié avoué y avoir jeté un œil sans permission.

Cherchant le soutien d'Alex, elle constata que ce sous-entendu n'avait aucun effet sur lui : il avait d'autres préoccupations.

– Vous parlez du client à l'allure de corbeau qui s'est présenté hier au Magos Mobilis et en est ressorti très en colère ?

– Il se nomme Charoniax, Alex… C'est un….

Le vieux bonhomme eut l'air d'hésiter avant de poursuivre.

– Qu'avez-vous lu exactement dans l'atelier de madame They ?

Cette question abrupte les prit au dépourvu.

– J'ai lu une partie de « Parler murmol » que vous avez traduit… et je l'ai très succinctement résumé à Agathine, finit par concéder Alex.

– Ah.

Ah de surprise ? D'encouragement ? Alex l'interpréta comme un signe positif et poursuivit.

— Je… Gaty et moi ne sommes pas d'accord sur l'interprétation que l'on peut en donner…

— Vous voulez dire que l'un d'entre vous croit au pouvoir des murmols et à l'existence des druides, et l'autre pas. Je conçois que cela soit difficile à accepter.

Alex Barst-Rathen fut soulagé de voir qu'on excusait son amie. Lui qui n'attendait qu'une occasion pour disserter sur le sujet relança la conversation.

Agathine They, elle, se tassa dans le siège de la voiture et tenta de ne pas s'immiscer dans le tête-à-tête de ces messieurs, sachant à l'avance qu'elle risquerait d'être désobligeante. Elle était sidérée d'entendre de telles stupidités de la part d'un homme aussi cultivé !

— Monsieur Corbelin. Ce Charoniax, qui est-ce ?

— Un druide dépourvu de moralité. On les appelle les ponce-pirates. Celui-ci a été arrêté il y a 30 ans pour avoir tenté de s'approprier les pouvoirs du murmol d'Alexandre le Grand. Sa tombe a une fois de plus été déplacée et Charoniax condamné à une lourde peine par notre conseil.

Le visage d'Alex s'illumina, celui d'Agathine se renfrogna : elle avait l'impression d'assister à une séance d'endoctrinement.

— C'est donc pour cela que l'on ne trouve nulle part trace de cette tombe ! Vous modifiez son emplacement !

Elle était anéantie : le dernier bastion d'intelligence de ce groupe venait de déposer les armes et s'était laissé gagner par la secte des druides…

— Oui Alex, la tombe d'Alexandre le Grand attire tant de convoitises que nous nous voyons contraints de la délocaliser régulièrement.

— Qu'a-t-il de si intéressant ce murmol ?

— Pas un murmol, un farlaff. C'est une épée qui a été forgée par un des premiers farlaffs…

— Un farlaff…

Alex hésitait, il se dit que le bonhomme fluet devait tester ses connaissances ou sa compréhension, et se lança.

— Une personne qui communique avec les objets en métal ? Un forgeron ou un orfèvre druide ?

— Vous avez bien assimilé ce que vous avez lu monsieur Barst-Rathen, dit-il impressionné. Effectivement, l'épée d'Alexandre a été façonnée par un des premiers farlaff. En ce temps, les druides étaient plus puissants car plus proche de la magie - appelée magos - que nous ne le sommes actuellement. Alors posséder une telle arme, c'est accéder à la puissance divine. C'est ce que cherche Charoniax : le pouvoir absolu. Libéré depuis peu, j'ai pu vérifier qu'il n'avait pas abandonné ses sombres projets car il m'a sollicité pour retrouver la trace d'une autre épée, mentionnée dans un parchemin que j'ai refusé de lui vendre. J'ai aussitôt mis le document en sécurité et j'ai commencé à prévenir les druides autour de moi. Je souhaitais également neutraliser tout ce qui pouvait de près ou de loin avoir un rapport avec ce farlaff, travail que seul un scriptoriste peut accomplir. J'ai fait appel à ta mère, dit-il en se tournant vers Agathine.

Alex était perdu.

— Ah bon, vous n'êtes pas tous les deux des druides ?

Agathine était proche de l'explosion. Voir comment un garçon avec un QI de 190, pouvait arriver à gober de telles inepties la dépassait ! Vivement que la propagande touche à sa fin.

—Dans notre communauté, je suis un majiscribe, comme d'autres personnes que vous serez peut-être amenés à rencontrer.

Cela devenait difficile pour Agathine de se retenir, elle avait sur les lèvres une réplique cinglante du style « *Ah non merci, très peu pour moi, j'en ai déjà suffisamment avec maman et vous !* » Mais elle tint bon.

— Je converse avec les murmols de bois, bien que de nos jours, je ne fasse pratiquement plus que de la recherche, comme bon nombre d'entre nous.

— Vous cherchez quoi ?

— Les murmols, monsieur Barst-Rathen ! Les murmols ! Au cours des siècles, ils se sont tous affaiblis, certains sont entrés en léthargie à force d'être négligés, d'autres se sont vus recouvrir de couches de produits divers par des hommes ignorants qui croyaient les préserver.

— Les gnarnuls ! murmura Alex, totalement suspendu aux lèvres du discoureur.

— C'est bien cela. Mon travail consiste à retrouver la trace de ces anciens murmols, les sortir de leur état cataleptique ou les débarrasser de leur linceul, puis leur trouver un nouveau pair qui leur convienne.

— Et maman dans tout ça ? ne put s'empêcher de lancer méchamment une petite voix féminine.

— Théodora est elle aussi un majiscribe, le meilleur depuis des décennies. Elle a d'ailleurs obtenu tous ses triskèles avec brio.

— Parce qu'il y a plusieurs échelons chez les fous !

— Gaty ! s'indigna Alex.

— Oh, pardon, je m'excuse monsieur, dit-elle d'un ton qu'elle essaya de rendre le plus sarcastique possible.

Corbelin lui lança un regard plein de compassion et poursuivit :

— Théodora est une scriptoriste. Un majiscribe qui a accédé à l'ultime triskèle en devenant d'abord magèbène : un druide qui ranime les murmols à l'aide des pots que vous avez vu dans l'atelier. Puis magémailleur, en préparant elle-même les mixtures qu'elle utilise. Et enfin scriptoriste, un majiscribe si complet qu'il peut enchanter lui-même les objets. A l'heure actuelle, seuls quatre majiscribes ont atteint ce triskèle, ta mère en fait partie

Cet exposé visait certainement à impressionner la jeune fille, mais c'était loin de répondre à ses questions. Seul Alex semblait touché : une telle lueur dans son regard ! Agathine relança donc le débat vers des faits plus concrets.

— Cela ne m'explique pas pourquoi elle n'est pas revenue à la maison !

— Il se peut que, préoccupée par notre conversation, elle soit allée chercher conseil.

— Auprès de qui ? Vous venez de me dire qu'elle est la meilleure !

— Un majiscribe même du niveau de ta mère a ses limites. Tu sais, nous ne sommes pas tous dotés de pouvoirs.

— Bonne nouvelle, il y a des gens normaux dans votre confrérie ! répliqua-t-elle d'un ton goguenard…

…Pour le regretter immédiatement après, se demandant si elle n'y était pas allé un peu fort cette fois, car leur chauffeur se gara sur le bas-côté de la route et pivota pour s'adresser directement à elle :

— Tu as besoin de temps pour t'acclimater à ce nouveau monde, c'est compréhensible et je ne t'en veux pas de ne plus me faire confiance. Mais puis-je te demander une faveur… A défaut de nous comprendre ou d'admettre notre communauté, fais au moins l'effort de nous tolérer. Tes recherches te mettront en contact avec d'autres druides et tous ne seront pas aussi conciliants face à tes attaques. Les gnarnuls dont - permets-moi de te le rappeler - Alex et toi faites partie, sont loin d'être appréciés car ils nous ont causés de nombreux torts dans le passé. Que ta mère soit elle-même une druidesse n'y changera rien. Ton attitude pourrait nous priver d'informations capitales nous permettant de la retrouver. Puis-je compter sur ton indulgence ?

Son argumentaire fit mouche. Agathine They réalisa que ça n'était pas en refusant leur existence qu'elle progresserait. A tout bien considérer, Corbelin était sympathique avant la disparition de sa mère, elle savait juste maintenant qu'il était un peu fou. Elle accéda donc à sa demande. Il n'empêche qu'elle aurait aimé qu'il n'entraîne plus sa mère dans ses divagations. Elle était de plus en plus anxieuse à l'idée que l'on pourrait découvrir que sa mère pensait être dotée de pouvoirs ! La camisole de force et un long séjour chez papa-belle-maman n'étaient pas loin.

Après cette mise au point, la DS repartit. Cela faisait bien une bonne minute qu'ils longeaient le bois et les jeunes gens commençaient à croire que leur chauffeur en avait raté l'accès lorsqu'il ralentit soudainement pour bifurquer à gauche. Ils se retrouvèrent sur une route communale gorgée de nids de poules, et la neige tombée cette nuit ne leur facilitait pas la tâche. Au bout de quelques instants de cahotements dans tous les sens, le groupe aperçut un véhicule stationné sur le bas côté. Ils firent de même, puis s'extirpèrent péniblement, réticents à l'idée de retrouver la fraîcheur glaciale de l'hiver. C'est alors qu'Agathine réalisa que, si elle connaissait l'endroit qu'ils visitaient, elle ignorait qui ils allaient rencontrer.

4

– Qui allons-nous rencontrer ?

– Monsieur Peyotl et Madame Blochet. L'un est herboriste et l'autre ébéniste.

– Que font-ils ici la veille de Noël par un temps pareil ?

– Ils viennent cueillir du bois, des feuilles, des champignons, des fleurs, mademoiselle la curieuse.

– Des fleurs, au mois de décembre !

Parvus prit un air légèrement pincé pour lui répondre :

– Mais oui, mademoiselle They. Si vous prêtez attention à ce qui vous entoure, vous constaterez que tout n'est pas mort. On peut trouver ça et là des feuilles et des fleurs qui persistent malgré l'hiver. C'est pour cette raison qu'elles ont une valeur inestimable. De plus, si on les ramasse la veille de Noël, leur pouvoir est décuplé.

– Alors, nous allons voir d'autres druides, s'enthousiasma Alex.

– Non, Blochet et Peyotl ne sont pas des druides.

Alex était déçu, Agathine soulagée : des gens normaux !

— Vous voulez dire qu'ils n'ont pas de pouvoirs, exulta-t-elle !

— Ce sont des derves.

Sa joie fut de courte durée, qu'est-ce que c'était encore que ça ?

Alex semblait également perdu, à priori, le livre d'hier n'en faisait pas mention.

— Les derves sont des druides au magos minuscule qui souhaitent conserver leur lien dans la communauté. La plupart le font car ils savent que leur magos réapparaît à la génération suivante. En attendant, ils se spécialisent dans la connaissance du pouvoir des plantes, des fleurs et des arbres utiles aux druides.

Alex était aux anges, pour lui, c'était reparti pour un cours.

— Que font-ils exactement ?

— Des remèdes, des potions… entre autres. Ils fournissent aux druides les ingrédients de base.

Il était temps pour Agathine de ramener ces messieurs à la réalité avant qu'ils n'abordent un nouvel apostolat.

— Et comment comptez-vous faire pour les retrouver dans ce bois !

— En demandant mon chemin !

J'oubliais, monsieur est majiscribe ! pensa-t-elle en levant les yeux au ciel.

Il se dirigea alors vers un grand sapin et s'adressa à lui. Ce n'était pas la première fois que la jeune fille voyait quelqu'un avoir de telles conversations. Ce qui habituellement la mettait mal à l'aise ne la gênait pas le moins du monde aujourd'hui, elle trouvait même cela plutôt cocasse. Ignorant son sourire narquois, le majiscribe s'avança vers l'arbre.

— Bonjour à toi Moktair. Comment te portes-tu ?

Seuls un courant d'air et un bruissement d'aiguilles répondirent.

Agathine jubilait, elle était curieuse de voir s'il allait poursuivre cette mascarade, revenir les voir et leur dire que l'ébéniste et l'herboriste étaient à tel endroit : le conifère le lui avait dit. Après tout, rien de bien sorcier dans tout cela. Jeanne d'Arc n'entendait-elle pas des voix, elle aussi !

—Aurais-tu vu passer deux derves aujourd'hui ?

— Voudrais-tu parler de Peyotl et Blochet par hasard ? Ils se sont dirigés vers la fontaine gelée.

— Merci mille fois Moktair, excuse-moi de t'avoir dérangé.

— Alors, qu'est-ce qu'il a dit ? demanda Alex

— A la font… commença Agathine

Impossible, Corbelin avait un truc ! Un arbre, ça ne parle pas ! Ce n'était que le bruit du vent et du sapin. Elle était en train de devenir folle comme sa mère ! Pourquoi Alex n'avait rien perçu ?

En attendant, son lapsus n'échappa pas au vieil homme qui la dévisageait l'air amusé.

— Tu as entendu quelque chose, Agathine ?

— Moi ? Mais non ! Quelle idée…

— Il me semblait que tu allais dire à la fontaine, c'est justement ce que m'a dit Moktair.

— Vous avez dû mal comprendre…

Ne pas paniquer surtout ! Ignorer ce qui venait de se passer. Elle trouverait comment il avait fait plus tard.

— Bon alors, on y va à cette fontaine ? s'impatienta Alex qui ne se doutait de rien et revenait à la charge.

5

Les orteils commençaient à s'engourdir, le bout de son nez était rouge comme une tomate en plein été. Depuis l'épisode du sapin, Agathine était taciturne, elle avait bien trop peur que Corbelin ne lui pose des questions gênantes devant Alex. Quelle victoire si elle avouait que son tour de passe-passe avait réussi ! Elle allait se ridiculiser. En plus Alex semblait bien parti pour épouser la cause des druides, et pourrait s'imaginer qu'elle en était une elle aussi ! Ce serait le comble ! Elle, la seule personne sensée du groupe…

Des voix ! Elle entendait des voix ! Encore une plaisanterie du majiscribe ?

Non, cette fois, c'était celles d'êtres humains en chair et en os.

Ils avaient trouvé Blochet et Peyotl.

— Vous êtes très fort monsieur Corbelin.

— Ça n'est rien du tout Alex. Mais s'il te plait, et toi aussi Agathine… Faites-moi plaisir…

Quoi encore ! N'en avait-on pas fini avec les concessions !

— Cessez de m'appeler monsieur Corbelin, Parvus suffira.

S'il n'y avait que cela pour le contenter...

Le groupe n'était maintenant plus qu'à quelques mètres des chercheurs de feuilles.

On remarquait tout de suite Peyotl, un grand gaillard roux d'1,90m. La trentaine, les cheveux encore plus frisés que ceux des D'Allebard. Il était vêtu d'une longue gabardine kaki et tenait une besace en bandoulière. Avant de venir les saluer, il retira un des gants de cuir qui protégeaient ses mains.

Corbelin… Parvus fit les présentations.

— Peyotl et Blochet, bonjour ! Alors la cueillette a été bonne ?

— Assez fructueuse cette année répondit l'herboriste.

Elle ouvrit sa besace pour le majiscribe : elle était remplie de feuilles multicolores.

— Peyotl a eu moins de chance, dit-elle d'un ton moqueur.

Ils se penchèrent sur le cabas de l'ébéniste pour constater qu'il n'y avait que quelques branches de différentes tailles éparpillées.

D'instinct, Agathine n'aima pas cette Blochet, après avoir diminué Peyotl, elle jetait maintenant son dévolu sur Parvus.

— Alors Parvus Corbus, tu te recycles dans la garde d'adolescents à présent, lança-t-elle d'un ton sarcastique.

Cette dame ne devait pas souvent plaisanter, même si son nez retroussé adoucissait ses traits, tout en elle inspirait l'austérité. Un chignon de danseuse étoile si tiré qu'il devait lui enlever deux années de rides au moins, des lunettes carrées à la monture noire et un long manteau assorti. Et ce qui était certainement pour beaucoup dans cette impression de tristesse qu'elle dégageait, deux fines lèvres contractées en permanence. Avec son chignon, il était impossible de lui donner un âge. Elle poursuivit d'un air encore plus revêche :

— Qui sont donc ces jeunes gens ?

— Voici Agathine They, la fille de Théodora et son ami Alex Barst-Rathen.

Impressionnant, dès que le nom de sa mère fut prononcé, sourires et rictus se figèrent sur le champ et deux paires d'yeux la dévisagèrent.

Peyotl, une fois la surprise passée, retrouva son sourire charmeur.

— Théodora nous parle souvent de vous mademoiselle, c'est un plaisir de faire votre connaissance. Permettez-moi de vous dire que vous lui ressemblez beaucoup.

— Merci monsieur.

— Allons, appelez-moi Peyotl comme tout le monde.

Du côté de Blochet, l'accueil était nettement plus en rapport avec la saison : glacial.

— Parvus, qu'est-ce qui te prend de venir ici avec des…

— Des gnarnuls, Blochet ?

La dame en question ne put réprimer un hoquet en entendant ce mot devant de parfaits inconnus. Agathine se dit qu'il était temps de révéler la raison de leur présence en ces lieux... Comme Parvus le lui avait conseillé, elle tenta de faire preuve de tact.

— Moi aussi madame, j'aurais pu me passer d'une rencontre avec des derves, mais c'est un cas de force majeure : ma mère a disparu et...

L'herboriste lui coupa net la parole. A priori, l'adolescente n'avait pas dû s'y prendre correctement.

— Jeune fille, ne vous mêlez pas des activités de votre mère, vous les gnarnuls de base, vous avez toujours tendance à vous affoler, d'autant plus quand vous connaissez leur existence, dit-elle en désignant Corbus.

Peyotl intervint pour calmer la situation.

— Ça n'est pourtant pas la première fois que Théodora s'éclipse. Vous vous faites du souci pour rien, mademoiselle.

— Pas avec Charoniax dans les parages.

A défaut de défendre le point de vue d'Agathine, cette allusion permit de rabattre le caquet de Blochet.

— Il m'a rendu visite hier et je peux vous assurer qu'il n'a pas abandonné ses projets de grandeur.

— Charoniax, c'est bien le druide défroqué pour avoir tenté de s'approprier le pouvoir d'un murmol. J'étais trop jeune à l'époque pour m'en souvenir, mais il est souvent cité comme contre exemple à Kernach et… vous l'avez vu hier… cela explique pourquoi Théodora est venue me consulter.

— Vous avez vu ma mère ! Quand cela !

— Il devait être 17h je pense… Elle voulait…

L'ébéniste hésitait à poursuivre.

— C'est que… c'était druidique, je ne sais pas si…

Alex, qui n'avait pas encore ouvert la bouche depuis le début de cette réunion, s'interposa.

— Ne vous tracassez pas, Peyotl. Si nous étions des gnarnuls anti-druidiques - il soutint un bref instant Agathine du regard - nous ne serions pas en train de vous importuner pour savoir ce qui est arrivé à madame They.

— Elle est venue te consulter, dis-tu ? l'encouragea Parvus.

— Oui, elle avait besoin de thylacinium. Comme le mien n'était pas assez puissant, nous nous sommes renseignés auprès d'autres derves sans succès. En fin de compte, elle est repartie vers 18h30 en abandonnant l'idée d'utiliser cet ingrédient. Cela la contrariait de ne pouvoir commencer la fabrication d'un nouvel enduit. Il me semble qu'elle a parlé d'aller consulter la bibliothèque en me quittant.

Enfin une piste ! Ils firent leurs adieux aux récolteurs de foliacés et remercièrent chaleureusement Peyotl pour son aide. Les deux jeunes gens étaient bien guillerets ! Agathine, parce que l'enquête progressait et Alex parce qu'il avait encore enrichi son vocabulaire druidique. Il assaillait déjà Corbelin de questions :

— Parvus, c'est quoi Kernach ?

— Une école pour druides.

Alex était émerveillé.

— On y apprend quoi dans votre école ? A parler aux arbres poliment ?

—Mademoiselle They, supplia Corbus. L'Académie de Kernach est destinée à toute personne liée au magos. On y retrouve des apprentis majiscribes, des derves, des farlaffs. Ta mère a fait ses études là-bas, tu sais.

— Quelle surprise ! Je ne m'étonne plus qu'elle converse avec n'importe quoi maintenant. Si elle a été conditionnée depuis son enfance !

Corbus ignora ces sarcasmes et porta son attention sur Alex qui continuait à l'assaillir de questions.

— Dans quelle ville est-elle cette académie ? Vous y apprenez aussi les maths et l'histoire ? On y reste jusqu'à quel âge ?

— Calmez-vous, monsieur Barst-Rathen !

Le vieux bonhomme esquissa un sourire.

Qu'est-ce qu'il manigançait ?

— Vous aurez réponse à vos questions d'ici peu. Nous devons auparavant nous assurer que Théodora a bien pris le chemin de la bibliothèque.

— Et comment vous comptez procéder ? Nous sommes dimanche, veille de Noël, au cas où vous l'auriez oublié. Vous avez peut-être l'intention d'interroger les arbres alignés dans les rues ?

— Excellente idée Agathine, mais cela ne sera pas nécessaire.

— Pourquoi non ?... Ne me dites pas que le conservateur est un druide !

— Absolument pas.

Le majiscribe affichait un air de satisfaction qui eut le don d'agacer la jeune fille. Où voulait-il en venir ? Elle laissa un instant cette question en suspens car ils venaient d'atteindre Moktair, le sapin parlant. Elle hâta le pas car elle n'avait nulle envie d'entendre à nouveau des voix.

6

Mademoiselle They en avait assez. Elle était frigorifiée et fatiguée d'avoir marché dans la neige. Elle avait hâte de quitter ce bois et de réfléchir à l'énigme de la bibliothèque à l'abri de Moktair et de ses voix.

Le jeune Barst-Rathen ne se doutait de rien et râlait.

Ce n'est qu'une fois entrés dans la DS et le chauffage mis en marche qu'ils reprirent le fil de la conversation.

— Que fait-on maintenant ?

— Je suggère que nous rejoignions Gaberick. Avec un peu de chance, ta mère aura croisé une personne de la liste, en route pour la bibliothèque.

— Mais que va-t-elle faire là-bas ? De toute façon, elle a dû trouver portes closes à cette heure !

L'antiquaire esquissa de nouveau un sourire qui énerva la jeune fille au plus haut point. Elle était butée, certes, mais pas idiote. Il y avait là-dessous une explication qui lui échappait mais qu'Alex avait comprise : son visage s'était éclairé et tel un luminaire qu'on mettait sous tension, il s'écria :

— Elle veut fabriquer elle-même du… comment ça s'appelle déjà ?

— Du thylacinium, compléta Parvus.

—Du thylacinium, et comme elle n'est pas herboriste, elle doit faire des recherches à la biblio… mais nous n'avons pas de tels livres chez nous… C'est une bibliothèque druidique !

Une bibliothèque druidique ! Agathine se crut maudite.

— Et elle se trouve où cette bibliothèque ?

Elle posa cette question par réflexe parce qu'au fond, elle avait comme l'impression de déjà connaître la réponse.

—A Kernach.

La sentence était tombée.

Si Blochet avait été là, elle aurait exulté car la jeune fille n'était pas affolée, ni paniquée, elle était tétanisée. Elle résuma la situation.

— Vous êtes en train de me dire que maman m'a plantée la veille de Noël pour aller à votre bibliothèque perchée je ne sais où pour trouver un livre sur la fabrication du tifus…

— Du thylacinium, lui souffla Alex.

— Et tout ça parce qu'un druide encore plus illuminé que vous est sorti de prison !

— Oui. Et Charoniax n'est pas illuminé, il est dangereux.

— Sans vêtement, sans argent, elle y va comment à Kernach ?

— Où qu'elle aille, Théodora trouvera toujours un druide pour lui venir en aide… Nous n'en sommes pas encore là Agathine. Nous devons d'abord vérifier qu'elle a bien emprunté le chemin de l'Académie.

— Pourquoi ne leur téléphone-t-on pas ? Ils nous passent maman et on n'en parle plus !

— Impossible, ils n'ont pas le téléphone.

— Et bien évidemment, personne n'a de portable !

Un signe de tête lui confirma que non.

— Concrètement, si maman est à Kernach et qu'on veut la joindre, on fait comment ?

— On se déplace.

Une réponse qui ravit Alex qui n'espérait pas visiter l'Académie de sitôt !

Agathine, pour sa part, se demandait quelle alternative elle devait redouter le plus : que sa mère soit à Kernach et qu'il faille aller la chercher ou qu'elle se soit fait enlever par Charoniax.

On apercevait le centre commercial, signe que l'expédition de Merrain touchait à sa fin. Ce fut à contrecœur qu'ils retrouvèrent le Bout d'En Bas.

Qu'allaient-ils découvrir derrière ce 3 dont ils franchissaient le seuil pour la seconde fois en l'espace de deux heures. Pourtant, il leur semblait l'avoir quitté il y a quelques minutes, la seule différence résidant dans l'identité de leur accompagnateur, ils étaient entrés consulter Paul Corbelin, antiquaire et revenaient avec Parvus Corbus, magiscribe... pour ceux qui y croyaient bien sûr.

Ce dernier hésita d'ailleurs à pousser la porte, le moment n'étant peut-être pas opportun au vu des cris qui leur laissaient à penser qu'il y avait dispute derrière ces murs.

– Que diriez-vous d'un chocolat chaud le temps qu'ils se calment ?

Franchement, cela n'enchantait pas la jeune They de devoir encore et encore entendre les deux hommes discuter druides, mais elle avait trop froid, toutes ces nouveautés l'avaient épuisée.

7

Au pas de sa porte, le visage du propriétaire du Magos Mobilis changea d'expression et pâlit.

— Qu'y a-t-il ? s'inquiéta Alex qui avait remarqué le malaise du majiscribe.

— Quelqu'un a essayé de pénétrer dans le magasin.

— Vous pouvez m'expliquer ?

— Quoi donc mademoiselle They ?

— Comment on a seulement *tenté* d'entrer dans votre boutique alors qu'il suffit de *pousser* la porte ! Elle n'est même pas fermée à clef !

— Je ne ferme pas à clef parce qu'il n'y a pas de raison de le faire : moi absent, personne ne peut pénétrer dans le magasin.

— Votre porte est un murmol, s'excitait Alex.

— Oui, nous pouvons faire l'expérience, si tu n'es pas convaincue.

L'adolescente déclina l'offre. Elle s'était déjà rendue ridicule avec le sapin, elle n'avait nulle envie de réitérer l'opération. Alex ignora ses réticences : il la tira aussitôt par la main et la poussa dehors.

Parvus se mit en retrait et les invita à faire une tentative. La porte résista malgré l'ardeur dont Alex faisait preuve.

Celui-ci retira sa main brutalement en criant :

— Aïe, le panneau est brûlant !

Parvus intervint et poussa la porte qui évidemment s'ouvrit sans effort. Il attira leur attention sur une petite tâche juste à l'emplacement où une seconde plus tôt Alex avait posé sa main.

— Qu'est-ce que c'est ?

— La preuve que tu as tenté de forcer l'entrée. Regarde à droite, il y a une autre trace, plus grande. Celle-ci, c'est celle de Charoniax.

— Vous ne sauriez pas quand a eu lieu cette visite ? demanda Alex en emboîtant le pas derrière Parvus en direction de l'escalier.

Agathine piaffait. Mais quel innocent ! Bien sûr qu'il le savait ! Depuis qu'ils étaient rentrés, il n'avait pas cessé de faire jacasser cette porte comme une pie dans sa tête! Elle devait admettre que cet homme était très fort, il mettait toute son énergie pour la convaincre que les portes avaient des oreilles et une langue. Dans cette tempête de mots, elle avait compris que Charoniax était passé vers 18h30. Alex réagit immédiatement à cette information.

— Si madame They a quitté Peyotl vers 18h30, il est impossible qu'elle ait rencontré Charoniax. Les deux lieux sont bien trop éloignés l'un de l'autre. A moins que les druides ne possèdent également le don d'ubiquité ?

Tout compte fait, cette communauté ne lui avait pas totalement ramolli le cerveau ! se dit-elle.

— Très juste monsieur Barst-Rathen, il nous reste à espérer que Théodora ne l'ait pas croisé en chemin.

— Rabat-joie !

— Ne dramatisons pas jeune demoiselle, si les amis que Gaberick a contactés ce matin n'ont pas vu Théodora, certains lanceront un appel magos. La présence de Charoniax dans les parages le justifie amplement. Une autre part de tarte ?

C'était bien gentil à lui de tenter de la rassurer avec du chocolat et des pâtisseries mais elle n'oubliait pas que c'était à cause de lui qu'elle en était là !

Alex profita de cette pause coupe-faim pour se faire expliquer l'appel magos.

Cette boulimie qu'il avait d'enrichir son vocabulaire druidique dépassait sa camarade : il pensait peut-être faire un exposé pour la rentrée !

— Chaque druide contacte son entourage murmol qui établit un relai auprès d'autres murmols.

— Cela fait pas mal de personnes… je veux dire… d'objets… enfin…

— Arrête de bafouiller, on a compris.

— Au contraire, il n'est pas pire insulte pour un murmol que de se faire traiter d'objet. Une fois activés, les murmols pensent, agissent en toute indépendance, il faut les considérer comme des personnes à part entière.

Hormis les sujets de conversation bizarres et la présence de mobilier vieux de plusieurs siècles, on se serait cru dans un banal salon de thé. La jeune They engouffra avec gloutonnerie une deuxième part de tarte aux fruits. Elle n'en pouvait plus, avec tous ces évènements, elle avait fait l'impasse sur le petit déjeuner. Il était logique qu'à 11h, son estomac criât famine.

Un silence s'installa soudain dans la pièce et donna l'impression que la disette était générale. Parvus croquait avec délicatesse des biscuits secs et Alex soufflait sur son chocolat trop chaud. Au grand désespoir d'Agathine, cet instant de sérénité ne dura pas.

— Si vous allez à Kernach vérifier que madame They s'y trouve, je pourrai vous accompagner ?

Agathine commençait à se demander s'il s'agissait bien de son ami Alex. Il lui donnait parfois l'impression de n'avoir plus toute sa tête depuis qu'il avait mis son nez dans « Parler murmol ». Les rôles étaient inversés, c'était lui qui rêvait et elle qui analysait.

— Alex, tu vas dire quoi à ta mère ? Maman, excuse-moi de te lâcher le jour de Noël mais je pars en excursion voir une *académie* perdue je ne sais où ?

— En Bretagne.

— Pardon, monsieur Corbelin ?

— Kernach se trouve en Bretagne… et je m'appelle Corbus.

— Très bien, en Bretagne, *monsieur* Corbus !... Bref, tu ne vas pas manquer cette journée spéciale avec ta mère pour partir chez des gens dont, hier encore, tu ne soupçonnais pas l'existence !

— Ça m'intéresse et pour ce qui est de maman, au contraire, cela lui ferait vraiment plaisir si je lui annonçais que je me suis trouvé des amis avec qui faire la fête. Elle n'arrête pas de me dire qu'il faut que je sorte un peu.

Avec des arguments pareils, il lui fallut bien capituler. Après tout, s'il aimait mieux passer le réveillon avec des fous, c'était son affaire !

— Ah, la dispute chez les D'Allebard est terminée, lança Parvus en se levant.

Agathine ne se demandait plus comment il le savait. Encore un murmol, sans doute. Or cette fois-ci, aucun son n'était parvenu jusqu'à elle : le majiscribe se relâchait-il ? Il semblait déconcerté, certainement s'attendait-il à une intervention de sa part. Mais s'il ne créait pas d'illusion, comment voulait-il qu'elle réagisse !

— Nous ferions mieux de nous hâter, si jamais nous devons nous mettre en toute pour Kernach, il ne faudrait pas tarder.

8

Au 3, tout était silencieux. Cependant, quand D'Allebard père leur ouvrit, ses traits étaient tirés. Les jeunes gens ne savaient trop comment l'aborder. Parvus y alla franchement, façon Irina !

— Il l'a mal pris ?

— Très, et il n'est pas seulement fâché contre moi, il vous en veut aussi.

— Il est parti ?

— En claquant la porte. Le pauvre, il avait tellement envie de me surprendre et nos recherches de cette nuit ont tout gâché. Mais ne restez pas dans le hall, montez vous installer dans la salle à manger.

Personne ne se fit prier, plus la journée avançait, plus la température descendait. Tout en empruntant l'escalier, Agathine demanda discrètement à Alex :

— Tu comprends quelque chose, toi ?

— Je crois que Tristan est parti.

— Parti ?

— Le désordre de ce matin, dans la pièce…

— Eh bien ?

— A priori, les recherches de Parvus et Gaberick D'Allebard portaient sur Murgleis…

C'était devenu une habitude, à chaque fois que le nom de cette épée était prononcé, une révélation s'ensuivait. Agathine ne pouvait espérer plus de détails. De toute façon, ils avaient atteint l'étage. Alex trépignait d'impatience. A peine venaient-ils tous de prendre place qu'il attaqua.

— L'épée que cherche Charoniax, ça ne serait pas Murgleis par hasard ?

— Je vais finir par me demander si vous n'êtes pas medium monsieur Barst-Rathen. D'où vous vient cette idée ?

Voilà ce qui arrive quand on a la langue trop pendue ! Comment comptait-il s'en sortir maintenant, allait-il reconnaître qu'en plus de pénétrer dans l'atelier de Théodora They sans permission, il lisait les cadeaux de Noël des autres ?!

— J'ai remarqué que les documents éparpillés sur la table ce matin parlaient de Roncevaux, mais surtout des épées de Roland et Ganelon. On sait que Charoniax cherche à en localiser une. Je me suis dit qu'un druide amoral ne pouvait qu'être attiré par l'épée d'un traître, d'où Murgleis, l'épée de Ganelon.

— Excellentes déductions, un vrai détective.

Un fieffé menteur, voilà ce qu'il était. Alex le droit, le pragmatique venait de jeter d'un coup aux orties quelques principes des bases qui avaient toujours jusqu'à présent régi sa vie. Il ne se reconnaissait plus.

— Eventuellement, si tu avais un flash sur l'endroit où se trouve maman, à l'heure actuelle, cela nous aiderait ! ironisa la jeune They, désireuse de mettre son ami encore plus mal à l'aise.

L'allusion à madame They réveilla l'historien qui retrouva ses esprits.

– Avec le départ de Tristan, je n'ai pas encore eu le temps d'en parler, mais j'ai des nouvelles.

– On t'écoute Gaberick.

– Eh bien, j'ai contacté toutes les personnes de la liste, aucune n'a vu Théodora They.

Des nouvelles, ça ! Une grosse déception plutôt !

– Mais juste avant que vous n'arriviez, j'ai reçu deux appels, attendez… voilà !

Il extirpa d'un tas de feuilles sur la table un carnet et tourna les pages avec brusquerie pour finalement annoncer :

– Un appel de Damasquin le bijoutier et un autre du vétérinaire Kachex. Je vous avouerai que je n'ai pas compris leur propos mais ils m'ont assuré que vous, Paul vous comprendriez.

Paul ? Ah oui, Parvus Corbus.

A priori, malgré les désaccords liés à la nouvelle identité de l'antiquaire, Parvus Corbus avait bel et bien cédé sa place à Paul Corbelin dans l'esprit des jeunes gens !

La lenteur de l'homme au pull jacquard devenait insupportable. Il respira profondément avant de se lancer !

— Moktair te fait dire que madame They a dormi chez son cousin et le lampadaire de la gare l'a vue prendre le train.

Voilà, c'était dit. Effectivement, sans culture druidique, ce devait être du charabia pour lui. Quoique, de leur côté, les jeunes gens ne pouvaient avec certitude avancer une interprétation exacte mais ils avaient la vague impression qu'il allait y avoir du voyage dans l'air.

Parvus Corbus résuma donc la situation, à savoir que They mère allait bien, qu'elle avait trouvé à se loger cette nuit dans les bois (Analyse de They fille : le cousin de Moktair… un arbre par conséquent… et ils étaient en plein hiver ! N'importe quoi !) De plus, elle était déjà en chemin pour la bibliothèque (Analyse de Barst-Rathen : information recueillie auprès d'un lampadaire de gare... donc le bijoutier Damasquin était un farlaff).

Conclusion : comme le craignait l'une et se réjouissait l'autre, le déplacement jusqu'à Kernach s'avérait inévitable.

Le passage de l'éventualité du projet à sa réalisation s'avéra laborieux, une foule de détails restaient à régler et Parvus les pressa comme si le temps était compté.

9

De nouveau Agathine et Alex se retrouvaient sur le chemin de la maison. Le jeune homme déposa son amie en catastrophe et repartit très vite : il lui restait peu de temps pour se restaurer, discuter avec sa mère et préparer son sac.

De son côté, Agathine ne devait pas tarder non plus car ils se rassemblaient tous chez elle à 14h. Ils avaient choisi ce lieu comme point de ralliement car il y avait de l'espace pour garer voitures et scooter, et comme la maison était légèrement en retrait, leur remue ménage se ferait en toute discrétion.

A peine le palier franchi, elle réalisa que quelque chose clochait.

Panda ! Le pauvre faisait un tel raffut qu'il aurait pu rendre sourde une porte si elle avait eu des oreilles ! Ce genre de raisonnement alarma la jeune fille qui se demanda si elle n'était pas en train de suivre le même chemin que son ami Alex. Elle se recommanda de la prudence dans ses réflexions à venir. Ce qui ne résolvait pas son problème de cochon d'inde. Il fallait lui trouver une famille d'accueil en 90 minutes.

Fred… Voilà qui ferait plaisir à ses frères et sœurs. Vite, elle composa le numéro.

— Fred ? Gaty à l'appareil… J'ai un service à te demander.

— Oui, quoi ?

— Eh bien, c'est-à-dire, euh…

Zut de flûte, qu'est-ce qu'elle allait lui donner comme raison ? Elle n'avait pas pensé à cela.

— Ça va Agathine ?

— Oui, oui, c'est seulement que j'ai une foule de choses à faire en un temps record et je suis chamboulée du coup.

— Qu'est-ce qui t'arrive ?

L'heure tournait, il fallait se lancer.

— Je voudrais savoir si tu pouvais héberger Panda, mon cochon d'inde pendant (pendant combien de temps au juste ?) pendant quelques temps.

— Un problème ?

— Non, non ! Mais je dois… (aïe aïe aïe, elle avait besoin d'une idée immédiatement, sinon elle était fichue)… je dois retrouver maman qui est en panne de voiture. Je ne vais pas la laisser toute seule la veille des fêtes ! Je pars la rejoindre avec Parv… Corbelin, le maj… l'antiquaire. Je ne peux pas emmener mon cochon d'inde avec moi, le voyage est trop long.

— Ah oui, elle est bloquée où ta mère ?

Incroyable ! Il allait lui en poser encore longtemps des questions avant de lui prendre Panda !

— Je ne sais pas… (S'il savait à quel point c'était vrai !) …dans les environs de… Rennes !

— Dis donc, c'est loin !

Une pointe d'impatience commençait à la gagner, elle tenta de couper au plus court.

— Alors, pour le cochon d'inde, tu peux faire quelque chose ?

— Oh oui, évidemment Gaty, les petits monstres vont être heureux comme tout de s'en occuper.

Ouf, ça n'avait pas été sans mal !

— Je te le dépose juste avant de partir, ça te va ?

— Très bien ! Tu pars quand ?

— Dans 1h, alors je me dépêche, à tout à l'heure.

Et elle raccrocha avant qu'il ait l'occasion de lui poser d'autres questions embarrassantes.

Ce problème étant résolu, elle passa à l'étape suivante : manger. Pas trop difficile, avec une mère souvent plus préoccupée par ses précieux murmols et leur résurrection, le congélateur regorgeait de produits surgelés, elle n'avait qu'à ouvrir la porte, faire son choix, réchauffer et le tour était joué.

A présent le cauchemar : le sac. Elle ne savait ni où elle allait, ni pour combien de temps. Et sa mère, avait-elle besoin de quelque chose, était-elle assez couverte ?

Elle n'avait encore rangé que les sous vêtements dans la valise à roulettes lorsqu'elle entendit une voiture se garer.

Elle accueillit l'antiquaire-majiscribe avec une question.

– Vous croyez qu'il faut que je prenne des affaires pour maman ?

Parvus ne répondit pas, elle retrouvait l'expression du Corbelin qu'elle connaissait bien : absent, les yeux dans le vague, il méditait sur la réponse appropriée à lui donner.

Elle patienta donc.

– Eh bien, tout dépend de ce que nous allons découvrir en route.

– Qu'entendez-vous par là ?

– Je ne veux pas t'inquiéter.

– Parvus, bien que je sois réticente à accepter votre communauté de druides comme une réalité, là il s'agit de ma mère, alors vous m'en avez trop dit ou pas assez. Elle est en danger, c'est ça ?

– Je pense qu'elle s'est engagée dans une course contre la montre avec Charoniax.

– Elle sait où se trouve l'épée qu'il cherche ?

– Non, c'est impossible, avec Gaberick nous y avons travaillé toute la nuit sans succès.

Alex avait donc vu juste : c'était bien ça le chantier dans la salle à manger !

– Alors pourquoi veut-elle battre Charoniax ?

– Pas le battre jeune They, l'empêcher d'accéder aux pouvoirs de l'épée.

– En se rendant à la bibliothèque de toute urgence ?

– Oui.

— Qui est à Kernach, l'académie des druides ?

— Oui.

— A part devenir encore plus endoctrinée par votre culture, je ne vois pas où est le danger !

— Si Charoniax l'apprend, je crains qu'il ne lui laisse pas l'occasion de mettre son projet à exécution. Elle doit arriver à Kernach avant qu'il ne la localise.

— Sinon ?

Depuis le début de cette conversation, Agathine remplissait sa valise de pulls et de pantalons, indifférente à la coordination des couleurs. Quant aux chaussettes, elle se contentait d'ouvrir le tiroir d'hiver, d'y plonger la main et remettre ensuite le produit de sa pêche dans une poche latérale du bagage.

Plus la conversation avançait, plus elle s'inquiétait pour sa mère, plus elle se construisait une garde-robe façon Irina et elle s'en fichait, ce que venait de lui dire Parvus était bien plus important.

— Sinon quoi ?

—Je ne pense pas qu'il lui fera du mal, il pourrait avoir besoin des compétences de ta mère au cours de son expédition.

— Et après ?

—Ça n'est pas en ébauchant de sombres scénarios que nous avancerons, je préfère penser que ta mère est tout simplement arrivée à bon port. Je peux charger ta valise ?

Elle acquiesça d'un signe de tête.

Bizarre, elle avait l'impression d'oublier quelque chose, elle balaya sa chambre du regard mais ne trouva rien, si ce n'était que le coffret avait disparu !

— Ça ne va pas Agathine ?

— Rien, je ne vois plus le coffret que je vous ai acheté hier alors que je suis certaine de l'avoir posé sur cette commode.

Sur le point de suivre Parvus qui avait endossé la casquette de porteur, elle rebroussa chemin à la première marche pour répondre au téléphone. Gaberick D'Allebard souhaitait parler à Paul Corbelin. Elle transféra l'appel sur le combiné de la salle à manger et laissa les deux hommes s'entretenir.

Elle mit à profit ce temps supplémentaire pour tenter de mettre la main sur le coffret, mais il restait introuvable.

En revanche, une petite boule de poils bariolés attira son attention. La malheureuse allait une fois de plus oublier son animal de compagnie !

Elle descendit prudemment tenant d'un côté le cochon d'inde et de l'autre son sac de nourriture et de foin.

— Qu'est-ce que c'est que ça ?

— Mon cochon d'inde ! Il s'appelle Panda !

— Tu ne comptes pas emmener cette pauvre bête avec nous, j'espère ?

— Rassurez-vous, il faut juste aller le déposer chez Fred Chirivel, c'est à 5 minutes d'ici.

— Je préfère…

— Que voulait le père de Tristan ?

— Il ne nous accompagnera pas pour l'instant. Gaberick craint que cela n'envenime la situation si son fils trouve la maison vide lorsqu'il rentrera. Je lui ai indiqué les étapes où il pourra nous rejoindre en chemin.

Mince de mince de zut, la voici devenue la seule personne sensée du groupe.

—Dites, pour maman vous ne m'avez toujours pas dit : j'emmène quelques affaires ou pas ?

— Prends la gabardine.

— C'est tout ?

— Inutile d'emporter vêtements et nourriture lorsqu'on voyage chez les druides, l'hospitalité n'est pas un vain mot pour nous. Tu t'en rendras compte sous peu.

— Dans ce cas, pourquoi emporter ce manteau lourd, dit-elle en désignant la longue gabardine marron en velours.

La réticence de Parvus à lui donner l'explication l'incita à prendre les devants.

— Si au lieu de rencontrer des druides, elle se retrouve nez a nez avec votre charmant Charoniax, vous craignez qu'elle…

— Je pense tout simplement que si elle veut voyager hors des sentiers fréquentés, afin d'éviter cet individu, nous risquons de la retrouver affaiblie et qu'un manteau propre et bien chaud la revigorera. D'autant que ce vêtement a d'autres avantages… disons… druidiques et incompatibles avec ta conception de la logique.

Ce mot rendait immédiatement la jeune fille susceptible. Elle préféra changer de sujet.

— Vous ne vouliez pas emporter un objet dans l'atelier Parvus ?

— Je n'oublie pas, contrairement à notre ami Monsieur Barst-Rathen qui a 15 minutes de retard !

— Inadmissible venant de sa part. Il lit druide, il pense druide, s'il le pouvait, je parie qu'il en deviendrait un !

— J'appuierai cette demande avec joie, si c'était un projet réalisable. Le nombre de gnarnuls curieux de notre communauté de façon désintéressée s'est compté sur les doigts de la main au cours de notre histoire, votre ami est extraordinaire…

Vexée, Agathine chercha à minimiser le compliment.

— S'il suffit de croire en vous pour devenir incroyable !... Ah, on frappe à la porte. Je m'en vais de ce pas accueillir comme il se doit le gnarnul extraordi… Irina !

10

Salut la compagnie ! Pas trop en retard ? Parce que préparer un sac en 5 minutes, ce n'est pas de la tarte. Ce n'est pas donné à tout le monde, tous les jours, d'aller visiter l'académie des mondes anciens, je ne savais même pas que ça existait. Qu'est-ce qu'on attend ?

Un cauchemar, songeait Agathine. C'est ça, je suis en train de délirer et si ce n'est pas le cas, c'est que nous courons à la catastrophe. Je vais partir à la recherche de ma mère en compagnie d'un antiquaire qui parle aux bois, d'un surdoué dont les capacités d'analyse scientifique faiblissent à mesure que ses connaissances extrascientifiques augmentent. Pour couronner le tout, le groupe vient de se doter de la gaffeuse de service, accessoirement ma meilleure amie et par conséquent, je préfèrerai la tenir éloignée de cette aventure dont l'excédent de paranormal pourrait briser notre amitié.

Inutile pour elle de continuer à se lamenter, le mal était fait.

Ils prirent place dans l'Athéna. Alex Barst-Rathen à l'avant, Irina Tassilov et Agathine They à l'arrière.

Irina fut tout de suite mise au diapason des drôleries qu'ils risquaient de rencontrer pendant le voyage.

En revenant de l'atelier chargé du pupitre à tête de dragon, le majiscribe offrait au groupe un démarrage sur les chapeaux de roues!

— Ouah Monsieur Corbelin, c'est quoi ce truc que vous venez de mettre dans le coffre ?

— Un pupitre.

— La mère d'Agathine l'a réparé pour vous monsieur Corbelin ?

— Non, il lui appartient, répliqua Parvus en démarrant.

Intérieurement Agathine suppliait le conducteur de cesser de donner des détails, persuadée que cela ne manquerait pas d'attiser la curiosité d'Irina.

— Elle est où ta mère au fait. Vous ne faites pas le réveillon ensemble ?

— Madame They est déjà à l'Académie des mondes anciens. Elle est bloquée là-bas avec sa voiture qui a un problème mécanique, c'est pour cela que nous allons la rejoindre, poursuivit Parvus.

Copieur ! murmura Agathine entre ses dents, c'était la version qu'elle avait donnée à Fred ! A moins qu'il n'ait encore demandé aux portes !

Ah ces murmols !

En attendant, le bal des questions venait d'ouvrir.

— Où est cette académie ? C'est quoi un monde ancien ? Pourquoi on emmène un pupitre ?

Arrivée chez Fred Chirivel, la jeune fille n'avait jamais autant apprécié d'aller s'exposer au froid glacial de cette matinée hivernale !

La résidence des Chirivel était flanquée au bout d'une allée dont l'entrée devait être jadis protégée par une grille en fer forgé. Celle-ci subsistait encore mais restait ouverte en permanence car couverte de rouille, conséquence d'un abandon prolongé.

Longtemps inhabitée, Agathine se souvenait avoir baptisé cette maison, la maison de la Belle au bois dormant lorsqu'elle était enfant car la nature y gagnait du terrain à une vitesse vertigineuse et implantait un univers laissant libre cours à son imaginaire ainsi qu'à celui des enfants des maisons avoisinantes.

Puis les Chirivel s'étaient installés et petit à petit, le jardin chaotique avait laissé place à l'ordre et la discipline. Elle entendait à longueur de journée le bruit d'un marteau ou d'une perceuse, elle sentait l'odeur de peinture, de produits d'entretien ou de nettoyage divers s'échapper des fenêtres lorsqu'elle passait à proximité, intriguée par ces nouveaux arrivants. Combien de fois Agathine avait vu le père de Fred passer à la maison demander conseil à sa mère, voire lui ramener un meuble dont il désirait se défaire ! A leur arrivée, la famille ne se composait que de trois membres : Monsieur, Madame et Fred. Des bébés étaient venus élargir le cercle familial. D'abord Margaux âgée maintenant de 11 ans, ensuite Camille, 5 ans et enfin le petit dernier, Jacq 3 ans.

A peine à l'abri dans le vestibule, toujours encombré de chaussures et de manteaux posés sur un banc, Camille et Jacq prirent d'assaut la cage du cochon d'inde. Fred entraîna alors son amie vers la porte de droite qui donnait sur un bureau. Envahie par un sentiment de panique, elle avait l'impression d'être tombée dans un guet-apens, il lui fallait partir d'ici au plus vite !

— Tu en sais plus maintenant ?

— Plus sur quoi ?

—Sur ta mère ! Tu m'appelles pour me demander de garder ta bestiole pendant un temps indéterminé, tu me dis que tu vas quelque part du côté de Rennes rejoindre ta mère, je te demande si tu en sais plus… Gaty, ça va ?

Non, ça n'allait pas. Les questions de son ami l'agaçaient et elle avait beau chercher de l'aide en fixant le bureau ivoire ou la bibliothèque, elle ne trouvait pas d'idée pour se sortir du mensonge qu'elle avait inventé. Comment Alex s'était débrouillé avec Irina... Non, ça n'était pas une bonne idée de le copier, le coup des mondes anciens avait fait pire que mieux… Elle préféra plutôt jouer l'idiote.

— Je ne peux t'en dire plus Fred, c'est Corbelin qui m'emmène.

— Mais il ne t'a pas montré sur une carte où vous alliez ?

Elle était coincée. Mentir à ses amis c'était autre chose que de mentir à sa mère et visiblement, elle manquait d'entrainement dans ce domaine. Une solution, vite !

La délivrance vint de Margaux qui passa son nez à travers la porte pour leur annoncer un visiteur supplémentaire.

Le cauchemar ambulant fit son apparition dans le bureau et créa la stupeur.

— Irina, tu l'accompagnes ! dit Fred en écarquillant les yeux.

— Oui, Alex va visiter une académie des mondes anciens en Bretagne.

— Alex ? Alex est avec vous aussi ! Pourquoi tu ne me l'as pas dit, Gaty !

Gaty sentait que tout ceci allait tourner au vinaigre et pas à son avantage.

— Oui, sa mère est coincée dans cette école avec sa voiture alors on va tous y passer le réveillon. Les études, ce n'est pas mon truc, mais plutôt que de m'ennuyer toute seule à la maison… Tu veux faire partie du voyage ?

Inconcevable ! Agathine fit une ultime tentative de dissuasion.

— Je suis désolée, Irina, mais je ne pense pas que Corbelin approuve un passager de plus.

— Oh mais si, on vient d'en parler dans la voiture, c'est même pour ça que je suis venue. Fred, qu'est-ce que tu en dis ? Tu crois que tes parents accepteraient ?

Un complot ! Qu'est-ce qu'ils avaient tous à ne pas vouloir passer Noël en famille, elle joua son va-tout.

— Et le réveillon de ce soir ?

— Maman est d'astreinte alors... je leur ai déjà donné leurs cadeaux... ils étaient trop impatients, dit-il avec un sourire. Attendez, je vais voir, ça ne sera pas long.

Inutile. Son père qui se trouvait dans la pièce du fond - la cuisine en l'occurrence - n'en avait pas perdu une miette et donna sa bénédiction pour que Fred aille se détendre à Rennes avec ses amis : « il m'aide tant à la maison qu'il mérite bien une pause pendant les vacances ! »

Pour quelqu'un qui rangeait habituellement ses affaires de classe à la vitesse d'un escargot, Fred donna plutôt l'impression d'une fourmi ouvrière en action et 10 minutes plus tard, ils étaient dehors. Irina et Fred aux anges, Agathine en enfer. Parvus esquissait son sourire narquois, apparemment satisfait du résultat de ses manipulations.

En route pour une destination connue uniquement d'un illuminé qui entendait des voix, à la recherche d'une mère elle-même probablement poursuivie par un être avide de pouvoir qui convoitait une épée vieille de 5000 ans ! Agathine They n'avait pour tout soutien que ses amis dont une écervelée, un escargot et un super génie en panne d'intelligence.

Devait-elle rire, pleurer ou avoir peur ? Elle pencha pour la dernière option, très contrariée de savoir que la réputation de sa famille allait ces jours-ci être rudement mise à l'épreuve, voire en danger. Et elle n'était pas convaincue non plus que le groupe y survivrait.

- Alors Gat, tu montes ?

Les amis avaient déjà tous pris place à l'arrière du véhicule. De mauvaise grâce, elle passa à l'avant, la voiture démarra et la troupe adressa un signe d'adieu à la famille Chirivel.

Parvus qui, depuis le départ du Bout d'En Bas, était silencieux, choisit ce moment pour faire un discours de bienvenue.

— Irina ?...

— ...Tassilov, compléta cette dernière.

— et Fred Chirivel, c'est ça ?

— Oui Monsieur Corbelin.

Notre première étape se situe à environ 1h30 d'ici. Ensuite il faut compter une journée avant d'arriver à notre destination finale. Alors arrêtons nos mondanités et appelez-moi Parvus.

—Drôle de prénom, s'esclaffa Irina, décidemment très en forme aujourd'hui !

— N'est-ce pas ? C'est un prénom qui vient des mondes anciens, vous en entendrez d'autres au cours de ce voyage. A propos, l'un d'entre vous a-t-il le mal de mer ?

Chacun secoua la tête en signe de négation. Alex, comme à sa nouvelle habitude répondit par une question.

—Vous ne comptez pas nous emmener en bateau jusqu'à Rennes, tout de même ?

— Pas en bateau mon jeune ami… en drakkar. Et d'ailleurs, je ferais bien d'accélérer le mouvement si nous ne voulons pas rater l'embarquement.

Partie 3

Samo

1

– C'est moche, dit Parvus accroupi devant la DS.

– Vous ne pouvez rien faire les garçons ? enchaîna Irina.

– Une roue de secours aurait certainement aidé ! surenchérit Fred.

– Nous avons raté l'embarquement, constata Alex déçu. Que proposez-vous Parvus ?

– La seule chose à faire : trouver où dormir…

Irina l'interpella aussi sec sur cette suggestion:

– Sans vouloir vous offenser monsieur Corbus, nous sommes en pleine campagne et il est hors de question de passer à cinq la nuit dans cette voiture.

– Tu veux peut-être prendre ton sac et partir à pied dans la neige ? ironisa Fred.

– Calmez-vous, pas besoin d'aller jusque là. Nous avons la forêt !

Irina était offusquée:

– Vous voulez qu'on dorme à la belle étoile en plein hiver !

Parvus prit son air laconique, qu'Agathine identifia immédiatement : un tour de majiscribe !

D'autant plus qu'il conseilla au groupe de laisser les sacs dans le coffre ! Il n'aura pas fallu longtemps avant de goûter à l'hospitalité des druides !

La troupe enjamba la barrière de protection et se scinda en deux : Corbus, Barst-Rathen et They ouvraient la marche, Chirivel et Tassilov en retrait.

— Je n'ai pas d'autre solution. Tu aurais volontiers remis cette épreuve à plus tard, j'en suis conscient mon enfant, dit Parvus peiné en se tournant vers la jeune fille.

— Où allons-nous dormir ? demanda Alex intrigué.

— Chez Samo, c'est un ami.

— Et il est quoi celui-là ? Farlaff ? Majiscribe ? Scriptoriste ?...

— Derve ? suggéra Alex.

— Un luptuc minimal.

La jeune They leva les yeux au ciel !

— Et son don particulier, c'est... s'enquit-elle en redoutant la réponse.

— De vivre dans la forêt tout simplement.

— Je n'en crois pas un mot ! Toutes les connaissances que vous nous avez présentées jusqu'à présent sont de près ou de loin liées à une activité druidique.

— C'est encore loin ! geignait Irina derrière eux.

— 10 petites minutes et nous y serons.

— Vous êtes certain de trouver un endroit où nous loger ? s'inquiéta Fred. C'est veille de Noël tout de même...

— Rassure-toi mon jeune ami, toute personne ayant étudié à l'académie des mondes anciens a un devoir d'hospitalité envers les siens, dit Parvus en le rejoignant.

Ce qui confirma les craintes de la jeune fille : Samo n'était qu'un druide de plus ! Soupçons entérinés par Alex qui, dès qu'ils se retrouvèrent seuls, lui chuchota :

— Il parle aux animaux.

— Quoi ?

— Un luptuc, c'est un druide qui parle aux animaux.

— D'où tu tiens ça, toi ?

— Du livre que j'ai lu à l'atelier.

Samo parlait donc aux animaux, une partie de plaisir en perspective !

Ils venaient d'atteindre l'orée de la forêt et s'engouffrèrent dedans guidés par le majiscribe qui bifurqua à plusieurs reprises. Parfois, les changements de direction étaient accompagnés d'entretiens avec les arbres. Ces conversations ne la surprenaient pratiquement plus mais Agathine restait sur le qui-vive, angoissée à l'idée que ses amis découvrent pourquoi leur guide faisait ces pauses et surtout qu'elle partageait ce don. Non qu'elle ait accepté que l'on puisse parler aux arbres, mais si cela faisait plaisir au bonhomme de le lui faire croire, il était inutile de l'en dissuader. Chacun sa priorité après tout !

En tout cas, Samo devait déménager souvent car Parvus éprouvait quelques difficultés à le localiser.

Finalement ils firent halte dans une sorte de clairière pour voir leur guide forestier se mettre à quatre pattes ! Consternation générale dans le groupe !

– Vous cherchez la clef de notre hôtel Parvus !

– Je cherche l'entrée… Mademoiselle They. Ah voilà ! dit-il en écartant la neige délicatement avec ses mains pour mettre à découvert un champignon !

– C'est le repas de ce soir, dit Fred d'un ton cinglant.

Toujours aussi concentré et impassible, Parvus leur demanda de se placer derrière lui. Il tapota légèrement le chapeau du champignon, comme on frappe à une porte, pour se reculer immédiatement et les entraîner à l'écart.

Certes, on s'attendait à du spectaculaire. Mais voir le champignon grossir sous leurs yeux jusqu'à atteindre la taille d'une maison, ça surprend ! Agathine n'osait pas regarder dans la direction de ses amis, ni se demander ce qu'ils en pensaient. A voir leur bouche ouverte, ils étaient tous sous le choc !

Le champignon avait cessé de grandir. Avec son pied de couleur crème et son chapeau d'un brun très sombre, on pouvait l'apparenter à un cèpe. A la base du pied, une lamelle s'enroula, laissant apparaître un petit homme aux cheveux frisés et noirs qui devait être Samo. Il portait une salopette marron sur un pull vert émeraude.

Agathine douta de la définition d'Alex du mot luptuc. Il faisait plutôt penser à un nain de jardin ou un lutin ! En tout cas, son accueil jovial détendit l'atmosphère.

— Parvus, mais quel plaisir mon ami ! Entre, entrez donc, nous serons mieux au chaud pour discuter.

Alex, toujours aux aguets de nouveautés, ne se fit pas prier et pénétra le premier dans la « maison ». Irina et Fred restaient immobiles, comme tétanisés et Agathine dût pousser ses amis à l'intérieur. Ils n'avaient pas bougé d'un pouce depuis l'apparition de Samo.

Une fois la troupe au complet, la lamelle retomba prestement et leur hôte les invita à s'asseoir.

L'intérieur du cèpe était tout aussi déroutant que son apparition au milieu de la forêt. Au centre de la pièce, une colonne transparente que traversait un fluide dont les couleurs rougeoyantes et l'intensité variaient sans cesse, rappelant un feu de cheminée ou une tour d'éclairage. Peu de meubles. Juste une table qui contournait la colonne et quelques chaises sur lesquelles le groupe prit place. A droite de la lamelle d'entrée - dont le pourtour commençait à s'estomper - une immense feuille de chêne soutenue par des branches de bouleaux disposés en croisillons servait de console. Au fond de la pièce sur la gauche, un tuyau de bambou reliait quelques lamelles apparentes du chapeau du cèpe à un évier qui s'avéra être une coquille de noix géante soutenue elle aussi par le même système de croisillons en bouleau. Alex était curieux de savoir s'ils avaient rapetissé ou si c'était les objets qui avaient grandi.

A l'étage, une mezzanine circulaire épousait la forme du chapeau du cèpe. Probablement le bureau et les chambres. On comptait cinq portes toutes en dégradé de marron. Aucune trace d'escalier.

Samo s'affairait comme un petit diable (ou un petit lutin, selon l'opinion qu'on en avait) pour mettre ses visiteurs à l'aise, mais Fred et Irina ne semblaient pas encore totalement remis de leur passage à travers le pied d'un cèpe ! Ils ne touchèrent même pas au bol de cidre (une coquille de noix de taille raisonnable cette fois) que leur hôte venait de servir.

Dans leur coin, les deux compères retraçaient le cours de leur vie depuis qu'ils s'étaient perdus de vue. A priori, cela faisait un bail.

— Mais je parle, je parle et tu ne m'as pas présenté à ces jeunes gens. De nouveaux étudiants ?

— Pas exactement. Euh... Jeunes gens, je vous présente Samo.

S'ensuivit un défilé de salutations accompagné de poignées de mains.

— Alex Barst-Rathen, un ami d'Agathine.

— Fred Chirivel, également un ami.

— Irina Tassilov, une autre amie.

— Demoiselle vous semblez être bien entourée ?

— Merci monsieur Samo.

— Samo tout court, s'il vous plait.

— Enchantée Samo. Je suis Agathine They, la fille de...

— Théodora ! Vous êtes la fille de Théodora They ! Cachottier de Parvus ! Alors c'est vous qui allez étudier à Ker…

— Non, Samo, c'est une longue histoire… intervint son ami en dirigeant la conversation vers un autre sujet.

Suivit une explication de la malencontreuse crevaison et la demande d'hébergement pour cette nuit. Le bonhomme ne se fit pas prier. Irina choisit ce moment pour refaire surface.

— Dites Parvus, comment on a fait pour rentrer dans un champignon ?

2

Ce fut un repas de Noël baroque et déroutant. D'abord, il y eut les plats insolites servis par Samo : une soupe de fougères, des cailles accompagnées d'une sauce à la sève de chêne et des baies givrées servies sur un coulis de rosée. Le dîner fut entrecoupé de « oh ! », de « ah ! », quand ce n'était pas de « mince alors ! »

Tantôt la surprise venait de ce qu'il y avait dans leur assiette, tantôt de ce que les deux hommes racontaient.

Loin de se détendre, plus on progressait dans les explications, plus l'appréhension de l'adolescente grandissait. Perturbée, elle ne cessait de se répéter : « ma mère est vraiment une scriptoriste, il parle réellement aux arbres et j'entends ce qu'ils se disent… J'entends les arbres... Je suis sûre qu'il sait que j'entends… Qu'est-ce qu'ils vont penser mes amis s'ils apprennent que j'entends… »

Jusqu'alors, Parvus avait réussi le tour de force d'éviter de mentionner le don de Madame They aux amis d'Agathine, tout en fournissant une multitude d'informations sur le pourquoi de l'expédition : Murgleis, l'apparition de Charoniax, la disparition de Théodora, Kernach, le fait qu'ils n'aient aucune certitude de l'y trouver.

Puis, on ne sut trop pour quelle raison tout alla de travers.

— Mais c'est l'épée dont parle Godesalc D'Alebaert dans le parchemin. Enfin, je veux dire...

Chère gaffeuse d'Irina !

— Que vous l'avez lu en compagnie de Tristan, je le savais.

Les regards de Fred et Irina se braquèrent sur leur amie, la rendant responsable de cette irréparable bévue.

Alex, dans une tentative pour calmer les esprits, fit pire que mieux.

— Tristan nous a donné la bonne traduction, Murgleis est maléfique ! Nous pensons que madame They essaie de contrecarrer les plans de Charoniax en fabriq… en se rendant à Kernach.

On aurait dit qu'il venait d'agiter un foulard rouge sous le nez d'Irina.

— Alors, depuis le début tu savais que nous n'allions pas à cette académie mais à la recherche de la mère de Gaty ! Vous avez encore d'autres choses à nous cacher tous les deux, histoire qu'on ait l'air moins bête la prochaine fois qu'on passe la nuit dans un champignon géant !

Samo, qui ne s'était pas encore manifesté, intervint. Il avait le teint presque aussi blême que la colonne centrale de sa maison.

— Jeunes gnarnuls, je vous conseille de vous calmer !

A ce moment, Irina devint totalement incontrôlable.

— Gnarnul vous-même !

— Irina ça suffit, l'enjoignit Alex. Tu ne sais même pas ce que ça veut dire.

— Parce que toi tu sais… mais bien sûr !

— Parfaitement, vu que j'en suis un moi-même.

Ils se défiaient du regard. Les druides tentèrent une diversion car, dans la Colonne centrale, il commençait à y avoir du mouvement. Le fluide prenait des tons nettement flamboyants. Comme s'il se préparait à un orage. Cela ne présageait rien de bon. Ignorant Samo, Irina continuait de provoquer Alex.

— Alors monsieur je sais tout, c'est quoi un gnarnul ?

— Un gnarnul, c'est quelqu'un qui n'est pas un druide, il n'a pas de don ou de pouvoir.

Les mots fatidiques étaient lancés. A partir de là, tout s'enchaîna très vite.

Prise de panique, Agathine They se lança dans une explication, tentant de donner un sens aux druides, aux dons, aux études à Kernach.

— A Kernach, on forme toutes sortes de druides aux dons particuliers. Certains parlent aux objets en métal, d'autres se destinent à la préparation de potions ou parlent aux animaux. Il parait que vous êtes un luptuc, siffla-t-elle à Samo. Quant à notre cher Corbelin, pardon, Parvus Corbus, c'est un majiscribe : il parle aux objets en bois ! finit-elle haletante.

— Et ta mère ?

— Quoi ma mère ? beugla-t-elle d'un ton acide à Irina dont le manque de tact commençait sérieusement à l'agacer.

— Elle est… druide elle aussi ? osa demander Fred d'un ton mal assuré.

— Non c'est pire, elle est scriptoriste. Ça veut dire que c'est une super-majiscribe qui peut tout faire du moment qu'il y a du bois dedans !

La jeune They ne se maîtrisait plus.

Elle sentit alors une main se poser sur son épaule : Samo. D'un signe de tête, il désigna la colonne devenue carrément rouge.

— Il faut vous calmer, mademoiselle, tout ceci n'est pas bon pour le champignon.

— Ne vous en déplaise, je me fiche bien de ce que pense votre cèpe ! Vous me feriez le plus grand plaisir en devenant invisibles, tous autant que vous êtes : majiscribes, derves, luptucs, murmols et compagnie… et si cela peut me ramener ma mère, tant mieux !

Elle eut à peine le temps de terminer sa phrase qu'elle se sentit soulevée dans les airs. Ne remarquant pas tout à fait ce qui se passait, elle continua de gigoter jusqu'à ce qu'elle réalise que ses pieds ne touchaient plus terre. Horreur et humiliation !

En bas, tous étaient en émoi. Les druides l'incitaient à se calmer, ses amis lui lançaient des mots d'encouragement.

De la position inconfortable où elle se trouvait, elle tenta de comprendre comment elle en était arrivée là. Visiblement, monsieur le cèpe avait vu rouge comme le présageait la tendance de la colonne et venait de l'emprisonner dans une sorte de liane filandreuse et blanchâtre… Beurk !

L'adolescente comprit deux choses : Un, ne jamais insulter un champignon ! Ils sont très susceptibles. Deux, les lianes constituaient le moyen d'accéder à l'étage. Voilà pourquoi il n'y avait pas d'escalier.

D'un mouvement brusque, la liane la déplaça vers une des portes, elle avait l'impression de faire un tour de manège en chaise volante. Ce n'est qu'une fois libérée de ses liens et la porte refermée qu'elle comprit qu'elle n'était pas dans une chambre mais dans un cachot ! Affolée, elle se mit à crier :

— Délivrez-moi de cet endroit dégoûtant !

— A mon grand regret, je ne peux rien pour vous, mademoiselle. Vous ne sortirez de cette pièce que lorsque le champignon estimera que vous faites preuve de plus de discernement.

— Mais je n'ai rien fait !

— Vous l'avez insulté !

Prise au dépourvu, elle ne sut que répondre et se renfrogna dans un coin. Hors de question de présenter des excuses à un champignon ! Entendre parler les arbres, c'était déjà bien assez !

De leur côté, les druides tentèrent de rassurer ses amis inquiets de son sort.

Samo, qui mettait cet orageux incident sur le compte du surmenage dû à la découverte d'un nouvel univers, leur proposa d'aller rejoindre leur chambre.

C'était la meilleure ! Ils allaient passer la nuit dans un endroit douillet pendant qu'elle croupirait dans ce vulgaire cachot aux odeurs écœurantes !

Une consolation : ils devraient surmonter l'épreuve de la liane s'ils voulaient aller dormir et ça n'était pas gagné avec Irina : elle avait le vertige. Agathine en pouffa d'avance. Son attitude sembla offenser à nouveau son geôlier, une liane l'enserra pour la faire voltiger tel un ballon de football, puis la reposa par terre. Elle comprit la leçon et se contenta d'écouter sans faire de commentaires. Elle eut encore droit à ce traitement deux fois quand ce fut le tour d'Irina de regagner sa chambre. Aussi désagréable pour l'une que drôle pour l'autre en dépit de la punition infligée par les lianes ! Epuisée par le cumul des évènements bizarres de ces dernières 24 heures, la jeune fille s'endormit ensuite comme une masse en réfléchissant à la façon dont un repas féerique pouvait se terminer en cauchemar sans crier gare !

3

Charoniax, commençait à s'essouffler. Il n'avait jamais envisagé rencontrer de si grandes difficultés pour mener à bien son plan.

Il ne cessait de pester contre ces quinze années passées dans un poussedru : une pièce de cinq mètres carrés badigeonnée d'un enduit qui rendait quiconque incapable d'exercer la moindre goutte de magos.

Ce manque de pratique lui avait fait perdre quelques bonnes occasions de parvenir à ses fins. Pourtant, l'idée qu'il avait eue en sortant de chez son vieil ennemi Parvus Corbus lui avait paru d'une simplicité enfantine. Mais il s'avéra que le kidnapping était loin d'être un jeu.

Sa première tentative d'enlèvement avait été un échec cuisant : ramolli par son inactivité forcée, il avait utilisé des sortilèges inadéquats et sa proie s'était échappée avec une facilité déconcertante au détour d'un chantier de construction.

Pour son second essai, il réquisitionna l'intervention de murmols moyens (vu ses dispositions actuelles, c'était le maximum qu'il puisse assumer). Et puis, pensait-il, un magébène ne pouvait rien contre des murmols actifs. Un magébène se contentait de ranimer les murmols, et rien d'autre.

Toutefois, il fallait reconnaître qu'intégrée dans son projet, cette résurrection revêtait une amplitude particulière : une fois capturé, le magébène devrait ranimer un des plus puissants murmols créé dans l'histoire du magos, le protecteur de Murgleis. Une subtilité digne du grand paresseux qu'il était. Il se serait bien chargé lui-même de cette besogne, mais depuis ses débuts à Kernach, il avait toujours considéré que gravir les triskèles au prix d'études fastidieuses constituait une insulte à ses capacités. Aussi préférait-il se servir des compétences des autres.

A quoi bon se fatiguer à rechercher où Roland et ses acolytes auraient pu envoyer l'épée alors qu'il suffisait de s'adresser à son murmol protecteur ? Un murmol endormi, certes… depuis treize siècles ! D'où le besoin d'un magébène.

Lorsque sa victime se délivra du second guet-apens, Charoniax en conclut qu'il avait mal évalué les capacités de sa cible. Il n'aurait jamais pensé qu'en quinze ans un camarade de classe qu'il avait quitté majiscribe ait atteint une telle maîtrise du magos !

En conséquence, il donna à sa troisième intervention des allures de bataille.

Il chercha des alliances et planifia son attaque jusqu'au moindre détail. Par le truchement d'une mixture acquise auprès d'un derve véreux, il avait enrôlé quelques planches aguerries afin de bloquer les issues. Il avait appliqué sur le sol une couche de poussedru pour s'assurer que son adversaire soit à sa merci, incapable de recourir à la moindre parcelle de magos. Il avait manœuvré avec une grande subtilité pour que sa victime se retrouve précisément à l'endroit où il souhaitait qu'elle soit. Et malgré tout le soin apporté à ce piège, il avait échoué. Non seulement sa proie s'était libérée (il n'avait même pas eu le temps de préparer le filet en poussedru pour la ligoter) mais s'était payée le culot de dégager les nouvelles recrues de son emprise.

Magnus Charoniax se traita d'âne bâté. Son adversaire se déjouait de tous ses pièges, non parce qu'il était excellent magémailleur, mais parce qu'il avait atteint le triskèle supérieur. Il comprit que s'il désirait atteindre son but, il devait faire en sorte qu'aucune parcelle d'élément en bois ne soit à portée de son adversaire. A défaut, que tout élément en bois à proximité de son lieu d'action soit muselé.

La gare ! Quel endroit plus propice que cette bouche béante d'acier ?

Son choix n'était pas innocent. Il savait que tôt ou tard - qu'importe les capacités de ce druide - il emprunterait le train pour se rendre à Kernach.

Après quelques recherches - depuis le temps, il ne se souvenait plus quel quai, ni quel wagon étaient affectés à cette destination - il se mit en faction non loin du quai 2bis, là où un wagon rouge et jaune était arrimé au train de 09.30 en partance pour Rennes et qui affichait régulièrement *réservé.*

Comme quelques-uns de ses congénères, Charoniax n'avait jamais eu beaucoup de respect pour les gnarnuls qu'il avait toujours considérés comme des abrutis finis. D'une part, leur peur irraisonnée de l'irrationnel les rendaient dangereux… D'un autre côté, du moment qu'on leur donnait une explication concevable, ils étaient prêts à accepter n'importe quoi ! Le train en était la parfaite illustration : depuis le temps que la locomotive charriait le wagon 4125 fermé au public, aucun gnarnul ne s'était posé la question du pourquoi. Pourtant, ils devaient bien se rendre compte qu'il y avait du passage ! De véritables idiots !

Charoniax s'était donc posté aux aguets muni, entre autres accessoires malfaisants, de son précieux filet en poussedru. Cela faisait déjà deux heures qu'il attendait. Il se félicita d'avoir revêtu une gabardine traitée par un derve. Ce vêtement, rembourré d'un épais duvet, adaptait l'intensité de sa chaleur à la température extérieure. Entouré d'une zone de confort de 19 degrés, il pouvait tenir plusieurs jours s'il le fallait. Ce qui serait probablement le cas, car l'horloge de la gare indiquait 09.17 et pas le moindre signe de vie de sa future victime. Passé 09.30, il devrait patienter deux jours pour un autre 4125 à destination de Kernach. A 09.18, Magnus Charoniax commença à douter sérieusement. A 09.21, il n'avait plus grand espoir, il venait de voir passer un jeune homme mal coiffé, négligemment vêtu et qui ne cessait de perdre ses valises en route, ce ne pouvait être que le dernier voyageur. A 09.27, il envisagea d'aller prendre un capuccino au café du coin, histoire de se passer les nerfs sur quelques sucres à croquer.

09.29, le chef de quai envoya son coup de sifflet. Avec jubilation, il la vit apparaître. Le ponce-pirate exultait : il était impossible au passager d'embarquer, il n'aurait pas assez de temps pour respecter la procédure. Avant de monter à bord, il fallait s'identifier en apposant sa paume d'une certaine façon sur la porte, puis hisser ses bagages sur le marchepied afin qu'ils soient également identifiés et happés discrètement dans le wagon, ensuite seulement la porte s'ouvrait et on pouvait prendre place. Il remarqua que son voyageur n'avait pas de bagage, mais n'y attacha aucune importance. La minute qui restait serait insuffisante, d'autant plus qu'avant d'arriver à cette porte, il y avait ses pièges à éviter et matériellement, il était impossible de passer outre ces obstacles en 60 secondes.

Charoniax ne prit même pas la peine de se cacher, il fonça droit devant, tenant entre ses mains son filet. Arrivé à hauteur de sa proie, il s'élança pour l'envelopper et l'immobiliser le temps que le train parte. Il n'y avait aucun danger de se faire surprendre par les gnarnuls : son filet était en pure soie transparente, ces imbéciles croiraient simplement que la personne immobile devant eux était en pleine réflexion et qu'elle cherchait son quai.

Mentalement, Charoniax décomptait les secondes qui le séparaient de sa victoire. Le passager venait de s'engager pile sur la voie qu'il avait gommée.

Le principe était simple, il suffisait de déposer ça et là, à la surface, de petites boules de gommes dervées et dès que le pied de la cible foulait la mixture, il se retrouvait prisonnier du sol. La seule difficulté étant de posséder un objet odorant de votre victime afin que la gomme le reconnaisse préalablement (les lieux de son premier fiasco lui avaient fourni toute l'odeur nécessaire). Et côté gnarnul, aucun danger : le surplus de gomme dervée se fondait dans la masse de chewing-gums écrasés par terre. Le sol passait aisément pour une piste d'atterrissage pour excrément d'oiseaux.

« Encore cinq pas avant de tomber entre mes mains. Quatre… trois. Plus que deux… un… mais où va-t-elle ? »

En urgence, Charoniax tenta de lancer son filet poussedru, mais celui-ci retomba non pas sur sa victime, mais à côté sur le sol.

Théodora They croisa un instant le regard décomposé de Magnus Charoniax, elle lui adressa un sourire et s'engouffra à l'intérieur, sans que la paume de sa main n'effleure la porte du wagon rouge et jaune, et sans bagage. Il était 09.31 ; sur le quai, il ne restait qu'un homme à la mine sombre, avec l'air hagard de celui qui n'avait rien compris à ce qu'il venait de se passer…

4

Bien calée dans un fauteuil confortable, Théodora They savourait ce moment de détente. 24h à rester sur le qui-vive, à guetter la moindre anomalie environnante, à passer la nuit incrustée au creux d'un arbre de peur que son ennemi ne la surprenne dans son sommeil, l'avaient affaiblie.

Initialement, sa visite au Bout d'En Bas ne devait durer qu'une heure tout au plus. En fait, dès que son ami Parvus lui apprit la nouvelle du retour de Magnus Charoniax, elle n'avait pas eu une minute de répit.

Dire que son plan initial consistait simplement à se procurer du thylacinium. Elle en était bien loin à présent !

En partant du Magos Mobilis, Théodora avait mis sur pied un plan d'action visant à neutraliser les projets de Charoniax. Elle avait en tête de recréer un vieil enduit inusité depuis au moins quatorze siècles qui permettait de libérer définitivement le caractère murmolique d'un objet. Cette mixture appelée « avalons » paraissait inexécutable et pour cause : cet original de Merlin - druide extrêmement brillant certes, mais farfelu - avait transmis l'intégralité de ses potions sans indication de proportions ! Pas moyen de trouver d'informations auprès de qui que ce soit :

mobilier, animal, végétal. Prévoyant, il avait fait plonger le murmol Excalibur dans l'avalons en question. Merlin n'était pas qu'un druide, c'était également un luptuc plein d'humour, il avait transmis ses précieuses combinaisons à son hibou qui, une fois son maître disparu, n'adressa plus jamais un traître mot à quiconque ! Au final, à force de s'arracher les cheveux, les recettes de Merlin étaient tombées aux oubliettes même si, à chaque nouvelle génération, il se trouvait toujours un druide plus doué que les autres pour s'attaquer à ces enchantements de légende. Théodora était de ceux-là. De plus Magnus ne lui laissait pas d'autre alternative : on ne pouvait déplacer les objets qu'il convoitait à l'infini ! Cette décision n'avait toujours été qu'une solution provisoire. Devant les idées persistantes de grandeur de ce vilain personnage, il fallait passer à la vitesse supérieure et frapper plus fort.

Cependant, la malchance semblait s'être liguée contre elle. En premier lieu, elle subit une grosse déception chez le derve Peyotl : l'indice de son thylacinium n'était pas assez puissant. Or il était primordial pour qu'elle réussisse l'enduit d'introduire du thylacinium 420, et le plus élevé que Peyotl et elle aient pu trouver, atteignait un ridicule 198 ! Pour obtenir l'indice recherché, il ne lui restait d'autre solution que de créer cet ingrédient elle-même.

A partir de là, les choses se gâtèrent : au sortir de chez l'herboriste, elle s'était sentie épiée.

Si elle avait pu sans grand mal déjouer les trois premières attaques - franchement, laisser du bois à portée d'une scriptoriste, c'était une faute de débutant ! - elle devait admettre que la dernière salve était à la hauteur du machiavélisme de son ancien camarade d'académie. Elle avait bien failli ne pas prendre ce train du tout !

Bien évidemment, elle avait repéré les boules de gommes dervées !

Mais comment les franchir sans se faire paralyser par elles. De plus, le rituel d'entrée à la porte du wagon constituait une autre difficulté, et la rendait vulnérable pendant un laps de temps. Impossible de se concentrer sur les formules d'ouverture et de surveiller ses arrières en même temps. Et pas le moindre petit bout de bois alentour pour lui venir en aide. Pour couronner le tout, Théodora They avait entrevu lors du dernier assaut, un filet en poussedru dans les mains de son ravisseur, nul doute qu'il tenterait de s'en servir lors de cette quatrième tentative. Trois obstacles à surmonter et à réprimer en même temps : il fallait qu'elle réfléchisse ! Arrivée 40 minutes à l'avance, elle pouvait encore trouver une solution. Elle quitta la gare, traversa la rue pour entrer dans le guingcafé d'en face.

Contrairement à ce que pouvait penser sa fille Agathine, le monde des druides se faisait discret. Par exemple, ce guingcafé, pour tout gnarnul, avait l'air d'une vieille maison noircie par la pollution et très peu entretenue. Mais n'importe quel druide remarquait que la poignée de porte était un murmol… il suffisait de s'identifier pour entrer.

5

Somme toute, la seule différence entre un café gnarnul et un café murmol résidait dans le service. Ici, pas de serveuse mais des plateaux parlants qui venaient prendre votre commande. Ça et là, des brocs de bière ou de cidre s'entrechoquaient ; des plateaux ronds circulaient chargés de cafés, de thés, de soupes ; d'autres, carrés, convoyaient pâtisseries ou sandwichs. Une valse fort savante surveillée de près par le patron : Paupiel Groningue, un homme grassouillet aux cheveux frisés et blonds avec de légers reflets roux. Théodora They était dans son élément, la plupart des plateaux était au moins passée une fois dans ses mains pour soigner les petits inconvénients de ce métier dangereux pour du bois murmol : ébouillantages, humidité, craquelures.

Paupiel était un ami d'enfance qui avait surpris tout le monde lorsqu'il annonça son intention d'arrêter son triskèle de majiscribe pour ouvrir un guingcafé.

Les parents furent anéantis, les amis sceptiques… Mais Paupiel croyait en son projet. Il ignora les sarcasmes du reste des Groningue et partit pour Londres, puis Berlin et enfin Dublin peaufiner son affaire. De retour au pays, il connut des débuts difficiles et Théodora, par amitié, l'assista pour monter son premier service de plateaux serveurs. Passés les premiers tâtonnements, ils étaient fiers de l'équipe qu'ils avaient composée et qui accompagnait Groningue depuis une bonne dizaine d'années.

—Théo ! Mais c'est vraiment Noël ! Tu es de sortie !

— Paupiel, bonjour… dis-moi, ton guingcafé n'a pas besoin de moi pour se remplir le jour de Noël !

— Ah ! C'est parce qu'avant-hier le 4125 n'est pas parti… une histoire de murmols en grève. Du coup, celui d'aujourd'hui est bourré à craquer… tu ne comptais pas l'emprunter ? répondit Paupiel tout en donnant l'ordre à une petite soucoupe bleue de porter l'addition à la table Marquise.

— À te dire vrai, si. Mais j'ai deux ou trois détails à régler avant et j'aurai besoin d'un endroit calme pour réfléchir.

— Viens, enjoignit-il en demandant à Yazd un immense plateau marocain de le relayer.

Il l'entraîna dans l'arrière boutique, une cuisine à l'ancienne où crépitait un puissant feu de cheminée. Elle était meublée en son centre d'une longue table de travail et de repas occupée en partie par des hachoirs et des couteaux qui s'affairaient à la préparation des sandwichs. Ils prirent place à un angle resté inoccupé et Paupiel écouta son vieux complice. Yazd les interrompit une ou deux fois pour obtenir de la monnaie, tout murmol a ses limites ! Arrivé au bout de son histoire, Paupiel tenta de stimuler son amie.

— Tu as toujours été la meilleure, tu trouveras.

— La gomme dervée, le poussedru, les bagages et l'identification ! Ça fait beaucoup en 30mn !

— Pour la gomme dervée, il suffit de ne pas toucher le sol, intervint une voix qui sembla provenir de Yazd le plateau.

Paupiel et Théodora se retournèrent surpris. Le murmol se justifia :

— Maître They, je vais vous révéler un secret de fakir : Ce n'est pas le tapis qui vole, c'est la personne…

Les deux druides se demandaient si le dernier traitement anti-humidité de Théodora n'avait pas légèrement affecté les sens de ce murmol car tout le monde savait que les druides ne volaient pas, ça n'était qu'une légende.

— Faites-moi confiance, nous avons entraîné des générations de fakirs et cumulé des heures de vol depuis Shéhérazade !

Approche Théodora et regarde cette perle fichée en mon centre que tu as toujours pris soin de me laisser. Tu la vois ? Détache-la.

— Quoi ? Mais je vais te faire mal !

— N'aie crainte, si je te l'autorise, je ne sentirai rien... Tu me la rendras dès que tu sauras voler. Prends-la sans hésitation d'un coup sec et mets-la dans ta poche.

Théodora resta plusieurs secondes indécise puis s'exécuta. Elle était très anxieuse de ne pas blesser Yazd au cours de cette manœuvre car on lui avait toujours appris qu'il ne fallait jamais ôter une décoration d'un murmol, sous peine de lésions irréversibles. Elle savait que certains druides cupides ne s'embarrassaient pas de sentiments et estropiaient sans le moindre remord les murmols décorés de pierres précieuses. C'était la première fois qu'elle entendait que les murmols pouvaient se détacher d'une partie d'eux-mêmes sans qu'il y ait de conséquence fâcheuse.

— Voilà, c'est fait. Tu es sûr que tu vas bien ?

— Ne t'inquiète donc pas tant et écoute-moi. Dès que tu ne veux plus toucher le sol, tu plonges la main dans ta poche et tu presses le saphir en pensant très fort que tu veux être légère… attention, dose-bien l'intensité de ta volonté, il ne faudrait pas que tu te mettes à flotter dans la gare !

— D'accord, j'ai compris… Merci Yazd, il ne reste plus que la porte et les bagages.

— Vous oubliez le poussedru, Maître They ! intervint une vieille voix éraillée.

— Noisette, si tu as une suggestion, ce n'est pas le moment de tourner autour du pot, gronda Paupiel en direction du filet à pommes de terre.

— J'ai un oncle qui a mal tourné et qui travaille pour un derve pas recommandable du tout…

— Au fait, Noisette, au fait.

— Oui bon… maugréa le filet à pomme de terre frustré de ne pouvoir produire d'effet théâtral. Il s'avère qu'il connaît le filet en question et qu'il a une dette envers lui… une sombre histoire de…

— Et comment interviens-tu là-dedans ? coupa Groningue.

— C'est Noël et aucun murmol ne refuse un petit service à un membre de sa famille…

— Eh bien alors, qu'est-ce que tu attends, il ne reste que vingt minutes ! Allez au travail, lança Paupiel bourru.

Il se tourna vers Théodora et pris un ton qui se voulait rassurant :

— Il agit plus vite qu'il ne parle, ne t'inquiète pas, cela sera réglé à temps.

— Bon, dit-il en direction de l'ensemble de la cuisine… personne n'a de suggestion pour la porte ou les bagages ?

Seul le crépitement de la cheminée répondit. Ce qui revenait à dire que personne n'avait d'idée.

Le tenancier du guingcafé se courba en une gracieuse révérence :

— Alors Maître They, laissez-moi vous rendre ce service.

— Yazd, demande à Azoë de venir nous rejoindre, veux-tu ?

Yazd prit congé, non sans être remercié chaleureusement par la scriptoriste. Au bout de quelques secondes, la petite soucoupe bleue fit son apparition dans la pièce.

— Oui patron, à votre service patron.

— Azoë, pour des raisons trop longues à t'expliquer, Théodora They ici présente doit faire passer ses bagages bien avant de passer la porte… aurais-tu parmi notre clientèle, repéré une famille débordée… pleine de valises…

La petite soucoupe bleue se renversa et Paupiel traduisit à son amie…

– Elle réfléchit toujours mieux la tête à l'envers…

– Non, je suis désolée… mais nous avons une jeune recrue pour Kernach, il est chargé de bagages et tellement nerveux que je ne pense pas qu'il remarque une valise de plus… Est-ce que cela vous ira, patron ?

– Parfait Azoë… montre-nous ce sauveur…

Dans l'encoignure de la porte, Théodora le repéra. Le pauvre, sans même avoir besoin du mauvais tour qu'elle allait lui jouer, avait déjà l'air d'une victime : nerveux, ses cheveux ressemblaient à une meule de foin, il portait une chemise molletonnée et avait boutonné samedi avec dimanche, il ne cessait de tripoter sa serviette de table et de la mettre en boule. Théodora eut pitié de lui. Elle s'approcha talonnée de près par sa sacoche.

– Bonjour…

Le jeune homme sursauta.

– Oh platitudes. C'est immanente ? Je vais échouer le train ?

– Non, rassurez-vous, vous avez encore un bon quart d'heure devant vous. Mais vous m'avez l'air bien nerveux… c'est votre première année à Kernach ?

— Nenni, je n'y vais pas pour instruction!

—Avec tous ces bagages, vous donnez l'impression de vouloir y passer un certain temps.

— Précisément, ce sont mes livres.

—Vous savez l'Académie dispose d'une bibliothèque bien fournie. Et d'après mes souvenirs, elle couvre tous les domaines du magos.

—Ceux-ci sont autres. Laissez-moi m'introduire : Ryd Keaogh de Stonehenge, prochainement conformateur à Kernach.

—Théodora They, scriptoriste de l'Académie de Kernach.

Déjà mal à l'aise, elle crut que son interlocuteur allait faillir en l'entendant se présenter. Il bafouillait et semblait hésiter entre se lever ou rester assis. Tout en calmant le jeune homme, Théodora surveillait sa sacoche qui avait discrètement rejoint les effets personnels de l'inconnu. Du côté de la caisse, Paupiel lui faisait signe que l'opération poussedru était terminée. La scriptoriste se sentait tiraillée, il ne lui restait plus que 10 minutes et elle brûlait d'envie d'aider ce professeur angoissé. Elle décida de jouer la carte de la franchise

— Ecoutez, Professeur Keaogh…

— Je… Master They, c'est un respectueux. Mais je… appelez-moi Ryd, professor me rend vanté.

— Si vous voulez Ryd, j'ai un service à vous demander… Je dois emprunter le 4125 mais j'ai encore une chose à régler avant… pourriez-vous enregistrer ma sacoche avec vos bagages ?

— Oh, avec agrément Master…

— Théodora suffira, Ryd. Et merci beaucoup… Si vous voulez, gardez-moi une place et nous parlerons de nos académies respectives pendant le voyage.

— Avec emballement Master…

— Théodora, insista-t-elle… et je crois que vous devriez y aller, ils se sont tous mis en route…

Effectivement, le guingcafé s'était vidé, le brouhaha des voix humaines avait fait place au cliquetis et entrechoquements de la vaisselle qui se rendait en cuisine pour se refaire une beauté, tout en bavassant et plaisantant. Paupiel avait pris le relais des murmols et débarrassait les tables des miettes et débordements liquides divers.

La jeune femme regarda s'éloigner l'Anglais. Gauche et maladroit, il trouva le moyen de faire tomber à cinq reprises quelques-unes de ses valises, dont sa sacoche vers laquelle il se confondit en excuses. Pas étonnant que sa fille Agathine soit gênée lorsqu'elle parle aux vieilles portes de la ville, vu de loin, le spectacle qu'offrait Ryd était pour le moins cocasse. Elle se promit de trouver le moyen de donner un peu de confiance à ce garçon, qui risquait fort de se faire manger tout cru par les élèves s'il arrivait dans cet état à Kernach. Pourvu qu'il ne trouve pas d'élève comme Magnus. A cette idée, sa bonne humeur se renfrogna, il ne lui restait que cinq minutes.

Paupiel rejoignit sa table tout excité :

— Théo, Azoë vient de me rapporter que le 4125 ne faisait pas d'identification aujourd'hui, toujours à cause de la grève. Tu peux y aller, la voie est libre !

« Chère soucoupe fouineuse », songea Maître They !

6

— Agathine, réveille-toi, tu vas être en retard…

— Hein, quoi, ah, fiche moi la paix espèce de champ…

Tiens, je suis dans un lit… dans *mon* lit ! Elle avait rêvé, tout cela n'était pas vrai !

— Maman ! Maman, tu es là ?

— Bien sûr que je suis là Gaty, en voilà une question ! Descends, ton petit déjeuner va refroidir, lui lança une voix enjouée, teintée d'une pointe d'agacement.

Encore abasourdie, elle se leva et s'habilla précipitamment.

Au pas de la porte, un petit son fluet la rappela à l'ordre.

— Agathine, ton cartable !

Elle fit demi-tour, saisit la première lanière qui offrait une prise et dévala quatre à quatre les escaliers. Le fait d'avoir été à l'instant interpellée par l'horloge de sa chambre jeta un doute bizarre et insidieux dans son esprit, mais sa mère était à la maison et c'était ce qui comptait.

Dans la salle à manger, c'était aussi la fête, sa mère ne se gênait plus pour utiliser ses dons en sa présence. Il manquait le beurre, elle demandait au pot de bien vouloir venir à table. Une serviette… pas de problème… le rond de serviette lui en amenait une sur le champ.

La jeune fille n'imaginait pas leurs retrouvailles de cette façon. Tous ces trucs de druides, elle était perplexe…

— Maman ?

— Oui, chérie…

— Pourquoi avant tu ne faisais pas… comme ça ?

— Comme ça… quoi ?

— Tu sais… les choses qui volent, les objets qui parlent.

Elle afficha un si beau sourire lorsqu'elle lui répondit :

— Pourquoi faire semblant d'être quelqu'un d'autre quand tu sais qui je suis réellement. Je ne veux plus te cacher ce que fait un scriptoriste.

— Mais tu es ridicule avec tes objets qui parlent !

Rapidement le sourire de Théodora They se figea et son visage blêmit.

— Gat, je ne te permets pas de manquer de respect à un héritage familial.

— Un héritage familial ça ! dit-elle en désignant le rond de serviette qui se terra dans le tablier de madame They. Une plaie, oui ! Qui voudrait hériter d'un truc pareil ! N'espère pas me le refiler, je n'en veux pas.

— Tu n'as pas le choix chérie !

— Oh que si j'ai le choix, je refuse, tu entends !

Elle s'adressa ensuite à la cuisine entière.

— Vous m'entendez, tous ? Silence ! Plus un mot ! Fichez-moi la paix.

Aussitôt, tous les ustensiles en bois de la cuisine se réfugièrent dans les tiroirs, les buffets ou se pendirent à leur clou. Même le pot de beurre repartit dans le frigo.

Elle s'assit haletante avec la désagréable sensation d'avoir récemment vécu une situation de crise identique. Dans la pièce, un éclat de rire détendit l'atmosphère tendue.

— Qu'est-ce qui te prend ?

— Gaty, tu viens de parler aux meubles ! Drôle de façon de refuser ton héritage !

Le déridage de sa mère ne suffit pas à réchauffer l'atmosphère. Un calme froid sibérien s'installa entre elles. Elles avaient fait le tour de la question et n'avaient plus rien à se dire.

Charmantes retrouvailles ! S'il y avait des mouches, on les aurait entendues voler.

Malheureusement, il n'y avait pas de mouches. Seulement quelqu'un qui frappait à la porte : une silhouette familière se dessina à travers les impostes.

— Entre Parvus !

Qu'est-ce qu'il venait faire ici celui-là ? Il n'avait pas fait assez de mal comme ça ?

— Théodora… Charoniax a trouvé Murgleis !

Sans un regard pour sa fille, Théodora They enfila sa gabardine en velours, ses bottes et se dirigea vers l'atelier. La jeune fille les suivit en essayant de s'interposer.

— N'y va pas !

— Tu n'es pas concernée, tu viens de me le dire.

Continuant de faire comme si elle n'existait pas, de sa main droite la scriptoriste tapa deux coups brefs sur le pupitre à tête de dragon. La jeune fille entendit un bruissement dans les armoires.

Elle persévéra.

— Mais il a déjà l'épée, tu ne peux rien faire contre lui !

Sa mère l'ignora et leva la main gauche pour lui intimer le silence puis choisit une plume qu'elle trempa dans une encre qui ressemblait étrangement au pot de « murmol châtaignier » qu'elle avait utilisé pour la restauration du coffret. On y voyait les mêmes paillettes danser et virevolter sauf que celui-ci portait l'inscription « murmol voyage ». La druidesse aligna une dizaine de mots sur une feuille restée sur le pupitre. Le même phénomène étrange que sur le coffret se produisit : les mots s'estompèrent rapidement. Elle baissa alors la main et poursuivit :

— Je ne peux rester les bras croisés et voir Charoniax tout détruire une fois qu'il se sera approprié le pouvoir de l'épée.

Elle tapa à nouveau sur le pupitre avec la main gauche cette fois. Une sacoche s'ouvrit et petit à petit des pots, des pinceaux, quelques livres ainsi que la plume et l'encrier s'y engouffrèrent.

Agathine la supplia.

— C'est trop dangereux, n'y va pas. Tu pourras parler aux meubles tant que tu voudras, je ne te ferai plus de reproches, reste !

—Tu n'as rien compris, tu pourrais m'annoncer que tu veux faire tes études à Kernach, cela n'y changerait rien.

Ce faisant, elle se baissa sur la sacoche, la caressa des deux côtés, puis se déporta sur la droite pour la laisser passer. Elle était tout bonnement en train de s'envoler vers la DS ! Théodora They se tourna vers sa fille les larmes aux yeux.

— Nous devons tenter quelque chose avant qu'il ne soit *vraiment* trop tard.

Elle la serra dans ses bras et rejoignit Parvus dans la voiture. Agathine les regarda s'éloigner et resta là, seule et impuissante.

De rage, elle donna un grand coup de pied dans le pupitre en le prenant à partie.

— Si en devenant majiscribe je pouvais vous faire tous taire, je vous jure que j'apprendrais vite !

Une fumée noire s'échappa du dragon qui déploya progressivement ses ailes… non… une cape noire et fluide. La tête de l'animal devint difforme et laissa place à… Charoniax ! Il se tenait là, devant elle, affichant une posture arrogante, un rictus de victoire à la bouche.

– Excellente idée, mon enfant. Détruis tous ces murmols jacassants, ces pies bavardes et imbues de leur existence. Je ne te savais pas mon alliée ! Ah ah ah ! Viens, j'accepterai toujours un rebelle avec joie.

Elle ne s'en était pas rendue compte immédiatement, mais au fur et à mesure qu'il parlait, il s'était rapproché d'elle… il lui tendait la main… une main crochue et ornée de bijoux. Apeurée, l'adolescente recula et trébucha sur le plan de travail. Elle tâtonna, saisit à l'aveuglette un pot qu'elle lança de toutes ses forces sur Charoniax. Le pot se brisa à ses pieds sans grand effet. Cédant à une panique totale, elle s'empara de tout ce qu'elle put trouver sur cette table et le jeta sans discernement vers la silhouette de corbeau. Rien ne se passa mais ses attaques eurent au moins le mérite de retarder la progression de son ennemi. Au quatrième projectile, une fumée monta du plancher. Une forme serpentine s'éleva à travers le brouillard : une liane ! Charoniax, sûr de sa victoire ne se rendait compte de rien. Il était si proche de la jeune They à présent ! Toujours ricanant, il porta la main à sa ceinture et en retira une dague. Agathine avait la gorge sèche, paralysée par la peur. Elle ne savait que faire. Au moment où Charoniax s'apprêta à porter son coup, elle le vit repartir en arrière ! La liane venait de s'enrouler à ses pieds et l'éloignait d'elle. Peine perdue, comme seul le bas de son corps était emprisonné, il eut le temps de lancer la dague dans sa direction. La liane étouffa alors son agresseur. Plus préoccupée par l'arme qui s'avançait vers elle, elle le vit vaguement se débattre dans l'imbroglio des liens qui l'entouraient. Elle sentit une autre liane s'enrouler à ses pieds. Elle allait l'étouffer elle aussi ! Elle se débattit, suffoqua, puis plus rien. Elle continua de vouloir se dégager, avait chaud, manquait d'air, elle était libre !

7

Théodora They aurait bien apprécié une petite sieste dans le train mais son interlocuteur ne tarissait pas.

Ryd Keaogh était un druide anglais fascinant avec beaucoup de choses à raconter, mais également une quantité impressionnante de questions. Son état de nervosité était toujours aussi exacerbé et la scriptoriste parvenait tant bien que mal à canaliser la fougue du jeune homme, d'autant qu'elle n'avait guère la tête à cela.

Emprunter le 4125 pour Kernach signifiait qu'elle laissait derrière elle sa fille et son atelier. Non que ce dernier regorge de trésors druidiques ou de potions dangereuses, mais elle aurait apprécié un minimum : partir en emmenant son pupitre et rassurer Agathine. Comment la contacter à présent et à l'insu de Charoniax ? Elle avait déjà éliminé la solution du murmol : trop dangereux et le meilleur moyen de se faire repérer. Sans compter que n'ayant encore fait passer à Agathine aucun test, elle ignorait si sa fille pourrait entendre un message délivré par un objet en bois ! Parvus aurait pu constituer un excellent intermédiaire, mais il était par trop évident, donc risqué.

— Master Théodora ? Master… !

– Oui, Ryd, excusez-moi, sursauta la scriptoriste.

Le jeune professeur venait de poser sa main sur son épaule en lui donnant une petite tape amicale.

– Oh, je suis désolée Ryd, je suis confuse… j'ai dû m'assoupir.

– Vous avez l'air K.O Master Théodora. K.O et remplie des ennuis.

Malgré ses nombreuses tentatives, Théodora n'était pas parvenue à faire abandonner à Keaogh le titre de Master dont il l'abreuvait depuis le début du voyage. Tout au plus lui avait-il concédé de passer de Master They à Master Théodora. Peu importe, celui-ci la mettait mal à l'aise.

Elle avait perdu l'habitude de ce titre pompeux depuis qu'elle s'était mise en retrait pour élever sa fille. Sa dernière discussion à bâtons rompus impliquant potions et dons lui semblait remonter à une éternité. Elle réalisa qu'insidieusement, elle avait acquis des réflexes de gnarnuls, quoiqu'en pense sa fille, elle avait cessé de vivre sa magie ouvertement et cela venait s'ajouter aux autres inquiétudes avec lesquelles elle devait déjà composer.

Keaogh n'était nullement offusqué qu'elle lui ait faussé compagnie en plein cœur d'une conversation. Il était aux petits soins pour elle. Il l'avait simplement réveillée car le wagon s'apprêtait à entrer en phase d'abandon.

Les gnarnuls ne s'en étaient jamais rendus compte mais ce wagon « réservé » n'effectuait qu'une partie du voyage accroché à son compère. Crée par un farlaff cheminot à ses heures gnarnules, le 4125 n'était pas arrimé de façon traditionnelle. Toute son ossature était farlaffée ! Au moment précis où les deux wagons se séparaient, le murmol prenait le relais de la locomotive et se mettait en action pour emprunter une ligne transversale, oubliée depuis des décennies gnarnules. Confortée dans son aspect délabré par l'invasion d'herbes, de ronces et autres mauvaises pousses, pour les gnarnuls, cette ligne ne menait nulle part mais pour les druides, c'était la ligne Kernach.

Dans sa théorie, l'opération d'abandon paraissait simple : le farlaff réveillait le 4125 au Km 412 et au 413, le murmol entraînait le wagon dans le sens opposé. Voilà bien ce qui rendait cette manœuvre délicate. En pratique, le succès de cette opération dépendait de la compétence du druide. La communauté avait déjà eu à déplorer des incidents dus à l'inexpérience voire *l'inconscience* de certains d'entre eux, notamment la nouvelle génération particulièrement férue de vitesse

Théodora pour sa part, comptait mettre à profit le Km 412,5 pour sauter du wagon.

— Sauter en phase de lost ! Vous tournez de la ciboulette !… ou vous avez des gros tourments !

— Un peu des deux mon jeune ami, je le crains. Voyez-vous, celui qui me cherche m'a vue emprunter ce train et je parierai qu'il m'attend de pied ferme à Kernach. J'avoue que l'idée parait dangereuse mais je n'ai guère le choix. Puis-je reprendre ma sacoche?

Inquiet de la décision de son aînée, Ryd Keaogh tint à l'accompagner jusqu'au compartiment bagages où elle développa son plan.

— Je n'ai utilisé cette pierre qu'une seule fois pour flotter, mais son propriétaire m'a assuré qu'elle permettait de voler ! Comme on dit, la fin justifie les moyens !

La scriptoriste tenait d'une main sa sacoche et de l'autre la pierre de Yazd.

Elle se préparait à s'élancer dans le vide aussitôt le wagon décroché. Le jeune professeur la retint.

— Un siècle, je m'extirpe avec vous ! Vous allez vous *occidrer* si vous sortez comme ça. Je vais faire !

Il attira Théodora au fond du compartiment et lui prit la main.

— Garde ! Nous allons couvrir furieusement avant de traverser le portail. Il faut être en l'air avant de quitter. OK ? Puis laissez votre bagage ici. Elle viendra guidée par les miens nous rencontrer.

L'anglais sortit précipitamment de sa poche une fiole dont il saupoudra ses biens et ceux de sa voisine puis lui prit la main et lança un « c'est parti ! » d'encouragement digne d'une charge sur un champ de bataille.

Le couple flotta un moment dans les airs mais une fois sorti du wagon, il se sentit happé en arrière par le mouvement des forces contraires. L'anglais tint fermement sa partenaire à la taille et serra la pierre de

Yazd à en écraser la frêle main féminine dessous. Ils tourbillonnaient et virevoltaient, telles des feuilles à la tombée de l'automne. La silhouette du wagon s'éloignait mais ils poursuivaient leur valse folle, incapables d'insuffler une trajectoire censée à leur chorégraphie. Keaogh hurla :

— Faites l'escargot !

— Je ne sais pas !

— Quoi ?

— Yazd ne m'a rien dit… Attention l'arbre !

Un coup de pensée pour braquer à droite leur fit éviter de justesse une collision mortelle. Ce qui ne freina pas leur vitesse pour autant.

— Pensez à une mur ! lui intima son cavalier.

Théodora ne voyait pas du tout le rapport, mais elle s'exécuta. Morte de peur, ses jambes tremblaient. Elle les savait incapables d'assurer un amortissement comme cela semblait s'avérer nécessaire. Elle avait hâte que tout ceci s'arrête.

Contre toute attente, le rythme s'affaissa brusquement, faisant épisodiquement racler leurs semelles sur le sol. Encouragée par ces progrès, Théodora visualisa un mur énorme. L'instant suivant, les deux comparses étaient à même le sol, leurs vêtements couverts de neige poudreuse et leur postérieur meurtri par l'atterrissage abrupt.

Au loin se profilait le 4125 qui poursuivait sa route.

8

Nous sommes les crèmes ! hurlait Ryd Keaogh en se relevant.

Il sautillait, excité comme un cabri. Il entama une ronde sur lui-même qu'il interrompit soudainement pour reprendre son attitude de professeur sérieux.

Il tendit la main pour aider sa partenaire à se remettre debout.

– Je disais… comment vous portez-vous, Master ?

– Professeur Keaogh, je pense qu'après cette expérience, vous pourriez passer outre le Master et m'appeler Théodora tout cours, lança-t-elle en époussetant son manteau pour se débarrasser des dernières traces de neige

– Imprimé… Théodora… Et *maintenante* ?

– Le mieux serait de trouver un moyen de transport qui nous rapproche de Kernach. Je pense que nous avons assez volé pour aujourd'hui.

Ryd Keaogh était quelque peu déçu. Cette aventure lui avait bien plu et il était impatient de tenter de nouvelles expériences avec la pierre de Yazd.

Ils entamèrent leur marche en silence.

Quelques kilomètres plus tard, le jeune homme commençait déjà à en avoir assez de marcher.

— Théodora, ne serait-il pas impossible de…

— Ryd Keaogh, seriez-vous déjà fatigué ? se moqua-t-elle.

— Pas le plus de la terre, mentit-il. C'est juste que cette pierre est là et c'est confondant de ne pas s'en servir !

— Hors de question tant que nous ne maîtriserons pas sa force !

— Of course, si on s'en sert jamais!... Ecoutez, Théodora, laissez-moi essayer le pierre just 5 minutes. I promisse de vous le rendre et marcher plein de silence si je ne vole pas, argumenta le jeune Anglais.

L'aînée se laissa tenter. Elle reconnaissait que le projet de ce jeune homme ne l'enchantait guère mais la perspective de poursuivre leur chemin à pieds ne la réjouissait pas plus. Cette attitude l'inquiétait. Serait-elle devenue frileuse au fil des ans ? Toutes ces années passées à cacher soigneusement sa vraie nature à son mari et à sa fille avaient peut-être fait d'elle une druidesse raisonnable ?

Quelle horreur !

— Voilà… Applause ! No ?… vous pourriez au moins être stupéfactée, s'offusquait faussement le jeune homme en décrivant courbes et volutes au dessus du sol.

— Oui, pardon Ryd…Vous êtes stupéfiant ! Sincèrement.

— Mon plaisir ! A penser, c'est comme du surf.

— Du quoi ?

— Du surf. Un sport de jeunesse qui… enfin… je ne… vous n'êtes pas en croûte !

Madame They partit d'un grand éclat de rire et se gaussa de la maladresse de son compagnon. Il était vraiment impayable !

— Il n'y a pas de mal, vous avez eu raison d'insister. Le trajet va devenir beaucoup plus agréable ainsi ! Mais beaucoup plus long aussi.

— Pourquoi ? demanda Ryd candidement.

— Mon jeune ami, d'où sortez-vous ? Nous allons flotter dans les airs au vu de tous ces gnarnuls, voire de druides! Je cherche à passer inaperçue, pas à attirer l'attention !

— Les gens penseront hypnotiser ! Pour quelques siècles ! Et pour vos fraîches, Master They, ma dynastie à Stonehenge, ils m'ont toujours appris : un siècle avec un gnarnul est aussi insignifiquante que le vol d'une mouche croisant votre chemin.

Le jeune anglais vexé avait sciemment appelé son aînée par son titre et elle s'en rendit compte. Elle chercha à dérider l'atmosphère.

— En route Ryd, montrez-moi comment un druide fait du surf. En douceur, n'oubliez pas que je suis une vieille femme !

Keaogh était contrit, il s'était emporté pour une broutille et le regrettait.

— Je vous taquine Ryd. Ma fille ne cesse de me répéter que je sens le renfermé comme les vieux meubles dont je m'occupe.

— Une fille pas bien cultivée ! Une popularité comme vous ! s'offusqua-t-il en plaçant la pierre au creux de sa main sur laquelle il superposa celle de Théodora.

— Elle ignore que je suis druide, elle ne sait même pas que nous existons !

— Combien de jours a-t-elle, poursuivit-il en se plaçant derrière sa partenaire ?

— Quinze ans !

— Le temps où… ?

Il laissa sa phrase en suspens pour vérifier que sa compagne de route était prête. La scriptoriste opina de la tête et le couple se souleva du sol. Un tantinet chaotique au départ, les deux voyageurs finirent par trouver une osmose et le trajet prit des allures de croisière.

Les premiers kilomètres se poursuivirent dans le silence, Keaogh portant toute son attention sur la synchronisation de leurs mouvements. Il devait convenir que si le trajet était plus agréable pour ses pieds, sa tête était mise à rude épreuve. Il maudit les légendes des milles et une nuits et leurs tapis volants !

Une heure plus tard Keaogh avait acquis quelques réflexes et il put engager à nouveau une conversation avec légèreté.

— Pourquoi votre fille ne vous cortège pas ?

— Elle s'appelle Agathine et je n'avais pas prévu de faire ce voyage.

— Il faudrait la raconter…

— Si vous avez une solution pour entrer en contact avec elle à l'insu de l'homme qui me traque, je suis toute ouïe…

Pour l'instant, le chauffeur n'avait pas d'idée, mais il avait faim et froid. Ils avaient parcouru une bonne distance depuis leur échappée du train et la concentration que lui demandait ce moyen de locomotion lui avait donné la migraine. Théodora lui fit signe qu'elle était prête à freiner. Cent mètres en amont, leurs pieds touchèrent le sol en douceur.

Les comparses se séparèrent. Ryd Keaogh s'adossa à un vieil orme pendant que plus loin, Théodora They interrogeait un chêne.

— Nous avons bien progressé Ryd, et comme la fin de la journée approche, je suggère de nous mettre à l'abri pour la nuit.

—Excellence de recommandé. Où formellement le chêne a dit que nous avons posé ?

— A mi-chemin entre Rennes et Lorient. Pas loin d'ici, il y a un petit village où l'on pourra nous héberger.

L'idée d'un bon repas et d'un abri chaleureux revigora le jeune professeur qui mit toute l'énergie qu'il lui restait dans le trajet menant à ce havre de paix.

Au signe de sa coéquipière, il freina devant un immense conifère, un magnifique sapin touffu.

Le jeune homme désorienté regardait Théodora perplexe.

– Nous voici à Thurial. Venez, nous allons emprunter l'escalier de service.

La scriptoriste laissa quelques instants ses mains errer le long de l'écorce rugueuse de l'arbre, puis plongea son bras tout entier à l'intérieur d'une anfractuosité. Elle fit signe à son partenaire de la rejoindre et tous deux disparurent derrière le tronc.

9

C'était la première fois que Ryd Keaogh passait la nuit dans un arbre de luxe.

Jusqu'à présent, ses séjours s'étaient limités à une structure de cinq chambres tout au plus, avec un confort variable et dépendant principalement du degré d'implication du gérant. S'il avait affaire à un druide paresseux, il avait de fortes chances de partager sa chambre avec les habitants naturels des lieux : termites, vers, vermine et autres. Une telle probabilité de cohabitation semblait hors de question à Thurial. D'abord, l'endroit était d'une luminosité impressionnante à dévoiler la moindre nervure des murs. Le lieu épousait parfaitement la circonférence du sapin. En son centre, des lianes fluorescentes montaient et descendaient sans relâche clients et personnel.

Théodora They entraîna de suite un Ryd Keaogh éberlué vers le cercle extérieur où colonnes et portes étaient disposées en alternance.

– Venez Ryd, ne nous faisons pas remarquer outre mesure.

Ce faisant, elle le tira par la manche vers une des colonnes chauffantes qui diffusaient un éclairage pailleté et le poussa dans un couloir secondaire débouchant sur une pièce remplie de bagages. Parmi le mouvement incessant des lianes blanches en train de remonter les valises vers les chambres, Théodora rejoignit l'extrémité de la chaîne de travail et s'adressa à une liane rouge.

— Bonjour Modeste.

— Théodora, comme cela me fait plaisir ! Attends, je vais appeler…

— Non Modeste. Sans vouloir t'offenser, je souhaiterais passer inaperçue. Vois-tu, j'aimerais me mettre à l'abri d'un ponce-pirate qui cherche à me nuire. J'apprécierais que tu nous héberges cette nuit de façon très officieuse.

— Un druide te cherche des noises ! Que me chantes-tu là ! Et ce beau jeune homme timide qui doit être ton fils, il ne peut pas te protéger !

Le beau jeune homme timide rougit.

— Modeste ! D'abord, ce n'est pas mon fils. Ensuite j'ai vraiment besoin d'être discrète.

— Monte, lui intima-t-il en lui entourant la taille pour la déposer devant un couloir mal éclairé.

— Tu es dans l'ancien tronc supérieur. Plus calme et abandonné que cela tu ne trouveras pas. Les anciens seront très heureux de veiller à ton confort dans la mesure de leurs capacités (mais tu verras, ils ont encore de beaux restes malgré leur âge, lui chuchota-t-il à l'oreille) et je ferai le service moi-même. Je pars chercher ton ami.

Il revint immédiatement avec le jeune homme timide entre ses volutes, qu'il déposa délicatement aux côtés de Théodora.

Je vous conseille la porte émeraude, c'était ma préférée.

– Modeste, merci.

– C'est moi qui te remercie, sans toi je ne serai qu'une liane morte à l'heure qu'il est ! dit-il d'une voix mélancolique.

Alors qu'il se mettait en route pour le sous-sol, Keaogh l'attira pour le faire revenir.

–Mister Modeste, nos bagages ont l'alternative de se présenter. Est-il envisageable de les envoyer vers nous ?

Modeste poussa un cri de douleur et au lieu de lui répondre directement, se tourna vers Théodora.

– Dis donc, il est mal élevé ton blanc bec ! Tirer comme ça sur une liane… J'avais dit : je m'occupe de tout il me semble ! Et il disparut en grommelant.

– Platitudes, Théodora, je…

– Venez Ryd… vous ne pouviez pas savoir.

Ils poussèrent la porte et pénétrèrent dans une chambre qui sentait le pin.

Immédiatement quelques lucioles firent leur apparition discrète et donnèrent à la pièce une ambiance tamisée.

Les deux compères s'affalèrent dans des hamacs lianes poussiéreux. Un instant plus tard, un tronc fendu sortit du sol, présentant un repas festif sur lequel Ryd et Théodora se précipitèrent.

Tous deux mangeaient en silence. Le dessert de glace à la violette fut interrompu par l'arrivée des bagages.

Au moment du thé, les langues se délièrent et Ryd repartit dans un flot de questions.

Théodora They lui raconta donc l'histoire de cet hôtel cinq aiguilles qu'elle avait sauvé du déracinement :

— Mon premier gros travail de scriptoriste.

— Quel est le biographe de Modeste ?

— Il avait été tranché et laissé pour mort, je l'ai sauvé, répondit-elle simplement.

— Il y a autre chose…

— Il avait subi des séquelles, avoua-t-elle réticente.

D'un mouvement de tête le jeune homme l'encouragea.

— Je suis arrivée trop tard, il était toujours rattaché à la sève mais il ne voyait déjà plus. Les druides voulaient l'amputer de l'arbre, j'ai insisté pour qu'ils le conservent.

Le jeune Anglais trouva que le visage de son interlocutrice prenait un teint pâlot et s'en voulut d'avoir insisté. Le voyage avait été éprouvant pour sa partenaire et ressasser des moments de tristesse n'était certainement pas judicieux. Il chercha un moyen d'égayer l'atmosphère.

— Vous voulez toujours épeler votre fille ?

— Toujours. Mais, j'ai beau chercher, je n'ai pas d'option qui ne soit sans risque.

Une lueur amusée se mit à danser dans les yeux de Ryd.

— J'ai vécu des expérimentations inoubliables aujourd'huite. Gratitudes à vous. C'est mon tournoi de partage. Avez-vous déjà practiqué la divination Master, suggéra le druide une lueur malicieuse dans les yeux ?

— La divination gnarnule ? Ne soyez pas ridicule Ryd. Vous savez comme moi que ceci n'est qu'un ramassis d'idioties.

— Medium divination, véritablement.

— Un enchantement de ce coquin de Merlin ?

— Exact, c'est à cause d'elle que je deviens professeur à Kernach !

— Vous voulez dire que vous savez restaurer dans sa totalité un enchantement de Merlin!

Le jeune homme exultait. Il s'extirpa de son hamac et rejoignit son amas de bagages.

— Où l'ai-je réfugié ?

Théodora regardait d'un œil amusé son jeune ami retourner et vider ses sacs les uns après les autres. Il en avait déjà déballé quatre sans avoir exhumé l'objet qu'il souhaitait lui présenter. Rétrospectivement, elle s'interrogeait sur son avenir de professeur à Kernach. Ce garçon cumulait tant de contradictions !

L'anglais était doué, certes (trouver les proportions d'un enchantement de Merlin aussi jeune, il fallait l'être !). Mais son désordre et sa maladresse risquaient de le desservir. Il était attendrissant, mais elle doutait que les apprentis druides le considèrent ainsi. Il manquait d'assurance, quoique l'épisode du train lui ait prouvé le contraire. Mais saurait-il se faire respecter dans une classe ?

Entraînée par la chaleur que la colonne diffusait en boules irrégulières, Théodora se sentit enveloppée d'une couverture protectrice. Keaogh avait trouvé son plaid. Elle entendit au loin une voix lui expliquer :

– Dormez, recherchez Agathine et transmittez lui votre messagerie.

10

Allongée dans l'obscurité, Agathine They avait l'impression d'être dans un bateau qui tanguait. Elle mit un certain temps avant de comprendre... un cauchemar... un mauvais rêve ! Elle était toujours dans le cachot où le champignon vexé l'avait envoyée. L'effet de roulis était dû aux lianes qui, regroupées en une sorte de hamac, la berçaient doucement. Elle fit mine de vouloir se lever.

– Calme-toi, tout va bien, lui dit alors une voix avec un léger écho.

– J'ai soif.

Une liane se détacha du lot et disparut un instant pour revenir avec un cône.

– De la rosée de la nuit enveloppée dans une feuille de chêne, excellente contre les rêves tristes, commenta l'écho.

Pas pratique de boire dans une feuille quand on n'a pas l'habitude. Elle en laissa couler une bonne partie à côté mais le peu qu'elle aspira la rafraîchit.

– J'ai froid aussi. Est-ce que je pourrais avoir une couverture ?

– Nous n'avons pas cela ici, mais...

Du coin droit de la pièce une colonne identique à celle de la salle à manger s'illumina et se colora peu à peu de couleurs chatoyantes, la sensation de chaleur fut instantanée.

— Merci, prononça-t-elle toute tremblante en songeant qu'une bonne tasse de chocolat chaud lui ferait plus de bien. Rien qu'à cette idée, elle serrait le cône entre ses mains pour se réchauffer. Totalement ridicule, étant donné que celui-ci était vide et glacé. Une liane arriva alors avec une coquille de noix (décidément un ustensile indispensable et multi usage par ici) et l'échangea contre son cône. La voix la prévint :

— Attention, c'est un peu chaud.

— Qu'est-ce que c'est ?

— Une infusion de feuilles d'érable.

— Ça fait du bien, dit-elle en portant la coquille à ses lèvres.

— C'est le but.

Les lianes avaient cessé de la balancer et modifiaient leur inclinaison de façon à ce que son dos se redresse et ses jambes s'abaissent, le hamac se transformait en fauteuil !

— Vous traitez toujours les prisonniers ainsi ?

— On fait des exceptions pour les cauchemars et tu n'es pas en prison.

— Ah non ?

— Tu es dans une cueillette.

— Drôle de nom pour une chambre.

— Pas une chambre, une cueillette.

— Soit ! C'est quoi une cueillette ?

— Un endroit où on cueille des idées ! Quelle question !

— Vois-tu… J'ai l'esprit qui s'embrouille, le tour de manège… le cachot… le cauchemar… Je suis légèrement groggy, mais pas assez cependant pour ne pas me rendre compte que depuis une bonne dizaine de minutes, je suis en grande conversation avec une liane !

Elle vida immédiatement la boisson sur le sol.

— Qu'est-ce que vous avez mis là-dedans ! Encore un de vos tours pour me faire accepter vos sornettes de dons ! Je ne suis pas comme vous, et je ne le deviendrai jamais, c'est compris !

La liane soupira.

— Nous n'avons rien mis dans l'infusion. Pourquoi es-tu ainsi ?

A moitié endormie, elle continuait de vouloir se justifier mais ne parvint qu'à répéter des bribes de mots.

— Ainsi ?

— Hargneuse, et pourtant tu ne nous détestes pas… Tu n'es pas prête.

— À quoi ?

— À accepter ton don, celui de ta mère.

Elle n'essaya plus de lutter, les lianes avaient repris leur forme incurvée et leur mouvement de balancier contribuait largement à précipiter son sommeil.

Dans un dernier sursaut de révolte, elle marmonna :

— Vous n'êtes pas réelles, vous ne pouvez pas parler.

— Ton héritage, ta famille, accepte-toi, répondait la voix au loin.

— Je ne suis pas folle, je suis normale, je ne parle qu'aux êtres humains.

11

Le mouvement de balancier était toujours présent, quoique très atténué. Dans l'angle, la colonne continuait de diffuser ses pépites de chaleur.

La faim commençait à se faire sentir. Sur le qui-vive, Agathine était prête à entendre une quelconque réflexion venue de nulle part, mais le silence régnait. Enfin, pas pour longtemps car ses amis s'étaient réveillés et rejoignaient les druides en bas. Irina leur rejoua sa sérénade du vertige. Ça ne la faisait même plus rire.

Elle avait encore en tête le rêve de cette nuit et la conversation nocturne qui avait suivi. Elle était perplexe : sa mère avait l'air si réelle et tout ce qu'elle lui avait vu faire… Est-ce que les druides pouvaient vraiment faire voler les objets ?

D'un autre côté, elle venait de passer la nuit dans un champignon géant, alors pourquoi pas ! Cette expérience n'avait pas l'air d'avoir traumatisé les autres.

Au contraire, ça rigolait à pleins poumons en bas.

Agathine trouvait désagréable cette sensation d'avoir été oubliée. Elle s'extirpa du hamac et tenta une sortie. À vrai dire, il n'y avait pas de sortie !

Aucune issue, rien ! Elle balaya la pièce des yeux. Elle y avait été jetée si précipitamment qu'elle n'avait guère prêté attention à son aménagement.

Excepté le hamac-liane dans lequel elle avait dormi et la colonne dans l'angle, la pièce était vide ! Que des murs ! Des murs à la texture intrigante !

Lorsqu'on caressait leur surface, on avait l'impression de toucher du parchemin. C'était si fin ! Pourtant, ce qui la surprit le plus ce fut leur couleur inhabituelle : à première vue, on aurait juré qu'ils étaient blancs, or, si l'on se rapprochait, on distinguait un arrière plan marron, une espèce de double fond ! Déroutant. Elle poursuivit son inspection. Par terre, la coquille de noix qu'elle avait renversée cette nuit. Machinalement, elle se baissa pour la ramasser et la poser, mais où ? Il n'y avait aucun meuble ! Sur le point de la remettre en place, un mouvement provenant du sol attira son attention. À côté du hamac, une souche d'arbre venait d'émerger du sol ! Un support tout trouvé pour sa coquille ! Voilà, le ménage était fait. De lassitude, elle se réfugia dans ces lianes qui, aussitôt que ses pieds quittèrent le sol, démarrèrent leur mouvement de balancier dans un rythme propice à la méditation.

Agathine fit un point : ne rien dire du rêve à Parvus, c'était ignorer sa mère. Lui en parler, c'était accepter le monde des druides et leurs illusions. Admettre que l'on pouvait avoir une conversation avec des objets, qu'ils pouvaient voler, que les champignons étaient des maisons, que les épées avaient des pouvoirs, que… ça alors ! Au fur et à mesure de ses réflexions, la pièce se meublait ! Une petite table, une chaise ainsi qu'une armoire venaient de se détacher du mur. La jeune fille ouvrit les portes avec curiosité… des vêtements ! En dessous de la penderie, des chaussures. Plus exactement : des bottes. Elle aurait préféré de la nourriture… et puis, à quoi allaient lui servir ces affaires, elle ne pouvait même pas se laver ! Enfin, si jamais elle sortait, mieux valait être prête. Elle sélectionna un pantalon ample couleur écorce qu'elle assortit à un pull à col roulé rouge, doux et tout bouclé. Elle attrapa une paire de chaussettes et des sous-vêtements couleur crème. Restaient les bottes. Il n'y avait pas de taille, pas plus que sur le reste de sa tenue d'ailleurs. Pourtant, elle était certaine que tout allait lui aller comme un gant. Elle opta pour des bottillons à lacets. Quant au manteau, le choix fut vite fait : un seul lui plaisait, un ¾ aux tons écorce en peau de mouton avec un col fourré. Agathine abandonna le tout sur le hamac et tenta de refermer les portes, mais pas moyen. Peut-être étaient-elles bloquées par un vêtement ? Elle vérifia: non. Peut-être avait-elle mal replié le linge : elle repoussa chaque tas vers le fond, rien n'y fit. Elle s'asseya sur le hamac et réfléchit. Si elle acceptait le fait que tout avait une vie ici, cette armoire pensait. Donc, elle lui disait quelque chose, à elle de trouver quoi. Elle récapitula : elle n'avait pas proféré d'insultes cette fois-ci et avait juste farfouillé. Elle n'aurait peut-être pas dû. Elle remit tout en place. Ce n'était pas ça non plus et les étagères étaient à présent tout en désordre. Elle replia soigneusement chaque vêtement mais les portes restaient toujours bloquées. Elle reprit sa tenue, la redéposa dans le hamac en ayant soin de laisser le reste correctement plié. Miracle ! La porte gauche de la penderie se ferma. Pourquoi pas l'autre ? La jeune fille inspecta chaque étagère. Pourtant, tout était rangé, plié, ordonné que ce soient les pulls comme les sous-vêtements ou les chaussettes. Inutile de s'attarder sur les bonnets et les gants : elle n'y avait pas touché ! Oh non… Elle devait *aussi* mettre un bonnet et des gants ! Cette armoire était pire qu'une mère poule !

Elle vit deux points rouges assortis à son pull, les saisit et les balança sur la table. Lorsqu'elle se retourna, un rideau de lianes remplaçait l'armoire qui avait disparu !

Elle entrouvrit les lamelles : une douche ! Ni savon, ni bouton, seulement un pommeau : une sempiternelle coquille de noix géante reliée à un bambou. Elle qui voulait se laver… elle n'allait pas faire la difficile ! Elle se déshabilla et se prépara à recevoir des premières gouttes fraîches. Pas du tout : juste la bonne température. L'eau était moussante et parfumée à la violette. Lavée, rhabillée, elle sortit de la douche revigorée mais affamée. Aussi, le petit-déjeuner servi sur la table de nuit ne la surprit qu'à moitié. Une boulette de pain, une coquille de lait chaud, un jus dont le goût lui rappela celui de la rosée de la nuit. Elle fut assez fière de boire la moitié du cône sans en renverser une goutte par terre. Tout en attaquant le pain, Agathine révisa ses positions. Depuis le début, ses amis étaient fascinés par ce monde. Ils acceptaient le mode de vie farfelu des druides et passer la nuit dans un champignon ne les choquait pas plus que ça. Agathine en conclut qu'ils ne mesuraient pas les conséquences de ce qu'ils étaient en train de vivre. Avaient-ils une idée de ce qu'ils allaient dire aux autres à la rentrée ? Elle imaginait parfaitement la scène :

— Alors, ces vacances ?

— Super, j'ai dormi dans un champignon !

Si on commençait comme ça, on était fichu.

Il fallait reconnaître que ce qui chagrinait surtout Agathine, c'était que l'on puisse se moquer d'elle.

Depuis toute petite, elle s'était efforcée d'ignorer le regard concupiscent des inconnus lorsque sa mère se mettait à parler toute seule (sauf que maintenant la jeune fille savait qu'elle parlait vraiment aux arbres). Elle ne voulait pas que cela lui arrive, pas plus qu'à ses amis. Mais étant donné les circonstances, elle devait se rendre à l'évidence : sa seule chance de retrouver sa mère résidait dans une alliance avec ce monde. Après tout, une fois sa mère hors de danger, rien ne l'obligeait à continuer de fréquenter ces gens. Que faisait-elle ici à tergiverser, elle devrait être en bas en train de tout raconter à Parvus !

Elle engloutit la coquille de lait, enfila le trois-quarts et tambourina sur la paroi.

— Parvus, Samoooooh !

Partie 4

Bilichilde

1

Les poings d'Agathine venaient de frapper dans le vide. C'était horrible il n'y avait plus de paroi et, entraînée par son élan, elle basculait et tombait en chute libre. Elle imaginait déjà sa tête se fracasser sur le sol lorsqu'une liane freina son envolée et d'autres se placèrent en dessous pour amortir le choc. Elle eut l'impression d'atterrir dans un matelas gonflable.

Désorientée et encore secouée, la jeune fille ne savait plus où elle était. Les lianes disparurent aussi vite qu'elles étaient venues. Ses amis se regroupèrent autour d'elle. Elle mit du temps à les reconnaître eux aussi, leur nouvelle tenue vestimentaire y était pour beaucoup. Irina comme à son habitude était la plus voyante. Elle avait troqué son cardigan à spirales multicolores contre une veste courte en mouton bouclé de couleur corail, un épais pantalon écossais et des boots rouges… bien entendu. Il ne fallait pas se plaindre : pour une fois la coordination des couleurs avait été respectée. Agathine se demanda si l'armoire n'y était pas pour quelque chose ! Derrière elle, pimpant dans une épaisse canadienne dans les tons fauves, fourrée à l'encolure, un pantalon rayé bien taillé et des bottines assorties : Fred. Qu'Irina parvienne à accepter de porter moins de trois couleurs différentes était en soi un exploit mais que

Fred détacha ses cheveux, cela frisait le délire ! D'autant que pour une fois, la tenue d'Irina - qui n'en restait pas moins tapageuse - n'était pas la plus déroutante. Dans sa longue pelisse qui lui cachait le reste de ses vêtements à part… mais oui… des cuissardes ! Alex !

Il fallait avouer que les broderies aux formes celtiques colorées et incrustées en leur centre de pierres donnaient à cette tenue une élégance et un raffinement particulier. A moins qu'il ne s'agisse de sa fourrure intérieure du même orange que les contours des motifs extérieurs ? Agathine aurait parié qu'Alex se serait senti gêné de porter un tel accoutrement mais il arborait ce nouveau look aussi fier qu'un seigneur !

Que leur était-il tous arrivé ?

— Dis donc Alex, tu t'es transformé en tsar, le taquina-t-elle.

— Vous avez vu, répondit-il tout excité, c'est un cadeau de Parvus.

Tous trois le regardèrent et sans se concerter lancèrent à l'unisson :

— Tu n'as pas eu droit à l'armoire !

Une faible consolation pour la jeune fille : les autres avaient bien subi le même traitement qu'elle.

Pas le temps de comparer leurs combats avec l'armoire, Samo et Parvus les rappelèrent à l'ordre.

— Jeunes gens, si vous voulez bien remettre cette discussion à plus tard, nous devons nous hâter si nous ne voulons pas manquer une fois de plus le rendez-vous qui nous permettra de rejoindre Kernach.

Contrairement aux jeunes, Parvus était vêtu très discrètement : il avait troqué son pardessus contre un autre en velours côtelé plus épais de couleur kaki et cintré à la taille. Seule fantaisie : l'encolure et les emmanchures étaient damassées et bicolores, vert et ocre.

Une fois n'est pas coutume - mais Agathine eut dans l'idée que cela n'allait pas tarder à devenir une habitude - elle partageait l'avis de Parvus. De toute façon, si elle voulait s'entretenir avec le groupe à propos de son rêve, il fallait quitter cet endroit. La curiosité et l'émerveillement parasitaient toute concentration ici.

Ils firent leurs adieux à Samo qu'Alex ne put s'empêcher de questionner :

— Samo, Parvus m'a dit que vous étiez un luptuc minimal. Je sais qu'un luptuc, c'est un druide qui parle aux animaux, mais je ne vous ai vu parler à aucun d'entre eux !

— C'est normal Alex, le luptuc minimal parle aux petits insectes et autres animaux souterrains. Tu ne pouvais donc pas les voir. Moi-même, j'ai du mal parfois !

Il se tourna ensuite vers le reste du groupe :

— Vous êtes des gnarnuls fort sympathiques, dit-il en lançant un clin d'œil complice en direction d'Irina, l'air de dire : tu sais de quoi je parle maintenant.

Et pour finir il s'adressa à Agathine :

– Mademoiselle They, vous avez là de *vrais* amis.

Il termina ses adieux en prodiguant à chacun un conseil :

À Irina d'apprendre à maîtriser sa peur tout autant que ses idées.

À Fred de cesser de juger (?!)

À Agathine de cesser de penser à elle justement (comme si elle était égoïste !)

Vint le tour d'Alex, mais il ne lui dit rien (chouchou !)

Ils reprirent la route en silence… perdus dans leurs pensées à méditer profondément les dernières paroles d'un luptuc minimal.

Ils atteignirent la voiture sans que personne n'ait encore prononcé le moindre mot.

La curiosité d'Alex se réveilla.

– Auriez-vous protégé votre voiture de la même façon que la porte du Magos Mobilis, Parvus, chuchota-t-il ?

Le sourire énigmatique en guise de réponse donna à supposer que oui.

Il s'agenouilla ensuite à coté de la roue crevée. Sa façon inhabituelle de procéder pour réparer une crevaison sortit le reste du groupe de sa léthargie.

– Il me semble que pour changer une roue, il faut une roue ?

— Je n'en ai pas besoin Fred, dit-il en sortant une boîte de sa poche qu'il ouvrit pour rendre sa liberté à cinq moustiques entassés à l'intérieur.

Irina ne put cacher son dégoût.

— Mademoiselle Tassilov, si vous n'aimez pas les insectes, je vous conseille de vous réfugier au chaud dans la voiture.

La pauvre ne se fit pas prier.

Le reste du groupe se pencha, impatient de voir comment des moustiques pouvaient réparer une roue crevée.

Ils furent déçus car les insectes s'envolèrent sans qu'il ne se passe rien… Sauf que la roue se regonfla toute seule !

— Ils m'ont été confiés par Samo et viennent simplement d'injecter une résine dans le caoutchouc qui va colmater le trou.

— Des moustiques en hiver, réagit Fred !

— Comment survivent-ils à ce froid, s'inquiéta Alex ?

Agathine ne sut pas ce qui lui prit. Son séjour dans la cueillette sans doute. Après tout, autant tirer le meilleur parti de cette cohabitation forcée ! En tout cas, c'est bien elle qui répondit à la place de Parvus !

— Ils vont se mettre à l'abri dans leur boite qui les ramènera chez Samo !

— Et comment, en volant, siffla Fred !

Les persiflages idiots du garçon eurent le don d'énerver la jeune fille qui trouvait son ami bien lent à la détente.

— Oui, en volant !... Dites Parvus, j'étais aussi agaçante que lui ?

— Pire, ironisa-t-il ! Dites-moi mademoiselle They, mais comment savez-vous que cette boîte vole ?

— Je l'ai rêvé…

Parvus Corbus en eut le souffle coupé.

— Allons Mademoiselle They, vous ne pouvez pas rêver de pouvoirs druidiques sans y avoir été initiée ! rétorqua-t-il sceptique.

— Parvus, je vous assure, j'ai vu ma mère en rêve dans la cueillette cette nuit et j'ai vu plein d'autres choses druidiques aussi !

— Excusez-moi de vous interrompre à un moment aussi important, intervint Alex. Mais, c'est quoi ce nuage vert au loin ? Je suis loin d'être initié mais je parierai qu'il y a du druide, voire du Charoniax là-dessous.

À la vision de cet amas de poussière verte, le visage habituellement pâle du druide devint blafard.

— Nom d'une patate poilue, tous dans la voiture, vite !

Alex, Fred et Agathine eurent juste le temps de s'exécuter. La DS démarra en trombe. Ils jetèrent un coup d'œil discret au vieil homme, celui-ci ne cessait de marmonner « nom d'une patate poilue » tout en passant les vitesses à une rapidité vertigineuse. La tension était palpable, que ce soit du côté du chauffeur ou des passagers.

— Qu'est-ce que c'est que cette traînée verte Parvus ? risqua Irina.

— Des minassiers, une armée de minassiers.

2

Je ne voudrais pas vous stresser, je sais que vous faites ce que vous pouvez, mais ils se rapprochent sérieusement, intervint Fred.

– Je sais jeune homme, je sais. Oh et puis zut !

Sur ce, il cessa de conduire. Au lieu de tenir le volant, ses mains firent des gestes bizarres à droite, au centre, parfois même sur le pommeau de la boîte de vitesse.

– Vous croyez que cela va aider de tout lâcher ? ironisa Fred.

– Mais laissez-le donc faire ! s'interposa Agathine. Vous avez vu ce qui fonce sur nous ! Je vous rappelle que nous n'évoluons plus dans un monde normal, les règles ont changé. Parvus communique simplement plus facilement avec sa voiture de cette façon.

– Ah parce que tu comprends le magos à présent, mademoiselle la réfractaire ! s'indigna Alex, désorienté de voir son amie, non seulement prendre la défense du druide, mais aussi comprendre son comportement.

– Parfaitement, monsieur le lèche-botte ! Ma mère m'a dévoilé plusieurs choses utiles cette nuit.

— Vous voudriez bien reporter votre règlement de comptes à plus tard ! les coupa le chauffeur froidement. J'ai besoin d'une concentration maximale. Irina, où en sont-ils ?

— Ils se rapprochent… Beurk, ils sont dégoûtants !

A vrai dire, les quatre amis n'avaient jamais rien vu d'aussi laid de toute leur jeune existence. Ces bestioles n'avaient du lézard que la peau. Pour le reste, ils tenaient plutôt du vélociraptor et du crocodile. Ils avaient la dentition de ce dernier et le bout de leurs pattes se terminait par des griffes acérées et noires empruntées à leur lointain ancêtre carnassier. Ces deux attributs physiques ne laissaient présager rien de bon en cas d'attaque, qui d'ailleurs, allait être imminente car ils pouvaient à présent voir le jaune de leurs yeux.

— Parvus, ils sont là. Aaaargh ! hurla Irina en faisant un soubresaut.

L'ennemi s'était scindé en deux groupes et celui de gauche venait de crever le pneu arrière, déséquilibrant les passagers. Le véhicule fit une embardée tout en poursuivant sa route, mais il accusait une sérieuse perte de vitesse. La panique gagnait d'autant que l'on entendait nettement que la roue commençait à entamer le tambour de frein.

— Vous ne pouvez rien faire ! Il y a peut-être une poudre à leur lancer ? suggéra Fred.

— Peuh, une poudre ! Plutôt un lance-flamme oui ! persifla Irina.

— A vous dire vrai, j'ai bien ça dans le coffre, mais je ne sais pas l'activer. Ouille !

Le véhicule venait de stopper, car le deuxième groupe lançait une offensive sur le flanc droit, pendant que l'autre faction s'attaquait au pare brise, qui, pour l'instant, tenait bon.

— Qu'est-ce que vous nous chantez là, Parvus ! s'offusqua Alex, désorienté par la tournure que prenaient les évènements.

— J'ignore son nom ! Seule Théodora le connaît ! Ah misère, ils s'en prennent au toit !

Depuis le début de l'attaque, Agathine ne cessait de ressasser son rêve de la veille. Comme elle l'avait dit à Alex, elle avait la sensation que sa mère lui avait transmis des messages, montré des pistes pour combattre Charoniax ou pour s'en protéger. Peut-être trouverait-elle une issue dans sa sacoche ?

Qu'avait-elle emporté? Des fioles ? Non, des fioles n'ont pas de noms, elles ont des étiquettes. De quel nom s'agissait-il ? Un murmol, il y avait un murmol dans son rêve !

Agathine continuait de se triturer les méninges à la recherche du murmol qu'elle aurait rencontré hier soir. Pendant ce temps, les lézards avaient entrepris de passer leur langue verte et fourchue sur les carreaux. Tactique surprenante et peu ragoûtante mais diablement efficace quand on sait que cette langue sécrète une bave terriblement acide. Parvus savait. Mais il se tut : passé cette étape, le carnage allait commencer et il n'avait pas envie de lire la peur sur le visage de ces jeunes gens auxquels il s'était attaché.

— Bilichilde ! La tête de dragon sur le pupitre, elle s'appelle Bilichilde ! Parvus ! Vous avez le nom ! Faites quelque chose !

Parvus fit effectivement quelque chose : il frappa dans ses mains ce qui déclencha l'ouverture du coffre. A l'arrière, Irina hurlait telle une furie : les lézards avaient passé le bout de leur museau à travers les trous qu'ils venaient de créer et ils vilipendaient les vitres à coup de dents. Alex se contorsionna pour extirper une de ses cuissardes et frappa avec rage ces museaux baveux.

Fred fit de même avec ses bottines et assura la défense du bord opposé. Les deux garçons avaient fort à faire car les coups adverses devenaient de plus en plus virulents. Les mains d'Alex accusaient des égratignures et Fred venait de se faire mordre. Agathine ne cessait de demander à Parvus d'intervenir auprès de Bilichilde, mais celui-ci se contentait de sourire chaque fois que la jeune fille prononçait le nom du murmol. Irina pour sa part avait déclenché une sirène à voix humaine à laquelle apparemment les attaquants étaient sensibles puisqu'ils devaient se relayer pour poursuivre leur opération de léchage.

C'est le moment que choisit le portable de Fred pour sonner. Trop occupé à repousser l'ennemi, il laissa Irina répondre.

— Allo ? Oui, bonjour madame Chirivel… Non, je ne peux pas vous passer Fred, il… Attention !

Comment ? Je vous entends très mal ! Nous sommes dans un parc d'attraction, c'est très bruyant ! Oui, il vous rappelle dès qu'il est sorti du manège !

— Merci Irina ! Il va falloir que je pense plus souvent à faire appel à toi pour les mensonges.

Arrière sale bête ! Pan ! Un coup de talon bien frappé sur le museau.

Sollicité de toutes parts, personne ne prêta attention à la fumée jaunâtre qui émergeait du coffre.

3

En premier lieu Fred, Alex et Irina attribuèrent la retraite massive de leurs ennemis à leur défense musclée. Ils révisèrent leur position en constatant que l'armée de lézards avait déplacé leur champ de bataille. A proximité de l'Athéna devenue épave, un autre combat s'était engagé. La poussière verte avait fait place à des paillettes dorées.

Parvus fut le premier à s'extirper de la voiture, suivi de près par Agathine.

– Comment l'avez-vous activé, Parvus ? En ouvrant le coffre ?

– Oh mais je n'y suis pour rien, jeune demoiselle ! Ceci est votre œuvre !

– Moi ! Ah, vous ne m'aurez pas ! Je n'ai fait que vous transmettre le nom !

– Chère enfant ! Rendez-vous à l'évidence ! Bilichilde ne peut prendre vie que si elle est appelée par un druide qui possède un minimum de pouvoirs majiscribes! Et je n'ai pas dit un mot ! Attention…

Le vieil homme poussa Agathine sur le côté, juste à temps pour lui éviter de recevoir de plein fouet un lézard propulsé par la queue du murmol. La bestiole à moitié assommée et groggy les ignora. Elle se remit sur ses pattes et repartit titubante vers le combat.

La jeune They aurait pu tout aussi bien avoir été frappée par le projectile volant, tant elle était abasourdie.

— Je ne l'ai pas appelé, je vous ai transmis l'information !

— Tout comme vous n'avez pas entendu ma conversation avec Moktair !

— Je m'en fiche ! Je ne veux pas être druide ! Je veux rester comme j'étais !

— Vous voulez renier votre héritage !

— Vous avez tous ce mot à la bouche ! Je vous redis ce que j'ai dit à ma mère hier : JE REF…

Agathine ne prononça pas le mot refus. Depuis sa sortie du coffre, elle n'avait pas quitté Bilichilde des yeux et le murmol, qu'il fût un dragon jaune ou autre chose, avait été redoutable.

Sa queue pointue éparpillait la horde tandis que ses pattes noires griffues broyaient de petits groupuscules. De temps à autre, les extrémités de ses doigts se fichaient dans la chair d'un lézard. Ceux-ci n'avaient d'ailleurs pas beaucoup de prise car le corps de leur ennemi était recouvert d'écailles et une longue crête dorsale s'étendait du haut de sa tête de serpent jusqu'à sa queue.

Or, à peine Agathine avait-elle commencé à réfuter les conclusions de Parvus, que Bilichilde avait vu ses ressources diminuer. Sa crête dorsale s'était rétractée. Sans défense, son dos fut immédiatement pris d'assaut par une poignée de minassiers. Ses ailes s'étaient épaissies, lui conférant moins de mobilité.

Bilichilde avait adapté sa technique de combat à ses nouveaux attributs. La créature battait énergiquement des ailes, provoquant un vent violent qui éparpillait ses assaillants. Le murmol se trouvait néanmoins en sérieuse difficulté, incapable de se débarrasser totalement des attaques dorsales qu'il s'efforçait de balayer avec sa queue. Les paillettes s'estompaient reconquises par la poussière verdâtre.

N'étant pas certaine de la relation de cause à effet, Agathine préféra remettre son heure de révolte à plus tard.

Un autre lézard vint s'écraser à ses pieds. Au lieu de l'ignorer, la bestiole s'arcbouta dans sa direction. L'adolescente était tétanisée, son regard fixait les dents acérées qui n'allaient faire qu'une bouchée d'elle. Un bruit de splash la fit sursauter : Alex venait d'écraser l'animal à l'aide d'un cric qui se couvrit de paillettes. Plus loin, Fred adoptait la position de son sport favori. Arcbouté avec une longue tige de fer (l'arbre de transmission, sans doute) en guise de batte, il renvoyait les lézards que Bilichilde lui lançait avec sa queue.

Au retour, la petite créature se faisait immédiatement embrocher par la pointe, dégageant un flot de paillettes. Les deux garçons encourageaient le murmol à tour de rôle.

– Par ici, Billy !

– C'est bon, Billy !

De temps à autre, on pouvait également entrevoir sa langue fourchue attraper un adversaire groggy et l'engloutir goulûment. Bilichilde reprenait le dessus.

Parvus entraîna Agathine à l'intérieur de la DS mais la jeune fille ne pouvait détacher son regard des yeux orange du murmol. Elle était fascinée par les bâtonnets rouges de ses pupilles qui ne cessaient de s'élargir et se rétracter comme des lèvres en mouvement.

Parvus la pressa vers les portes arrière. Avant de monter, Agathine se tourna vers le druide.

— Que va-t-il se passer après ?

— Après quoi, mon enfant ?

— Quand la bataille sera finie, est-ce qu'il va falloir que je fasse ou dise quelque chose ?

— Tu lui présentes son pupitre et tu lui dis merci.

— Ne dites pas à mes amis que je suis comme vous.

— Ils s'en rendront bien compte lorsque tu prendras le pupitre.

— Alors, je n'y toucherai pas.

— Cesse tes enfantillages et rentrons... il y a encore quelques minassiers qui vont tomber, dit-il en s'abaissant pour en esquiver un.

A l'intérieur de l'Athéna, Irina pleurnichait. Agathine la serra dans ses bras et refoula ses sanglots:

— Pourquoi Bilichilde s'est affaibli ? Fred et Alex sont en train de risquer leur vie maintenant !

— Premièrement, Bilichilde est une fille. Et son efficacité dépend du druide qui la réveille. Je dois reconnaître que son scriptoriste officiel est inégalable.

Agathine gratifia Parvus d'une grimace et prit la relève pour rassurer son amie sur le sort des guerriers.

Peine perdue, car Fred manqua un lancer de queue et le lézard vint s'écraser sur un morceau de vitre encore intact, faisant sursauter et hurler Irina de plus belle.

Alex fonça sur la voiture et d'un coup de savate, écarta l'immonde animal de la vitre, puis le repoussa définitivement à coups de cric.

Parvus afficha un petit rictus de satisfaction du coin de la bouche. Il se justifia sur le champ auprès de la jeune They toujours sur la défensive.

— Rassurez-vous, ce projet ne vous concerne pas. Je trouvais simplement que ce jeune homme mériterait mieux qu'un cric.

— Oh, vous devriez les voir tous les deux avec des battes de base-ball ! Ils sont épatants ! hoqueta Irina.

L'adolescente ne releva pas, préoccupée par l'attitude à adopter à l'issue de cette bataille.

4

Réfugié dans la vieille demeure de ses défunts parents, Charoniax ne décolérait pas depuis son fiasco de la gare.

À vrai dire, il ruminait en attendant des nouvelles de son contact à la gare de Kernach.

Cette Théodora They commençait sérieusement à lui chauffer les neurones.

Nom d'un chaudron farci ! Comment s'y était-elle prise pour passer au dessus des gommes dervées et du filet poussedru en même temps ! Il y avait des limites tout de même !

Plutôt imbu de sa personne, le druide n'envisageait pas une seule seconde d'imputer ses échecs au choix de ses tactiques. Cependant, il reconnut qu'il avait affaire à forte partie. Alors pour la première fois de sa carrière de druide, Charoniax fit quelque chose qu'il n'aurait jamais pensé faire : il ouvrit quelques livres de recettes druidiques et fabriqua lui-même les potions nécessaires à son prochain projet.

Il fit également appel à des murmols aguerris. Ce genre d'entretien l'épuisait.

La concentration qu'ils exigeaient était néanmoins à la hauteur de leurs renseignements et services.

Charoniax laissa en suspens l'idée de capturer Théodora They. Il serait toujours temps de s'occuper d'elle ultérieurement. Son tempérament pernicieux venait de lui susurrer une approche indirecte et probablement moins risquée qu'une attaque frontale avec la scriptoriste. Cette femme ne cédait pas souvent à la panique, mais il avait trouvé un moyen de la faire trembler.

Toute personne possédait un point faible. Celui de Théodora They s'appelait Agathine. Cette adolescente qu'il avait entrevue lors de son bref passage chez l'antiquaire lui paraissait une proie bien inoffensive. D'autant qu'elle semblait ignorer elle-même qui elle était. Soit elle n'était pas druide (ce qui arrangerait bien ses affaires), soit sa mère ne lui avait encore rien révélé, sinon il ne l'aurait jamais rencontrée en ville : à 15 ans, un jeune druide ne traîne pas avec des gnarnuls. Il est en apprentissage à Kernach. Dans les deux cas, il se retrouvait face à une ignorante et donc à sa merci.

Charoniax déchanta lorsqu'il localisa la demoiselle. Elle était accompagnée de cette espèce d'hibou gris : Parvus Corbus et de ses amis gnarnuls. Il mit de côté les amis : du menu fretin dont un tour de magos ne ferait qu'une bouchée. Mais de Parvus, il se méfiait.

L'homme n'était qu'un majiscribe de base, mais il savait fédérer des amis autrement talentueux, et qui plus est dévoués, autour de son complet anthracite. Le ponce-pirate s'était déjà frotté à cette confédération du vieux grigou. Cela lui avait coûté une épée, le pouvoir et sa liberté. Pour éviter toute interférence, l'attaque devrait avoir lieu lorsque le groupe serait isolé.

Restait à solutionner le type d'assaut à lancer. La déconfiture de la gare lui ayant démontré que mieux valait un seul assaillant puissant qu'une multitude de petits pièges, il pensa envoyer un golem mais préféra les minassiers. Une version carnassière et offensive de lézard que l'on trouve dans tout bon livre traitant des entités maléfiques. On pouvait leur donner vie par incantation. Il se contenterait de déposer quelques gouttes sur leur image. Ainsi il aurait moins de travail à les désenvoûter : il lui suffirait d'attendre que le contenu ne fasse plus effet !

Le ponce-pirate regarda se profiler au loin son armée verte et se frottait les mains par avance de la triste fin qu'allaient rencontrer Corbus et sa cour. Il avait dû négocier la vie sauve de la jeune They contre un bon festin sanglant dans une ville quelconque mais son plan était parfait ! D'autant que ces petites bêtes avaient la particularité de ne pouvoir être combattues que par un murmol animé (les chances étaient infimes que la DS abrita une telle sculpture dans son coffre !). Quand bien même, Parvus aurait été incapable de l'activer : il ne savait parler qu'aux murs et aux meubles ! Un scriptoriste à la rigueur ! Hors, le seul qu'il savait avoir ce pouvoir se trouvait quelque part à Kernach ou dans ses alentours. Une belle victoire qu'il songeait d'ailleurs fêter par avance, lorsqu'un miroir de la chambre qu'il occupait vibra.

Magnus se rapprocha et tous deux tinrent un long conciliabule. La nouvelle sembla prendre le pas sur la célébration que le druide comptait anticiper car il se saisit brusquement de la fiole qu'il venait d'utiliser et dévala quatre à quatre les escaliers, enfila son pardessus noir le plus épais et se dirigea vers l'immense salle à manger qui servait également de bibliothèque. Il feuilleta quelques livres fébrilement paraissant toujours insatisfait de ce qu'il y trouvait.

Ses commentaires variaient entre « pas assez rapide », « trop petit », ou « trop voyant ». Excité, il ne prenait pas la peine de remettre les ouvrages à leur place. Il se contentait de les déposer tels quels sur la table de la salle à manger.

Enfin, il tapa sur la page du livre qu'il venait d'ouvrir et scanda un « ça, c'est parfait ». Il emporta le volume à l'extérieur et sur le perron diffusa quelques gouttes de sa fiole. Un ballon émergea de la page, suivi d'une nacelle, qui se mit à grandir jusqu'à atteindre une taille adéquate.

L'enveloppe se para d'un visage. Une horde de chevaux ailés se déploya sur les huit caissons inférieurs, attendant les instructions.

Charoniax grimpa prestement à l'intérieur et donna sa destination.

Il faisait nuit, et malgré sa très épaisse parka dervée, il avait froid, mais avec ce mode de transport il savait que le voyage ne durerait qu'une heure. La montgolfière avalait les kilomètres plus vite qu'un train. En fait, elle avançait grâce aux rondes circulaires alternées des chevaux entre les caissons. Le visage qui remplissait toute la partie supérieure, donnait le rythme.

Charoniax s'agenouilla et se cala dans le fond de l'habitacle pour se réchauffer. Il n'avait de toute façon rien d'autre à faire.

Une vibration le fit sursauter : la montgolfière négociait son atterrissage.

Il n'attendit pas la fin de la manœuvre et sauta. Il se réceptionna assez mal, mais l'épaisse couche de neige amortit sa chute.

Il se trouvait dans une clairière. La nuit était noire et l'on n'y voyait goutte.

Charoniax soupira, se concentra, étendit la main et lança une formule.

« *Lucioles ! Farandolez, gaudriolez* »

Immédiatement, le tronc des arbres émit une luminescence qui permit au ponce-pirate de se déplacer. Il stoppa devant un tronc, frappa sur un nœud et s'annonça.

— Magnus Charoniax, je suis attendu.

Une branche se baissa derrière lui, l'identifia. L'instant d'après, le tronc s'ouvrit et il s'engouffra à l'intérieur.

Il n'avait pas mis les pieds dans ce lieu depuis son arrestation, mais il retrouva sans peine le bureau de la personne qu'il devait rencontrer.

—Bonjour, Gilram ! Je te suis très reconnaissant d'avoir répondu à mon appel !

— C'est tout naturel, cher Magnus. Tes projets sont toujours dignes d'intérêt.

— Ah ah, tu espères donc quelque chose en échange !

— Oh ! Trois fois rien cher ami. Simplement de penser à moi lorsque tu composeras ton équipe!

— Accordé ! Que dirais-tu de… Cheftain des prisons !

Peu rassuré par ce titre mais tout de même prudent de ne pas froisser une personne en route pour dominer les êtres et les choses, Gilram demanda des précisions.

— Et qui comptes-tu mettre dans ces prisons ?

— Mais des gnarnuls mon cher ! Et aussi quelques druides contestataires. Il y en a toujours dans une révolution !

— Cette nomination me va droit au cœur ! Je te remercie, Magnus, rétorqua-t-il affable mais toujours aussi peu rassuré.

Charoniax en avait assez de ces palabres, il posa la question qui lui avait fait braver le froid et privé d'une réjouissance (anticipée, certes !).

— Alors... je peux la voir ?

— Par ici, Magnus, par ici.

— Tu l'as bien cernée ? Je ne voudrais pas qu'elle s'échappe !

— Aucune inquiétude, ils l'ont à l'œil.

— Dans ce cas…

Il poussa la porte que Gilram lui désigna :

— Bonjour Théodora !

5

Pourquoi Bilichilde transforme les lézards en morceaux de papier ?

De la DS, Irina assistait à un ballet de petites feuilles que Bilichilde faisait virevolter d'un battement d'ailes en une valse aérienne.

— Ça n'est pas elle, Irina. Nous devons ce revirement aux procédés de Charoniax. Sacré Magnus, commenta Parvus ! Je constate que tu es toujours aussi paresseux. Tu n'apprendras donc jamais !

À l'extérieur, les garçons avaient de moins en moins de travail. Non que le trio eut passé à trépas tous les assaillants. Mais entre Bilichilde qui avait retrouvé - entre autres - sa crête et ses fines ailes de chauve-souris et s'en donnait à cœur joie et le reste qui se transformait en bouts de papier, il ne leur restait plus grand' chose !

L'équipe ne baissait pas sa garde pour autant car ceux qui étaient épargnés par la métamorphose s'avéraient incroyablement hargneux.

Irina était intriguée :

— Ils viennent d'où, ces lézards ?

— D'un livre sur les auxiliaires du mal. Nous ne pouvons leur donner vie que de deux façons : par incantation ou par le biais d'une potion.

— Laissez-moi deviner… Charoniax a choisi la potion !

— Qu'est-ce qui te fait dire ça ? ironisa Parvus.

— Une méthode de paresseux : on verse une goutte et voilà !

— C'est exact ! Tu peux contempler le résultat ! Nous assistons au temps limite d'efficacité d'une potion ! Les lézards épargnés par nos guerriers sont en train de retrouver leur aspect initial.

— À vue de nez, je dirai qu'il en reste un huitième de page, plaisanta Irina qui avait retrouvé le sourire.

— Tes amis sont de valeureux jeunes gens ! D'ailleurs, je crois bien qu'ils ont fini. Allons les féliciter. Vous venez Agathine ?

Non, Agathine ne venait pas. Agathine se morfondait, recroquevillée dans le coin opposé de la voiture. Agathine refusait de montrer à ses amis qu'elle faisait partie de ces gens-là !

Parvus haussa les épaules et laissa passer Irina qui se précipita dans les bras des garçons. Il vint se placer du côté d'Agathine.

— Vous devez la remettre sur son pupitre.

— Faites-le vous-même ! Vous êtes druide, non !

— Première leçon : celui qui réveille replace. Secundo : contrairement à ce que vous pensez, ce pouvoir d'incantation n'est pas donné à tout le monde ! Alors jeune They, mettez votre fierté au placard et faites votre travail ! Sachez que de toute ma carrière de druide, je n'ai jamais vu personne refuser de se servir de ses pouvoirs !

Cramoisi, le vieil homme réajusta son complet en tirant d'un coup sec sur ses pans, noua la ceinture de son pardessus et planta là la jeune fille.

Il ouvrit grand les bras et frappa chaleureusement les garçons dans le dos.

Ceux-ci avaient déposé à terre leur arme de fortune et essayaient de remettre de l'ordre dans leurs vêtements et cheveux.

Bilichilde elle, tournoyait dans les airs.

— Qu'est-ce qu'il fait, s'inquiéta Alex ?

— Elle, corrigea Irina. C'est une fille.

— Ah ! Je disais « il » parce que je pensais que Billy était un dragon.

— Bilichilde est une vouivre, précisa Parvus.

— Une vouivre… Une vouivre ! Mais je croyais que… enfin, j'ai toujours lu que les vouivres étaient des dragons malfaisants, destructeurs et ennemis de l'homme.

— Il va falloir que tu oublies tout cela, Alex. Ce ne sont que des légendes créées par les druides afin qu'on les laisse tranquilles. Dans la réalité, les vouivres sont magiciennes, il arrive même parfois que quelques unes bâtissent et défendent !

— Je suis bien content que Billy fasse partie de ces exceptions, conclut Alex.

— Allez Billy, descends ! Tu vas te faire repérer ! hurlait Fred qui se fichait bien de savoir ce qu'elle était. Ce qu'il voulait, c'était la caresser.

Mais la vouivre continuait de survoler le groupe.

Au sol, le cric et l'arbre de transmission s'étaient mis en mouvement et reprenaient leur emplacement dans le véhicule.

Parvus fut submergé par une vague de tristesse en voyant l'état de ce dernier.

Irina tenta maladroitement de le consoler.

— Vous pourrez le réparer plus tard ?

—Merci, Irina. Mais un objet magos endommagé ne se répare pas, il se reconstruit et c'est long, très long.

L'euphorie de la victoire s'estompait. Les garçons ressentaient les séquelles du combat peu orthodoxe qu'ils venaient de livrer. Leur visage était couvert d'égratignures et la morsure de Fred le lancinait au poignet. Alex qui n'avait pas ménagé ses coups de cric avait l'épaule endolorie.

Bilichilde s'arrêta de tournoyer et se posa.

Jusqu'alors, le groupe ne l'avait vue qu'en apesanteur.

Sur la terre ferme, l'animal était handicapé par sa longue queue et ses petites ailes le déséquilibraient. Mis à part son aspect fantasmagorique, sa démarche s'apparentait à celle du pingouin.

Fred fut le premier à oser s'approcher.

Bilichilde parut surprise mais se laissa caresser.

Parvus ne cachait pas son émotion.

— Un gnarnul et une vouivre ! Si nos ancêtres voyaient ça !

Soudain, Bilichilde fixa Fred dans les yeux et sortit sa langue.

— Attention ! s'alarma Irina.

— Ne bouge surtout pas ! lui conseilla Parvus. Quoi qu'elle fasse, ne bouge pas ! Elle va te guérir !

Pour l'heure, elle l'avait surtout happé dans sa gueule !

— Fred ! rugit Agathine en s'extirpant de l'Athéna.

Elle déboula en trombe sur Parvus et martela le vieil homme de coups de poings en l'invectivant à tout va :

— Espèce d'antiquaire de boules à mite de scrogneugneu…

Parvus lui emprisonna les poignets, la forçant à faire face à la bête.

— Regardez ! Et ensuite, je vous interdis de partir.

La gueule de la vouivre s'ouvrit. Un Fred béat émergea, et se laissa glisser le long de la langue bifide de l'animal, empruntant le couloir de gauche.

Il rejoignit le groupe au pas de course laissant derrière son sillage une traînée de paillettes.

Tout en s'époussetant pour faire tomber les dernières poussières, il taquina son camarade.

— Alors Alex ! C'est ton tour… t'as peur ?

— Pour qui tu me prends, je ne vais pas me faire soigner aux paillettes de vouivre pour quelques égratignures et une épaule fatiguée !

— Je crains que Billy ne l'entende pas de cette oreille ! Regarde, elle se dirige vers nous constata Irina.

— Non, elle vient pour autre chose, précisa Parvus, relâchant Agathine de son emprise.

La vouivre et la jeune fille se faisaient face. Parvus, resté en retrait, pressait l'adolescente.

— Agathine, par pitié…

Les autres ne saisissaient pas pourquoi l'animal s'était campé devant leur amie. Elle n'était pas blessée !

Agathine restait muette. Ses yeux fixaient les pupilles verticales de Bilichilde qui se dilataient de façon irrégulière. Comme auparavant, elle avait l'impression que ces fentes parlaient. Un murmure inaudible sortit des lèvres de la jeune fille.

— Je ne peux pas, je suis désolée, je ne peux pas…

Elle tendit la main tremblante comme pour s'excuser mais la vouivre quitta le sol et glissa vers la voiture. Elle prit une énorme bouffée d'air pour l'aspirer et la recracher quelques secondes plus tard, auréolée de paillettes, comme Fred précédemment.

Vitres entières, pneus regonflés, toit ressoudé, un travail de garagiste de formule 1. Bilichilde balaya d'un regard l'assistance, rapetissa, rentra toutes ses griffes pour ne plus ressembler qu'à un lézard et alla se percher sur l'épaule de Fred.

Parvus poussa un soupir de soulagement. Il se dirigea vers sa DS flambant neuve, ouvrit la porte conducteur, se défit de son pardessus kaki et entreprit de débarrasser le véhicule du reste des paillettes.

– Ohé la jeunesse, vous pourriez me donner coup de main ?

Fred ouvrit son portable :

– Allô maman ! Oui je m'amuse bien, comment vont les autres à la maison ? Et le cochon d'inde ?...

6

Ryd Keaogh sortit de l'armoire. Il détecta immédiatement derrière lui la présence de Modeste.

– Pourquoi l'avez-vous laissée se captiver, lui reprocha-t-il !

Sans répondre, la liane s'enroula autour de la taille du jeune homme et l'emmena dans une partie de l'arbre encore plus délabrée. Une fois son paquet posé, elle se justifia.

— Théodora sait ce qu'elle fait. Si elle dit : tu protèges Ryd Keaogh. Je protège. Elle m'aurait dit : « sauve-moi », je l'aurai arrachée aux griffes de ce dégénéré de Charoniax. Fut-ce au péril de ma vie.

Partie de sa terre natale il y a à peine deux jours pour occuper le poste de professeur à l'Académie de Kernach, l'Anglais se trouvait à présent dans une région inconnue à combattre un ennemi dont il venait tout récemment d'apprendre l'existence. Tout cela le dépassait.

— Et maintenante, Modeste ?

— Vous vous taisez et vous quittez Thurial. Vous n'êtes pas à l'abri ici. Je reprendrai contact avec vous un peu plus loin.

— Mes équipages ?

— Ne vous inquiétez pas pour eux. C'est mon métier, non ?

C'est ainsi que le jeune homme se retrouva en pleine nuit dans une forêt hostile. Il hésitait : poursuivre son chemin à l'aventure ? Attendre dans le froid que Modeste se manifeste ?

Lors de sa première rencontre avec la liane rouge, il l'avait vexée par une mauvaise interprétation de ses paroles laconiques. Il analysa leur dernière conversation et en conclut qu'il ne devait pas s'éloigner. Il scruta les alentours à la recherche d'un arbre dont il pourrait se faire un abri pour la nuit.

Mais, déjà trahi à Thurial alors que Théodora avait un allié à l'intérieur, il était circonspect à l'idée de confier à un autre sapin son sommeil. Le hululement d'un hibou attira son attention. Sans hésitation, il pénétra l'écorce du vieux chêne sur lequel était perché l'animal.

Il fut surpris d'avoir franchi le seuil d'une maison à la décoration désuète. Le dernier druide à y avoir logé ne devait pas dater d'hier !

Point de colonne chauffante, mais un bon vieux chaudron et pour tout éclairage, une sphère en soie, domicile d'un couple de lucioles et leurs quatre enfants. Point de couchage non plus : cela viendrait certainement plus tard, lorsque la maison aurait repris un aspect présentable.

Il se mit donc en quête d'un balai qu'il trouva négligemment posé contre un mur. Il tendit la main pour le saisir, mais le balai se mit à travailler tout seul.

Keaogh en déduisit que la maison devait être truffée de murmols et se demanda si cela ne marcherait pas également avec le chaudron. Il tenta l'expérience qui fut concluante. Bientôt, attirées par la chaleur, d'autres lucioles remplirent les quelques sphères de soie disséminées dans la bicoque. Apparurent ensuite une table et enfin non pas de ces lianes hamac que l'on voit partout, mais un vrai lit ! Cela faisait au moins 70 ans que l'on ne dormait plus dans des lits !

Keaogh était fourbu. Ces dernières heures l'avaient épuisé. Fort heureusement, il n'aurait pas à passer une nuit de veille. Aucun druide, ni murmol malveillant n'aurait accès à cette demeure. Il avait lu cette règle dans un ouvrage de Merlin : Hibou à la maison, droiture dans le chaudron. Cet adage était probablement tombé dans l'oubli. Qui s'embarrassait encore à déchiffrer Merlin alors que l'on pouvait trouver recettes ou incantations dans des manuels détaillés?

Tant pour les aspirants que pour les triskèles supérieurs, apprendre avec Merlin, était fastidieux ! Tous ces tâtonnements ! Et cela prenait du temps, beaucoup de temps ! Mais au final, la potion ou l'enchantement déchiffré était une réelle récompense car Keaogh l'avait remarqué : la longévité du produit était bien supérieure à celle des recettes actuelles et les enchantements plus puissants.

La table s'était garnie d'une coquille fumante qui dégageait une forte odeur de lardons. Une soupe, que Keaogh engloutit goulûment. Il s'affala sur le lit mais avant de sombrer dans un sommeil profond, n'oublia pas de remercier le hibou. « Toujours remercier le gardien de sa nuit », avait écrit Merlin !

En fait, Keaogh ne dormit pas. Il rêva. Un rêve décousu où il se voyait amené de force par Théodora devant un tribunal composé d'adolescents. Une jeune fille surtout l'accusait de traîtrise. Un frêle garçon se proposa pour assurer sa défense. Il n'y connaissait visiblement rien en matière de droit druidique, mais il faisait preuve d'une telle détermination ! Les deux autres ne cessaient de se lamenter en scandant : Parvus nous dirait quoi faire, on ne sait pas quoi faire !

Puis, Théodora prit la parole.

— Faites la paix ! Ecoutez-vous. Soutenez-vous ! Aidez-vous ! Aidez-moi ! Aidez-moi !

— Alors jeune homme, on entre chez vous comme dans un moulin ?

L'anglais se redressa d'un bond et vit une liane rouge à ses pieds.

— Modeste ! Comment vous êtes sortie ?

—On s'allonge en vieillissant ! Vous n'imaginez pas à quel point !... Joli choix de refuge !

— Ah… oui platitudes. Et protécté par un hibou ! Vous avez vu !

— J'ai vu, j'ai vu…

Modeste resta pensif quelques instants. Elle avait mal jugé cet étranger. Un hibou !... Tout juste si un druide savait encore à quoi servait un hibou de nos jours ! Et voilà que ce gringalet… il était tout bonnement épatant !

— Vos bagages sont là… Ils sont un peu terreux, je leur ai fait suivre le même chemin que moi pour ne pas nous faire repérer.

— Apologie Modeste… je… permettez… je dois vérifailler une théorie !

Bientôt, fioles, livres et vêtements jonchèrent le sol. Modeste, qui en avait vu d'autres en tant que bagagiste, attendit patiemment le résultat des fouilles.

— Non, non… pas là. Modeste, est-ce que Théodora se vêtait d'un couverclure quand Charoniax l'a captivée ?

— Oui, il me semble bien que oui ! Pourquoi ?

L'anglais ne répondit pas et se mit à faire les cent pas en monologuant.

— Le plaid, elle m'a émissé une médium divination. Parvus est knock-out. Ils ont un triomphateur… il protectionne… Agathine… Elle doit souscripte… Un groupe… nous devons avoir un meeting… le jury?... non, ça c'est pour Charoniax. Il y avait un…

Keaogh interrompit sa marche et se tourna vers la liane.

— Modeste… une maison ailée…

— Un moulin ?

— Yes, un moulin… Parvus est-il pourvu d'un moulin ?

7

Cela faisait un bon moment qu'ils roulaient avec pour seul bruit le ronronnement du moteur. Chacun était plongé dans une introspection personnelle des évènements récents. Agathine se sentit obligée de présenter des excuses.

— Je suis vraiment désolée de vous avoir entraînés là-dedans. Honnêtement, je ne pensais pas…

Elle laissa sa phrase en suspens et se tourna rouge de colère vers le chauffeur.

— Vous ! Vous avez tout manigancé depuis le début ! Ce n'était pas la première fois que vous affrontiez Charoniax : vous saviez que cela pouvait être dangereux ! Vous avez entraîné mes amis ! Ah oui, venez faire un tour à l'académie des mondes anciens ! Agathine, s'ils ont envie de se cultiver, pourquoi les en empêcher ! Faux-jeton !

Alex était assez gêné car il devait admettre le bien-fondé des accusations de son amie. Fred et Irina restaient plus réservés sur leur jugement. Ils n'avaient pas eu l'impression d'avoir été manipulés, mais n'étaient plus trop convaincus que l'idée de faire ce voyage émanait d'eux.

Parvus balaya les accusations d'un revers de la main.

— Vous vous attardez sur des détails…

— Des détails ! Ils ont risqué leur vie aujourd'hui ! Alex a l'épaule démise, Fred s'est fait mordre et vous appelez cela des détails !

— Jeune They, vous arrive-t-il de voir plus loin que le bout de votre nez ! Avez-vous seulement la moindre idée de ce que nous fabriquons dans cette voiture !

— Nous cherchons ma mère ! Je peux vous certifier qu'une fois que je l'aurai retrouvée, je ne veux plus jamais entendre parler de vous, ni de votre clique de druides, de majiscribes ou… ou de boites volantes !

— Gaty, intervint Alex en douceur. Tu ne comprends pas ce que Parvus veut dire.

— Evidemment, monsieur béni oui oui ! Il s'est servi de toi et tu continues de le défendre !

Irina prit le relais :

— Stop tous les deux ! On vient de manquer se faire massacrer par des trucs baveux et tout ce qui vous intéresse, c'est de savoir lequel des deux aura le dernier mot ! Ça vous est peut être égal de savoir pourquoi vous avez dû dormir dans un champignon et changer de vêtements, pas moi ! Maintenant vous la mettez en veilleuse et vous laissez parler l'Ancien !

— Et si vous pouviez cesser de hurler, renchérit Fred. Billy n'apprécie pas du tout. Elle est en train de fumer et me brûle le pantalon ! Au fait Gat, qu'est-ce qu'elle te voulait Billy !

Agathine fut prise de court et bafouilla une réponse qu'elle espéra convaincante.

– Elle… elle a certainement reconnu ma voix et… m'a confondue avec ma mère…

– Sur ce coup-là, vous m'avez épaté, murmura Parvus.

– Encore une fois, je n'y suis pour rien !

– Elle ne s'est tout de même pas rapetissée toute seule !

– Et vous voudriez que j'apprenne à utiliser des dons dont vous ignorez le fonctionnement !

Dès son entrée à Kernach, Corbus avait su que son domaine d'intervention se bornerait à ceux des majiscribes, et voir les capacités de la jeune They gâchées par simple esprit de sédition le faisait enrager. Cependant, la jeune fille venait de marquer un point.

Le fait que Bilichilde ne réintègre pas son socle avait surpris le druide, mais il avait mis cela sur le compte de l'inexpérience de la jeune They. Il n'avait pas envisagé un seul instant qu'elle n'était pour rien dans la métamorphose de Bilichilde. Il n'était pas coutume qu'un murmol activé se transmute de lui-même sans intervention druidique ! Hors, la bête avait simplement pris une coloration verdâtre et s'était débarrassée de ses attributs belliqueux. Privée de crête et d'épine dorsale, griffes et dents rentrées, elle ressemblait à un kangourou ailé miniature.

L'animal voltigeait donc à l'arrière, partageant son temps entre les épaules des deux garçons. Allant parfois même jusqu'à se nicher sur leurs genoux, tel un animal de compagnie.

La réactivité de la vouivre agaçait sérieusement Agathine qui bouda un moment.

Parvus laissa le temps à la tension environnante de retomber et reprit la parole.

— Il serait malhonnête de ma part de nier que je n'avais aucune arrière-pensée en vous embarquant dans cette aventure. Mais je ne pense pas que vous auriez accepté la version que je vais vous donner avant d'avoir vécu ce combat avec Bilichilde.

Il se tourna vers Agathine et lui glissa en aparté :

— Je conçois que tu sois furieuse après moi. J'en ai autant à ton sujet : tu es une enfant bornée et capricieuse.

Il s'adressa ensuite à l'ensemble du groupe :

— Que diriez-vous de discuter autour d'une petite collation ?

La proposition surprit tout le monde mais fut la bienvenue : si l'un n'était pas assoiffé, l'autre avait une faim de loup.

— Bien. Alors dans ce cas…

Le conducteur caressa le volant de sa main droite.

Le geste fut identique à celui précédant la bataille, la douceur en plus. Le groupe sut qu'il allait se passer quelque chose d'insolite. Ils ne furent donc qu'à moitié surpris lorsqu'ils virent le siège d'Agathine pivoter et faire face aux passagers arrière.

Mais que le conducteur fasse de même leur sembla difficile à accepter!

Irina céda à une panique totale, ce qui devenait une habitude chez elle.

– Pa… Pa… Parvus, il n'y a plus de volant !

– Oui, c'est plus pratique lorsque je suis dans cette position.

– Mais qui va conduire la voiture, vous lui tournez le dos, s'inquiéta-t-elle !

– Au cas où vous l'auriez oublié, dans le monde de monsieur Corbus, les objets font les choses tout seuls.

– C'est vrai que tu as pris des cours intensifs la nuit dernière, balança Alex un rien vexé.

– Ah vous n'allez pas recommencer tous les deux, s'interposa Fred, en éventant la vouivre qui dégageait de nouvelles volutes de fumée !

Parvus désamorça le climat tendu en prenant commande.

– Prendrez-vous des petits gâteaux avec votre boisson ?

L'idée de nourriture produisait toujours le même triple effet : faire retomber la tension, détendre et fédérer le groupe.

Un autre geste de Parvus : une tablette fit son apparition chargée d'assiettes remplies de parts de tartes, de biscuits ou de gâteaux accompagnés de réconfortants chocolats, thés ou infusions.

— Le combat que vous venez de vivre n'est qu'un avant-goût de ce qui nous attend, commença-t-il. Si nous n'arrêtons pas Charoniax, dès qu'il sera en possession de Murgleis, aucun druide, quelle que soit sa maîtrise, ne pourra le vaincre.

— C'est bien ce que je dis, coupa Agathine, tout ceci ne nous concerne pas ! Réglez cette affaire entre vous !

— Mais réfléchis un peu Gaty, intervint Alex entre deux bouchées. Qu'est-ce que tu crois qu'un homme qui a le pouvoir tout puissant va faire de nous?

— Je parie qu'il déteste les gnarnuls, dit Fred avec dégoût, tout en cajolant Billy.

— Et pourquoi ta mère a disparu, conclut Irina ? Toujours aussi pratique et diplomate.

— La mère d'Agathine a disparu parce qu'elle connaît Charoniax... elle l'a déjà combattu une fois.

Parvus remonta alors le cours du temps et raconta le parcours de Théodora They et Magnus Charoniax.

8

Tous deux avaient effectué en même temps leur première année à Kernach. Alors en poste à l'Académie, Maître Corbus avait rapidement remarqué l'impressionnant potentiel de l'apprentie They. Par contre, le jeune Charoniax s'était avéré un aspirant plus problématique : il bâclait ses taches, ou les faisait exécuter par d'autres, et s'intéressait surtout aux murmols de pouvoir.

Il en savait plus sur l'épée d'Alexandre, Durandal ou même Excalibur que les aspirants farlaffs de troisième triskèle !

– Un farlaff, c'est comme un majiscribe, sauf que ça s'occupe du métal, crut bon de commenter Alex.

– Merci, monsieur Barst-Rathen… Je déplorais l'état d'esprit dont ce nouvel aspirant faisait preuve. Je me disais qu'éventuellement, une réorientation en spécialisation farlaff l'inciterait à travailler. Mais il disparut avant la fin de l'année, sans que personne ne sache pour où…

La mère d'Agathine quant à elle, continua sa progression et en seconde année, d'autres Maîtres prirent le relais. J'oubliai ce mauvais élève et me consacrai à l'accueil des nouveaux aspirants. Puis, un soir, Samo - que vous connaissez - vint me rendre visite. Ses contacts luptucs lui avaient rapporté qu'un jeune gringalet remuait un peu trop la terre à la recherche d'une épée.

— Celle d'Alexandre le Grand !

— Y'en a marre Alex, laisse-nous le temps de réfléchir ! s'insurgea Fred.

— Qu'ont-elles de spécial ces épées ? s'enquit Irina en sirotant son chocolat à petites gorgées bruyantes.

— Ce sont des farlaffs. Certaines peuvent juste vous assister lors des batailles, d'autres (beaucoup plus rares celles-ci) peuvent vous conférer le pouvoir de dominance absolue. Tout dépend de la capacité et de la puissance du farlaff qui les façonne, mademoiselle.

Agathine trouva amusant de voir en action Corbus l'enseignant, donner de la 'mademoiselle' par-ci et du 'monsieur' par-là. Elle prit également conscience que sa mère avait une vie avant elle.

— Et pourquoi choisir l'épée d'Alexandre, il aurait pu chercher Murgleis tout de suite !

— Voilà bien l'esprit féminin, mademoiselle Tassilov. Voyez-vous, avant de conduire une voiture, nous avons tous besoin de prendre quelques cours. Il en est de même avec les objets farlaffés. Disons que l'épée d'Alexandre constituait un entraînement.

— Mais Charoniax a échoué, rectifia Alex. Vous m'avez dit qu'il avait été emprisonné pour ça !

— Effectivement, dès que j'appris ce que trafiquait Magnus, je me précipitais vers le Conseil de

Cromlech qui me rit au nez. Vous imaginez : un aspirant qui avait à peine terminé son premier triskèle, constituer une menace pour un murmol enfoui sous le sceau du secret depuis des générations ! Ils décrétèrent que cela était tout bonnement impossible !

— Vous étiez persuadé du contraire, n'est-ce pas ?

— Oui, Alex. Il n'y a pas d'âge pour être dangereux et malfaisant.

Agathine décela dans le ton du vieil homme comme une pointe d'amertume, ce qui la toucha beaucoup. La vouivre devait ressentir cette émotion également car elle vint se poser sur la main du narrateur.

— Tu t'en souviens aussi, n'est-ce pas Bilichilde ?

— Parvus, n'allez pas nous dire que vous avez composé une équipe contre l'avis des anciens, se moqua Fred faussement.

— Oh, il n'y en avait que très peu qui me prenaient au sérieux. Samo, un maître farlaff, un membre du Cromlech et trois étudiants.

— Dont ma mère.

— Oui, Théodora me faisait confiance...

Un coup bas de Parvus qu'Agathine reçut de plein fouet.

— Et alors, vous vous êtes battus et Billy aussi, demanda Fred tout content de récupérer son compagnon à écailles.

— Pas immédiatement. Charoniax avait de son côté réuni une petite armée composée de druides parasites qui, dès que le pouvoir entrait en jeu, se mettaient en lice, espérant en récupérer quelques miettes. Il s'était également entouré de petites bestioles que seuls les gnomes connaissaient. Nous n'étions pas préparés… Le farlaff nous équipa en armement et nous engageâmes la bataille au pied même de l'épée convoitée. Pendant ce temps, Théodora tenta de concocter une parade anti-malfaisants.

— C'est de toi dont on parle Billy, dit Fred à l'animal !

— Elle était déjà aussi efficace ? se renseigna Irina en essuyant ses mains collantes de confiture.

— Pas assez malheureusement pour nous éviter la perte d'un ami très cher.

Il chassa ce mauvais souvenir d'un revers de la main et conclut :

— Le Cromlech décida que ce jeune homme avait besoin d'un encadrement particulier. Contre mon avis, ils le condamnèrent à une lourde peine d'emprisonnement et me chargèrent de relocaliser l'épée... Chacun poursuivit sa route…

— Vous auriez préféré quoi, Parvus ?

— Si votre mère, monsieur Chirivel, se mettait à commettre des fautes graves, croyez-vous que l'ordre des infirmiers l'autoriserait à continuer d'exercer ?

Des hochements de têtes négatifs répondirent à la question.

— Cette sanction existe aussi chez lez druides, sauf qu'elle est… plus radicale.

— Vous ne les tuez pas tout de même!

— Allons mademoiselle Tassilov, vous me décevez ! Non… nous en faisons des gnarnuls.

— M'étonne plus que le monde tourne mal maintenant, bougonna Fred. Si vous nous refilez les rebuts de votre communauté !

— Nous ne le faisons qu'à titre exceptionnel et je vous rassure, ces rebuts comme vous dites, avalent une petite potion qui les rend amnésiques et doux comme des agneaux pour le restant de leurs jours gnarnuls.

— Bon, maintenant on a bien saisi la situation, résuma Alex. Ce druide est un tordu très dangereux. A l'heure qu'il est, la mère d'Agathine peut tout aussi bien avoir été rattrapée par cette espèce de corbeau. Bon sang, qu'est-ce qui lui a pris de partir toute seule en croisade contre ce malade!

— Bravo Alex, bel optimisme !

— Mais non, il est réaliste, le défendit Fred. Ta mère apprend que Charoniax est de nouveau dans le circuit. Peux-tu me dire pour quelle autre raison elle se cache et prend le train pour Kernach… c'est bien ce que j'ai compris chez Samo ?

Ce fut au tour d'Irina d'intervenir :

— Qu'est-ce que tu veux qu'elle aille faire là-bas ?

—Trouver un moyen de fabriquer du Thylacinium, lâcha Alex.

— Oh, oh ! Tout doux toi. Comment tu fais pour en savoir toujours plus que nous ?

Alex se contenta de hausser les épaules.

— C'est juste parce que j'ai participé aux recherches depuis le début.

Irina, dont la diplomatie n'était toujours pas le fort, désamorça pourtant la situation d'un coup de maître.

— Alors, Alex sait des choses druidiques et toi, tu t'es fait une copine murmole. Un partout… Il sert à quoi cet ingrédient, Parvus ?

— Théodora avait l'intention de l'inclure dans la fabrication d'un enduit aux pouvoirs druidiques. Nous ignorons lequel, nous prospectons… sans succès jusqu'alors.

9

Bilichilde semblait apprécier autant les minassiers que les petits gâteaux. Fred lui rejouait la scène de la bataille en lui lançant des bouts de biscuits qu'elle happait goulûment dans sa gueule en plein vol.

– Gaty, avant l'arrivée de ces trucs verts, tu ne nous as pas dit que tu avais vu ta mère en rêve et que tu avais appris plein de choses ?

– Au risque de me répéter, vous ne pouvez pas apprendre en rêve. De quoi avez-vous parlé exactement, la questionna Parvus ?

– À vrai dire, on s'est fâché. Enfin, je vous assure Parvus, la façon dont elle a fait ses bagages… comme vous pour conduire… avec des tourniquets.

La jeune fille esquissa une démonstration qui n'aboutit pas car le druide affolé lui fit prestement baisser sa garde.

Agathine trouvait la réaction de Parvus exagérée. Comme si un petit moulinet pouvait détraquer une voiture !

– J'ai compris, lui dit-il d'un regard entendu. Quoi d'autre.

– Eh bien, ma mère est partie avec vous. Charoniax est apparu… je paniquais, alors je lui ai jeté tout et n'importe quoi et puis il m'a lancé une dague… j'ai été sauvée par les lianes.

Parvus lui fit répéter deux fois le contenu de la sacoche emportée par sa mère.

— Franchement, je n'ai prêté attention à aucun des livres, ni des pots qu'elle a emmenés. Tout au plus, puis-je vous décrire les couleurs. Je me souviens qu'il y en avait un marron et un rouge. Quant au reste !

— Pourquoi est-ce si capital, ce n'est qu'un rêve !

— Détrompez-vous, mademoiselle Tassilov, ceci n'est rien de moins qu'un message de Théodora. J'ignore comment elle s'y est prise, mais elle a utilisé un vieil enchantement de Merlin. Une divination druidique ! Et tout ce qui y a été dit ou fait a son importance.

— Elle ne serait pas en train de nous expliquer comment fabriquer du Thylacinium, suggéra Alex ?

Le majiscribe prit le temps de la réflexion avant d'ajouter :

— Effectivement... c'est une hypothèse… mais il nous faudrait plus d'éléments… C'est incroyable, un enchantement de Merlin, j'ignorais qu'elle en avait trouvé les proportions…

Il enchaîna :

— Vous savez, je pense qu'il est inutile de s'inquiéter pour Théodora. Elle est en sécurité sinon croyez-moi, Agathine aurait rencontré sa mère dans un tout autre endroit. Le contenu de la sacoche doit nous aiguiller, soit pour trouver l'épée, soit pour combattre Charoniax. Ah, il y a tant de détails à interpréter dans ce rêve… dit-il dépité.

— Je suis désolée.

— Tu n'y peux rien. Moi-même, je n'y ai pas cru lorsque tu me l'as annoncé la première fois! Si jamais une autre occasion se présente, tu sauras quoi faire… retiens tout ce que tu peux.

Aussi surprenant que cela puisse paraître, la jeune fille était sincère. Elle avait pris conscience en entendant Parvus que sa mère ne menait peut-être pas la vie qui lui correspondait.

Elle aurait bien voulu savoir pourquoi elle s'était isolée de son univers pour s'enfermer dans un atelier. Pourquoi ne distillait-elle pas son savoir à Kernach ?

Parvus ne tarissait jamais d'éloges sur ses compétences et à en juger la réaction de Peyotl, Blochet et Samo, son nom était respecté. .

Son père l'aurait-il obligée à s'éloigner d'eux ?

Parvus laissait ses pensées suivre les méandres des volutes fumantes d'une tasse de thé.

Entre quelques gorgées, il soliloquait toujours sans se rendre compte qu'il haussait le ton.

— Une élève brillante, je l'ai toujours dit ! Merlin !... Comment s'y est-elle prise sans parchemin ?

— De quel Merlin parlez-vous à la fin?

— Comment Alex ? Oh oui, Merlin… le conseiller d'Arthur ! Vous savez, celui qui fait rêver des générations de gnarnuls et qui reste le pire cauchemar qu'un druide puisse étudier !

Les jeunes gens restèrent bouche bée. Fred interrompit même ses activités ludiques avec Bilichilde.

— Vous voulez dire qu'il a vraiment existé, voulut se faire confirmer ce dernier, et qu'il était réellement druide ! Ses pouvoirs n'étaient pas une légende !

Parvus soupira. Pour les siens, Merlin était agaçant. Mais cet engouement qu'il inspirait chez les gnarnuls était tout bonnement exaspérant ! Une mise au point s'imposait.

— Le Léonard de Vinci des druides ! Il touchait à tout : le bois, le métal, les animaux. Il nous a laissé un héritage fabuleux que nous sommes hélas, dans l'incapacité d'exploiter faute d'éléments qu'il a sciemment occultés. Alors pour ce qui est de la légende, nous la trouvons un peu surfaite.

— Il vous énerve parce que ses enchantements sont difficiles à reproduire, conclut Irina sans complaisance !

— Il nous a légué tout son héritage en omettant les proportions ! Avec un parchemin, on peut tâtonner une bonne cinquantaine d'années, et Théodora n'en avait même pas ! Je me demande comment elle a réussi ce tour de force !

— Ma mère est excellente voilà tout !

— Peut-être est-ce un piège ? Finalement, il ne faut pas tenir compte du tout de ce rêve, insista Irina trop heureuse d'étayer sa thèse.

— Impossible, le rêve a dispensé à Agathine un enseignement druidique. Ce genre d'information ne se communique qu'entre druides… je veux dire entre personnes chères et proches. Charoniax n'est ni l'un, ni l'autre, même si je ne sais quel sens donner à ces paroles.

— Vous cherchez la petite bête ! Il essayait seulement d'effrayer Gat, commenta Irina !

— Il a parlé de rebelle.

— Et alors, s'immisça Fred qui s'amusait en retrait avec la vouivre ?

Parvus fit une nouvelle pause en fourrant son biscuit dans la bouche.

Agathine commençait à connaître le majiscribe, il utilisait ce procédé lorsqu'il avait besoin de répit avant de présenter une vérité qui n'était pas bonne à formuler.

— Vous ne voulez pas dire qu'il y a un traître parmi nous… hein Parvus, tenta Alex d'un ton qui se voulait rassurant.

Tous se toisèrent du regard, attentifs au moindre indice qui pourrait leur laisser apparaître une félonie quelconque de l'un d'entre eux. Un détail revint alors en mémoire à la jeune They.

— Parvus, ça n'est pas encore arrivé.

— Quoi ?

— Charoniax a dit *j'accueillerai*, pas *j'accueille.*

— Ah, c'est sûr, cela fait une grosse différence, railla Fred.

— Gaty a raison, il parlait au futur, la soutint Alex.

— En clair… interrogea Irina, que ces subtilités linguistiques embrouillaient.

— Nous devons être sur nos gardes, compléta Parvus.

— Comme si on allait se laisser entourlouper, se vexa Fred !

— Il ne sait pas à qui il a affaire, appuya Irina. Nous sommes aussi unis… que les lianes d'un champignon.

Le parallèle plut beaucoup à Parvus. N'était-ce pas des lianes qui avaient sauvé la jeune They dans son rêve et neutralisé Charoniax ? Etait-ce cela le message que Théodora voulait leur transmettre ?

— À bas Charoniax, surenchérit Alex.

D'un seul élan, ils levèrent leurs mugs, donnant à ce toast des allures de pacte.

Soupçons qu'Agathine se fit confirmer, et par le son étrange que produisit l'entrechoquement des tasses, et par le regard soulagé de Parvus, comme s'il attendait cela depuis longtemps. Le bonhomme leur cachait encore bien des choses.

L'adolescente n'eut pas l'occasion de s'appesantir sur la question, le véhicule créa une diversion : lui aussi éprouvait, semblait-il, le besoin de faire une halte. Il bifurqua sur la droite en direction d'une petite aire de repos autoroutière.

Chacun en profita pour se dégourdir les jambes, surtout Fred flanqué de sa copine ailée. Parvus en profita pour aller s'isoler. Agathine le vit s'éloigner vers le bosquet et caresser le tronc de quelques arbres. Elle le reporta discrètement à Alex :

— Regarde, Parvus va aux nouvelles ou en donne.

10

Revigorés par cette étape fraîcheur, l'alliance toute neuve des jeunes gens et leur mentor retrouva avec délectation la chaleur du véhicule et ses gourmandises.

Au milieu des gloups, des miams, des mercis… volontiers, une petite voix se fit entendre.

Pas besoin de chercher à l'identifier, de toute façon, c'était toujours la même qui gâtait l'ambiance.

— Mais au fait, où est Tristan ?

Parvus était très gêné, Alex se mordit les lèvres et Agathine leva les yeux au ciel en se demandant quand le passe-temps favori d'Irina ne serait plus de commettre des impairs.

L'allégresse fit place à une tension angoissante, les uns devinant que les autres savaient et les autres se demandant comment dire ce qu'ils savaient.

— Il est parti de chez lui en claquant la porte lorsqu'il s'est aperçu que Parvus et son père travaillaient sur la localisation de Murgleis, annonça Alex sans ménagement.

Outre sa spécialisation ès bourde, Irina était une jeune fille surprenante. Son intervention avait produit l'effet d'un strike sur le groupe mais elle n'en avait cure, elle attendait une réponse et celle d'Alex ne lui parut pas satisfaisante, aussi insista-t-elle.

— Et...?

— D'après ce que m'a dit son père récemment, il est allé décolérer chez un cousin.

— Parvus, vous n'avez pas de portable et dans un champignon, je ne crois pas que l'on reçoive le câble !

— Bienvenue chez les druides, monsieur Chirivel !

— Samo a fait la liaison. C'est un luptuc ! conclut Alex comme une évidence.

Agathine pouffait dans son coin. Enfin Fred et Irina allaient se rendre compte combien voyager avec monsieur-je-sais-tout-sur-les-druides pouvait s'avérer agaçant.

Pour l'instant, ils étaient plutôt perplexes et lançaient des regards désemparés à Alex qui dut développer son explication.

—Parvus a eu des nouvelles par l'intermédiaire des insectes en liaison avec Samo, puisque c'est un luptuc minimal.

La précision n'avait pas l'air de les éclairer beaucoup.

— Un luptuc minimal : celui qui parle aux insectes et petits animaux de la forêt... autrement dit, monsieur Samo ! s'impatientait Alex.

— Alors le père de Tristan est druide aussi, tenta Irina ?

— Pas que je sache, précisa Parvus.

— Comment a-t-il fait pour parler aux insectes, s'émerveilla Fred !

— En s'adressant à un arbre très ancien, planté dans la forêt de Merrain, répondit le vieil homme en lançant un regard complice vers ceux qui l'avaient accompagné dans cette forêt.

Agathine avait reconnu la description de Moktair.

Elle commençait à trouver lassant, voire vexant la rapidité d'adaptation de ses amis à ce monde irrationnel ! Elle se proposa de leur remettre les pieds sur terre.

— Je croyais qu'un gnarnul ne pouvait pas communiquer avec un murmol, persifla-t-elle !

— Ce n'est pas parce que vous n'entendez pas le murmol que lui ne vous entend pas. Gaberick ne s'est pas entretenu avec l'arbre, il lui a juste confié un message, que d'ailleurs je n'ai pas fini de vous rapporter.

— Quoi, il a retrouvé Murgleis, s'emballa Fred !

— Si tel était le cas, nous ne serions pas en train de manger des petits gâteaux. Non, malheureusement il n'a pas localisé l'épée mais il est sur une piste qu'il a besoin de développer à l'aide d'éléments druidiques qu'il ne maîtrise pas. Il va donc nous rejoindre à notre prochaine étape.

Une nouvelle qui fit plaisir et créa l'allégresse générale. Sauf pour Agathine They qui analysait la situation : elle n'était plus certaine du but de leur voyage. S'il fallait laisser sa mère là où elle était, dans l'ombre, vers quels objectifs les emmenait cette voiture ?

L'arrivée de Charoniax avait bouleversé le cours de leur vie : sa mère avait disparu, leur meilleur ami s'était fâché avec son père et les autres s'étaient tous engagés pour les jours à venir dans un monde où leur quotidien n'allait être qu'une succession d'évènements étranges ou insolites.

Elle-même devait tempérer avec des dons dont elle n'avait que faire. Et puis, que complotait Parvus dans les bosquets ?

Elle jeta un regard vers le reste des passagers : la portée de ce moment semblait leur échapper. Ils poursuivaient leur conversation, insouciants.

Mais pas le temps de s'appesantir sur la question : sans crier gare les mugs disparurent, la table s'enfonça et les sièges avant pivotèrent pour retrouver leur emplacement initial.

— Mes amis, nous arrivons.

Captivés par leur conversation, aucun ne s'était rendu compte que la nuit tombait. Ils ne circulaient plus sur autoroute mais en pleine campagne. Depuis quand ?

Parvus reprit le contrôle du véhicule et s'engagea dans un chemin bordé d'arbres et de buissons. Au détour de l'un d'eux, quatre silhouettes se détachèrent au loin à la faveur des phares de l'Athéna.

— Oh, regardez, monsieur D'Allebard est déjà là ! s'écria Irina.

— Gaty ! Peyotl et Blochet sont là aussi, poursuivit Alex tout excité.

Malgré l'obscurité, on reconnaissait la ligne filiforme de Peyotl. Il avait troqué sa gabardine kaki contre une épaisse cape marron et arborait son sourire charmeur pour accueillir les voyageurs. Quant à Blochet, il était évident qu'elle se trouvait ici contre son gré. Son sempiternel manteau noir sur le dos, elle se tenait aussi raide qu'un piquet et ne cachait pas sa contrariété. On ne savait dire ce qui l'incommodait le plus : la présence de gnarnuls ou la sienne. Le quatrième individu était un homme du même âge que Parvus, légèrement grassouillet, des cheveux mal coupés, hirsutes et une épaisse moustache blanche à la coupe fort négligée.

Agathine soupçonnait Parvus de reformer son équipe initiale contre Charoniax. Elle n'avait pas tort car aussitôt sortis du véhicule, ils se précipitèrent dans les bras l'un de l'autre :

— Peccorino ! Merci d'avoir répondu à mon appel !

— Cher ami ! Ce n'est pas un service que je te rends, mais un honneur que tu me fais en me choisissant de nouveau.

Tout cela dit dans un chantant accent italien.

Peyotl laissa Blochet ruminer dans son coin et vint à la rencontre du groupe accompagné de D'Allebard père que la présence de Bilichilde fascinait.

— Cela fait plaisir de vous revoir tous les deux.

— Je ne suis pas certain que cela soit le cas de tout monde, chuchota l'historien qui ne détachait pas les yeux du kangourou ailé perché sur l'épaule de Fred.

— Ne faites pas attention à Blochet, c'est une puriste.

— Je compatirai presque. La pauvre : cinq gnarnuls d'un coup, ironisa Agathine !

— Elle s'en remettra. Alors vous me présentez vos amis et… nom d'une patate poilue… mais c'est une vouivre murmole que vous avez là, perchée sur votre épaule jeune homme !

— Plus tard, messieurs dames, intervint la voix mélodieuse de Peccorino. Prenez vos bagages et suivez-moi, nous allons nous mettre à l'abri : il fait un froid de canard ici.

Le groupe ne se fit pas prier. Une minute plus tard, une étrange procession se mettait en marche. En tête de peloton : Peccorino, suivi de près par Corbus en grande discussion avec Blochet. Agathine They, pourtant juste derrière eux, n'aurait su dire de quoi ils parlaient, mais l'entretien avait l'air d'être plutôt houleux. À sa décharge, il fallait reconnaître qu'avec la demoiselle Tassilov comme voisine, il lui était impossible d'entendre quoi que ce soit : excitée par toute cette aventure, l'adolescente s'était muée en moulin à paroles. En retrait, Barst-Rathen et Peyotl en grande discussion eux aussi, mais cela prenait des allures de conciliabule, tant ils restaient discrets. Enfin fermant la marche : D'Allebard, Chirivel et la vouivre. Aux gestes du jeune homme, on devinait aisément qu'il narrait avec moult détails l'attaque des minassiers et l'intervention musclée de Bilichilde.

La formation offrait un spectacle hétéroclite. Les druides voyageaient légers et étaient habillés de façon discrète, à l'instar des gnarnuls chargés de bagages et vêtus de couleurs bariolées, sans compter Bilichilde qui entrecoupait ses vols de pauses sur les épaules de Fred et de l'historien.

Le groupe stoppa brusquement. Une conversation s'engagea alors entre Parvus et Peccorino.

— Tu es sûr que tu sais encore l'ouvrir ?

— Parvus, c'est comme la bicyclette, cela ne s'oublie pas.

Peccorino ôta alors ses gants et caressa délicatement une porte puis tenta de la pousser mais n'y parvint pas. Au lieu de cela, il recula précipitamment en criant de douleur.

— Peccorino, gronda Parvus !

— Désolé, je me suis trompé, se justifia l'autre confus.

Il fit une deuxième tentative de l'autre main et cette fois la porte s'ouvrit. Agathine s'apprêtait à franchir le seuil lorsque la curiosité lui prit de voir dans quelle bâtisse ils allaient passer la nuit. Ça n'était pas une maison, plutôt une tour assez ancienne. Une tour en bois dont le toit était équipé de huit aubes… un moulin !

Partie 5

Versus

1

Malgré sa position critique, Théodora They restait confiante. Elle s'était drapée du plaid de Ryd, tablant sur l'ignorance de son ravisseur quant à son utilisation. Elle ne prenait pas grand risque : il dénigrait presque autant Merlin que les gnarnuls. Blottie au fond de la nacelle, la jeune femme jaugea ses chances. Leur destination la plus plausible semblait être la demeure familiale.

Fraîchement sorti du poussedru, elle ne voyait pas d'autre endroit où ce renégat pouvait se réfugier. Or, à la vitesse où se déplaçait la montgolfière, elle serait dans peu de temps entourée d'ennemis dont elle aurait tout à craindre.

Dans une maison meublée de murmols au service de Charoniax depuis des générations, elle ne voyait pas d'échappatoire. Mutiner des planches vieilles de 50 ans passait encore ! Mais ses talents de scriptoriste avaient des limites.

Elle estima judicieux d'utiliser le court laps de temps qui lui restait pour envoyer une divination druidique par le biais du plaid. Il ne s'agissait pas de gaspiller cette dernière occasion d'autant que bénéficiant d'un enchantement de Merlin, ce plaid permettait non seulement de communiquer avec un interlocuteur mais divulguait (aléatoirement, certes) des bribes d'avenir (codées qui plus est). Qui sait ? La proximité de Charoniax orienterait-elle la divination dans ce sens !

Théodora opta pour celui qui lui avait offert ce cadeau. Keaogh avait travaillé sur cet enchantement et serait plus à même d'en déchiffrer la symbolique.

Restait à trouver le sommeil. La scriptoriste se sentait ballottée de gauche à droite sans ménagement, de loin, très loin, il lui sembla identifier son nom crié par une voix masculine.

– Théodora They !

Une curieuse sensation de picotement au niveau des joues lui fit ouvrir les yeux. Des doigts crochus lui distribuaient allégrement des baffes.

D'un geste, elle effleura un tressage de la nacelle qui se dénatta pour emprisonner ces doigts barbares.

– Tu n'apprendras donc jamais les bonnes manières, Magnus !

– Et toi, tu choisis toujours aussi mal tes partenaires ! Où l'as-tu dénichée cette chiffe molle ?

Théodora They sourit intérieurement : Le pauvre Anglais produisait immanquablement cette fausse impression d'inertie. Les ressources et compétences du jeune homme ne manqueraient pas de surprendre le ponce-pirate le moment venu ! Cet atout valait bien qu'elle ravala sa fierté et esquiva l'attaque d'une pirouette :

– Le recrutement d'idiots ne t'est pas uniquement réservé que je sache.

— Je ne me suis toujours entouré que des meilleurs. Dans le cas contraire, ce cher Yonatas serait encore en vie.

— Ce duel n'était pas loyal, hurla Théodora, qui s'en voulut immédiatement de s'être laissé emporter !

Elle réprima sa rancœur sur le champ et revint à sa technique de déstabilisation initiale.

— Il s'est peut-être laissé surprendre, mais c'est tout de même grâce aux bourdes de tes complices que tu t'es retrouvé au poussedru !

La scriptoriste avait hâte que cet échange verbal se termine. Elle ne contrôlait plus ses émotions depuis que Yonatas avait été mentionné et redoutait de commettre un impair. Ça n'était pas le moment de révéler les stratagèmes utilisés par Parvus. Il pourrait y avoir de nouveau recours.

Pour l'heure, Charoniax n'en avait cure, il s'était lancé dans une énumération dithyrambique, de ses hauts faits et victoires passés. Pour conclure :

— Si je ne m'abuse, il y a eu beaucoup plus de pertes de votre côté que du mien, chère amie.

Il rapprocha son visage du sien, son nez dressé telle une guêpe s'apprêtant à darder son venin dans le corps de son ennemi.

— J'espère que tu ne t'es pas trop attachée à ton freluquet ma belle, il finira comme l'autre.

La scriptoriste avait les ongles enfoncés dans sa chair pour ne pas déverser sa haine. Elle ne put cependant se retenir d'un petit geste pour détacher un cordelet, qui s'enroula aux pieds de Charoniax qui s'étala de tout son long.

— Prends garde, tu finis toujours par trébucher.

Les druides se défièrent du regard. Tous deux avaient jeté leur énergie dans cette joute verbale et reprenaient des forces escomptant une nouvelle salve qui ne vint pas.

La nacelle, sans raison apparente se mit à osciller, créant des vibrations semblables à un ascenseur dépourvu d'amortisseurs. Charoniax, encore arrimé, se maintint sans trop de peine en équilibre. La jeune femme pour sa part, se vit cintrée à la taille sans l'avoir demandé. Une voix provenant du ballon les interpella :

— Tenez-vous tranquilles à présent. Et l'autre énergumène ferait mieux de se calmer. Ça n'est pas parce qu'il nous a sollicités que nous allons supporter ses règlements de compte. Cela constitue une offense aux règles d'incantations du magos.

— Alors Charoniax, tu as séché ce cours-là également !

— Suffit ! scanda la voix caverneuse, ordonnant aux chevaux leur immobilisation immédiate.

Le ballon subit une descente vertigineuse surprenant Théodora qui manqua de lâcher son plaid.

La position des passagers était fort inconfortable. Leurs visages s'étiraient par le haut tandis que le bas de leurs corps entravé accompagnait la chute de la montgolfière.

Pas le moins du monde impressionné par la tournure que prenaient les évènements, le ponce-pirate contemplait la panique qui gagnait son otage.

— Murmol invoqué pour nous servir, je m'excuse de t'avoir offensé. Par pitié, reprends notre vol !

— Pas suffisant !

La superbe forme galbée de poire prenait des allures de pomme flétrie, achevant d'affoler la scriptoriste.

— Charoniax, dites quelque-chose !

— Pourquoi moi ?

— Vous réveillez un murmol aérien en sachant pertinemment qu'une utilisation personnelle de ce mode de transport est formellement interdite et une fois à l'intérieur, vous vous comportez de façon irrévérencieuse. Serait-ce trop vous demander que de vous excuser pour nous éviter de nous écraser ?

— Vous interprétez tout à votre aise ma chère. Dois-je vous rappeler que ce sont vos derniers sarcasmes qui nous ont mis dans cette fâcheuse posture. Je vous conseille d'y remédier rapidement, d'autant que nous commençons à apercevoir la cime de quelques arbres !

Madame They comprit que Charoniax ne lèverait pas le petit doigt.

Stimulée par l'imminence du choc, elle fouilla dans les moindres recoins de son cerveau une formule, une gestuelle… une prière qui inverserait le processus. Que pouvait-on offrir à un être emprisonné en quasi permanence entre les pages d'un livre et qui ne vit que si on le sollicite ?

La scriptoriste se releva, posa ses mains de chaque côté de la nacelle et prit soin de dessiner une volute avec ses épaules, espérant personnifier un volatile quelconque.

— Murmol, par Merlin et le Cromlech, je te donne la possibilité par ces liens avec la terre de rejoindre en période d'inactivité le berceau de tes origines. En contrepartie, tu t'engageras à te reformer à la première invocation. Puissé-je par ce geste laver l'affront qui t'a été fait.

Le serment à peine prononcé, Charoniax démêla un tressage qu'il coupa, tout en s'excusant simultanément pour son comportement irresponsable envers la montgolfière.

Cette dernière, apparemment satisfaite des remords exprimés, délia chaque cheval de son cordage, le manège reprit à toute allure. Le visage joufflu joua même les éoles en soufflant. Ils reprirent de l'altitude.

Charoniax, hautain et arrogant se planta devant Théodora They en lui agitant la tresse sous le nez. A chaque mouvement, celle-ci laissait derrière elle une traînée de paillettes. La scriptoriste comprit qu'elle venait d'être manipulée de but en blanc.

— Vous devriez cesser de me prendre pour un imbécile, Théodora. Bien évidemment que je connaissais la loi de déférence qui régit l'appel de murmols. Je vous remercie platement de votre contribution à mon projet.

De légères secousses déstabilisèrent les druides.
– Ah, cette fois nous arrivons vraiment.

Pour éviter d'être déstabilisée par la manœuvre, Théodora They s'agrippa à Charoniax et lui glissa à l'oreille :
– Ne soyez pas trop confiant, la perfidie ne vous a jamais réussi !

2

Ça n'est pas un moulin, c'est une ruche pensait Agathine, chassant d'un revers de la main une goutte de transpiration imaginaire.

Depuis qu'ils en avaient franchi le seuil, le groupe n'avait pas eu une minute de repos. Ils s'étaient d'abord concentrés sur l'étage – celui des chambres. A l'instar du champignon dans lequel les adolescents avaient précédemment fait étape, les pièces se découpaient autour d'une mezzanine circulaire avec toutefois une différence de taille : elles étaient entièrement modulables. Peccorino érigea quatre séparations et attribua une pièce aux garçons, une aux filles.

D'Allebard et Peyotl prirent la suivante. Ces deux-là étaient en discussion permanente et il leur tardait de pouvoir peaufiner leurs recherches et étayer leurs théories avec du concret. Blochet, seule femme du groupe, hérita d'une chambre individuelle. Même si elle pouvait héberger jusqu'à douze personnes, Peccorino et Parvus ne dormiraient pas dans la bluterie. La dernière pièce resterait inoccupée. Outre que celle-ci demeurait statique, elle servait d'entrepôt aux accessoires et ameublements. Les anciens passeraient la nuit à l'étage supérieur.

Une fois les chambres et meubles mis en place, le groupe se scinda en deux : les gnarnuls restèrent à la bluterie aérant, dépoussiérant, installant les literies tandis qu'au rez-de-chaussée, les druides s'affairèrent à rendre la pièce habitable.

Il s'agissait surtout de canaliser et raisonner Blochet, toujours aussi peu enthousiaste, voire réfractaire à l'intrusion de gnarnuls sur son territoire.

Plusieurs milliers de grains de poussière plus tard, D'Allebard et les adolescents s'étaient regroupés dans la plus grande chambre : celle des filles.

L'espace et la pléthore de mobilier à disposition leur avaient permis d'y insuffler une atmosphère chaleureuse et conviviale, propice aux réunions. Au centre de la pièce, une table ronde et basse, complétée de deux poufs et deux fauteuils allongés dans lesquels tous se laissèrent choir allégrement.

Fortement incommodée par le brassage de poussière, Bilichilde s'était réfugiée à l'étage inférieur. Mais les délibérations mouvementées des druides l'obligèrent à se mettre en quête d'un perchoir plus amical et moins bruyant. Elle se nicha sur l'épaule de Fred.

La vue de l'animal déconcertait toujours autant l'historien.

— Et tu dis que sa taille réelle avoisine celle des T-Rex ! Elle doit être impressionnante !

— Oui, quand elle a toutes ses crêtes qui sortent de son dos jusqu'à sa queue, et qu'on voit ses crocs, elle est assez flippante, commenta Fred en lui caressant le dessous de la gueule.

— Je serais plus rassurée si elle ne rapetissait pas, renchérit Irina. Vous n'avez pas vu le genre de sales bêtes que Charoniax invoque !

— Vous vous rendez compte monsieur D'Allebard : depuis que nous avons quitté Mâche-la-Poix, nous avons dormi dans un champignon, mené bataille contre des créatures étranges. Nous accompagnons des magiciens qui parlent aux choses !

— Quel historien ne se ruinerait pas pour une minute de conversation avec un meuble d'époque. Et Parvus peut le faire chaque jour, enviait D'Allebard.

— Peut-être qu'un membre de votre famille possède un de leur don ?

— De quoi parlez-vous, Agathine ?

— De votre ancêtre, celui du parchemin ! Vous ne vous souvenez pas ?

Je n'ai pas le temps d'ôter les pouvoirs de Murgleis, je peux… la faire taire… Quand à Durandal, je la fais parvenir par mon murmol dévoué. Puissent… les… majiscribes la mettre à l'abri.

Mon murmol dévoué : Godesalc était issu d'une lignée de druides ! En ces temps reculés, un mariage hors caste était inconcevable. Si Godesalc a épousé Ingonce, fille de l'illustre Mugnifican… C'est que son père devait être un sacré bon druide pour obtenir la main de la fille d'un farlaff si réputé!

— Mince alors, si ça se trouve, Tristan…

Depuis peu Irina s'en rendait compte lorsqu'elle commettait une bourde. Il y avait du progrès. On attendait impatiemment le moment où elle s'en rendrait compte *avant de parler.*

— Je me demande quel était le domaine d'action de Godesalc, enchaîna rapidement Alex. Il était peut-être farlaff lui-même ?

D'Allebard venait de comprendre :

— D'où la hâte de Parvus à identifier le concepteur de Murgleis. Le traitement de neutralisation est différent selon le nombre de farlaffs qui sont intervenus.

— C'est aussi pour cela que Peyotl est pressé, votre ancêtre n'ayant fait qu'endormir ses facultés, si Charoniax la réveille, il va s'aliéner tout son savoir, son pouvoir et ses compétences.

Pendant encore une bonne vingtaine de minutes, les adolescents et l'historien poursuivirent leurs palabres, comparant leurs expériences différentes et complémentaires.

En bas, Blochet semblait avoir capitulé. Face à quel argument ? Agathine craignait fortement que Parvus ne leur révèle son secret. Elle serait fixée dans un instant car un appel les invita à les rejoindre en bas.

La pièce n'avait plus rien à voir avec ce qu'ils avaient entraperçu à l'ouverture de la porte. De vide et décoré à la toile d'araignée, l'endroit sentait la fraîche odeur de pin et de miel. Des meubles avaient rempli l'espace : une large table, des chaises, un bahut dont on ne savait s'il abritait de la vaisselle ou des potions. Pour une fois, pas de sempiternelle colonne de chauffage, mais une véritable cheminée avec un linteau superbement orné de feuilles de lierre entrecroisées.

Les neuf prirent place autour de la table circulaire et écoutèrent Parvus.

3

Je pense qu'à présent vous êtes pleinement conscients de ce qui est en jeu. Nous regrettons tous l'absence de Théodora They, mais ce serait lui faire tort que de s'inquiéter outre mesure pour elle. Notre principal objectif est de localiser l'épée. Aucun murmol de notre réseau n'a pu nous éclairer sur l'endroit où cette épée repose. Nous avons cependant un atout de taille : Gaberick, descendant de l'instigateur de la disparition des murmols de Roncevaux : Durandal et Murgleis. J'ai cru comprendre que votre lignée conservait farouchement ses biens depuis toujours. Je sais que vous auriez préféré autre chose, mais une conversation avec vos meubles familiaux pourrait s'avérer cruciale. Aussi dès demain, sous prétexte des fêtes de fin d'année, vous rendrez visite à un maximum de D'Allebard. Je vous adjoins Peccorino pour faire la liaison avec les murmols. Présentez-le comme un confrère italien.

Gaberick se contenta de hocher la tête en signe d'assentiment. Contacter les membres de sa famille ne l'enchantait guère, il risquait de rencontrer son fils Tristan chez un de ses cousins et craignait un nouvel affrontement. Le côté positif, c'était qu'il allait renouer avec l'histoire, la vraie…

— Mais, si Charoniax nous devance, objecta Alex ?

— En prévision de cette éventualité, Peyotl et Blochet se rendront à Kernach pour trouver un maximum de formules permettant d'annuler le pouvoir de Murgleis.

— L'idéal serait que vous trouviez rapidement qui de Mugnifican, Godesalc ou les deux a façonné cette épée, cela aiguillerait nos recherches et limiterait les options, commenta Blochet que l'on sentait transportée à l'idée de jouer les rats de bibliothèque.

Parvus, conscient que son plan d'action était loin de remporter tous les suffrages, feignait d'ignorer le malaise croissant et poursuivit. Il s'adressa plus particulièrement aux adolescents.

— Alex, pendant que j'y pense.

Il tapa trois coups brefs sur la table à des endroits distincts et dessina une volute complexe entre ces repères. L'emplacement devint flou et donna naissance à une vague tourbillonnante de laquelle émergea une épée. Le trou se referma laissant l'objet aux trois-quarts sorti. Les gnarnuls étaient sidérés, les druides recueillis, excepté Blochet.

— Je continue de dire que c'est une folie !

— Blochet, cessez d'être obtuse, coupa l'ancien.

— Il l'a mérité, s'enflamma l'italien !

— Peuh…

— Amplement, compléta Peyotl. En triskèle supérieur, il n'y a pas d'épreuve multiple. Même vous n'en avez pas eu, la taquina-t-il.

— Il n'est pas druide, scanda l'herboriste.

— Son dernier propriétaire non plus susurra Parvus.

L'historien ne pipait mot, fasciné par l'arme, il l'examinait sous toutes ses coutures.

— Une épée courte, finement taillée, une épée de chef. Bizarre, cette inscription sur le quillon 'Res Al'. Oh, les lettres *ex* viennent de s'inscrire. Je ne connais pas cette pierre sur le pommeau, on la dirait remplie d'un liquide !

— Ta bravoure et ton ouverture d'esprit te rendent digne de ce don. Je ne te souhaite pas d'avoir à l'utiliser toutefois si cela devait arriver, illustre-toi comme ton homonyme l'a fait auparavant.

Gaberick venait de comprendre.

— Alex... Alexandre le grand, vous lui donnez l'épée d'Alexandre le grand !

D'un geste, le druide encouragea le jeune homme à se lever et se saisir de l'arme.

Barst-Rathen monta sur la table et fut surpris de sentir la garde et la poignée s'ajuster au gabarit de ses mains. S'attendant à une résistance, il avait bandé ses muscles en s'arc-boutant. Un mauvais calcul qui le déséquilibra et le fit tomber à la renverse au milieu des chaises et d'un fou rire général.

— Je crois que tu t'es trompé d'épée, plaisanta le doyen. Rassure-toi, Kernach dispose d'une excellente section d'entraînement.

— Ah misère, maugréa Blochet en levant les yeux au plafond.

— Cette épée vient de nous confirmer son choix de pair pour les prochaines années à venir… Regardez.

Sur le quillon, les lettres *B-R* venaient de compléter l'inscription.

— *Res Alex B-R*. Propriété d'Alex B-R, traduit D'Allebard.

— La voix du murmol est sans conteste, renchérit Parvus à l'attention de Blochet.

Puis, se tournant vers Fred.

— Monsieur Chirivel. Grâce à Bilichilde qui vous a soigné, vous devenez un gnarnul privilégié disposant d'autant de prérogatives et devoirs envers votre murmol qu'un druide.

— Sans blague, s'esclaffa Fred médusé.

— Vous accompagnerez Alex à Kernach pour y suivre l'entraînement des cimiers, l'art du combat magique aérien.

— Du pur délire !

— Sur ce point, je suis d'accord avec Blochet, opina Corbus. Deux formations de gnarnuls d'un coup, cela va créer des remous au Cromlech. Ignorez leurs sarcasmes et reposez-vous sur le choix de votre murmol. Montrez-leur que les gnarnuls sont à nouveau dignes de recevoir une charge de pouvoirs sans perdre leur intégrité.

— Mesdemoiselles, à vous !

Le cœur d'Agathine They se mit à battre la chamade. Parvus l'avait gardée pour la fin, elle n'y voyait qu'une seule raison : il allait révéler à tous qu'elle était l'héritière de sa mère !

– Vous allez m'aider à recréer du Thylacinium.

– Sans savoir l'usage que ma mère souhaitait en faire ?

– Faisons confiance à la scriptoriste.

Blochet ne cessait de hocher la tête de gauche à droite en signe de dénégation.

Irina dont le sens pratique avait tendance à se développer ces derniers temps, objecta.

– Mais Parvus, nous ne sommes pas druides !

D'un geste de la main, Blochet appuya la remarque de la jeune Tassilov, trop heureuse de trouver un allié.

– Blochet et moi-même n'en sommes pas non plus et pourtant nous fabriquons des potions ou sélectionnons du bois pour les druides. Il y a des tests de confiance, de connaissances et de dévouement à passer devant le Cromlech.

– Que tu as obtenu, s'entêta Blochet contrariée d'avoir été contredite.

– Eh bien, on s'en passera, répliqua Parvus !

Un coup bref provenant de la porte déporta la tension vers l'extérieur.

– Parvus Corbus, je dois vous délivrer un mail de Master They, laissez-moi entrer !

4

Dans la bluterie, allongée sur son lit, Agathine ne parvenait pas à trouver le sommeil. La venue de ce Ryd Keaogh avait semé une sacrée pagaille !

Master They ! Elle n'avait jamais entendu personne appeler sa mère Master They !

— Ryd Keaogh, bientôt professor à le Macadam de Kernach à votre commande, druide Corbus, s'était-il présenté en inclinant légèrement le buste.

Le jeune homme assez gauche n'était pas venu seul : une liane blanche et un hibou l'accompagnaient et déversèrent un nombre impressionnant de sacoches au milieu de la table. Parmi elles, la jeune fille avait aperçu celle de son rêve. Corbus aussi l'avait repérée.

— Enchanté. Vous ne voyagez guère léger. Vous emmenez même les effets des autres.

— Master They l'a donné à mon attention, je suis attristé de vous informer qu'elle est tombée entre les doigts de Charoniax.

Sa mère prisonnière de Charoniax ! Où était-elle ? Etait-elle bien traitée ? L'avait-il déjà forcée à trouver l'épée ? Parvus disait que dès qu'elle serait en sa possession, il ne leur resterait que deux jours pour lancer une offensive. Passé ce délai, l'épée et son nouveau pair seraient inattaquables car en parfaite osmose avec leurs forces maléfiques respectives. Que pouvaient-ils faire en deux jours !

De fait, les groupes de travail et priorités avaient été modifiés : toute l'équipe se rendait à Kernach.

D'Allebard, Peccorino et Peyotl héritaient de la tache fastidieuse des recherches. Agathine se retrouvait avec Irina et Blochet à la conception du Thylacinium ! Cette affectation la taraudait presque autant que la capture de sa mère.

Le cumul de ces contrariétés l'empêchait de se détendre.

Pour couronner le tout, la bâtisse ne cessait de tanguer. Elle devait cette impression de passer la nuit dans le grand huit.

Les druides tenaient conseil sur le meilleur moyen de rallier Kernach à toute l'équipe.

Ryd Keaogh avait alors sorti un brillant de sa poche.

– Ce rubis permet de voler. Il a été offert à Master They par Yazd, un plateau de guing-café.

– Voler ! Vous divaguez…

– Je vous promets, druide Corbus. Nous l'avons déjà fait avec Master They. Ce qui est épouvantable pour deux doit assurément l'être pour dix.

Pressés par le temps, les druides avaient donné leur accord.

En conséquence, depuis deux bonnes heures, le moulin ne cessait de se cabrer, bondissait, jouait au yoyo. Tout ça parce que ce jeune farfelu ne parvenait pas à le stabiliser en l'air plus de deux secondes ! La jeune They n'en pouvait plus ! Elle souleva sa couverture en soie polaire (une soie fabriquée en hiver donc adaptée aux variations de température de cette saison). Elle se dirigea vers la commode non sans faillir trébucher car, au même moment, le bâtiment fit une embardée. Réfugiée sur un des poufs, elle entendit des voix provenant de l'étage supérieur.

– Tu n'es pas tombé loin cette fois, encourageait une voix mélodieuse !

– J'y étais presque, mais quelqu'un ou une chose a mué et j'ai perdu le management.

Prise en faute, Agathine rejoignit son lit à toute allure.

– Cela fait une demi-douzaine de fois que tu nous dis avoir trouvé. Tu devrais te reposer, tu as fait un long chemin et tes forces s'amenuisent, conseillait une vieille voix de sage.

– Avec Master Th…

– Théodora reprirent en chœur Parvus et Peccorino !

– Avec Théodora, c'était plus commode parce que le circulation se practiquait à l'horizontale… Tell me Peccorino. N'appelle-t-on pas les moulins des volants deutsch ? Ils peuvent donc voler, non ?

– Si si, mais ce sont des histoires pour bambinos… jamais personne n'a réussi à en faire décoller un.

— Le décollage, c'est ma partie. Si je pouvais seulement secouer ses ailerons…

Agathine laissa les « techniciens » et profita de cette accalmie de soubresauts pour aller écouter à la porte ce qui se disait en bas. Le succès n'y était guère plus probant.

Afin de pouvoir lire et comprendre les livres de Keaogh, et plus tard ceux de Kernach, tous les gnarnuls allaient devoir s'équiper de binocles traducteurs. Peyotl et Blochet planchaient sur le projet depuis presque autant de temps que Keaogh sur le sien ! La monture avait pourtant été trouvée rapidement : Modeste leur fournit une tranche de liane, que Peyotl s'empressa de traiter et transformer. Restait à y joindre les yeux : une sève de pin - fournie toujours aussi diligemment par Modeste - à laquelle Blochet devait y adjoindre un fixateur. L'herboriste semblait y mettre beaucoup de mauvaise volonté, rallongeant la séance d'essayage. La jeune fille les avait laissés il y a une heure avec leur cobaye Gaberick D'Allebard. Il alternait les qualificatifs d'insuffisance à la pelle : trop lourd, trop flou, pas assez gros. À présent, il y avait un problème d'équilibre.

— OK pour l'œil gauche, mais le droit éblouit encore un peu… là… c'est parfait… Extraordinaire… On peut vraiment transformer un lac en chaudron géant juste avec une formule.

— Allez-vous coucher Gaberick, la journée de demain risque d'être longue et épuisante.

De toute évidence, l'historien entreprenait les sacoches de Keaogh faisant fi des conseils de Blochet.

Peyotl fit une tentative.

— Gaberick, ces livres seront encore là demain… allez prendre des forces.

D'Allebard père s'exécuta et regagna sa portion de chambre. Dès que les craquements provenant de l'échelle de meunier se turent, Peyotl tança vertement Blochet.

— Tu es pathétique ! Faire passer une probation à un gnarnul dont l'ancêtre est lié à Murgleis. Tu y as gagné quoi ?

— De la considération. Il sait à présent que travailler avec des druides exige des sacrifices.

— Parvus les a exemptés de tests de ralliement ! Ils ont combattu des minassiers, tu voudrais peut-être qu'ils affrontent les ébroyns ?

Agathine ignorait ce qu'était un ébroyn et n'avait nulle envie de le savoir. Les minassiers lui étaient parus déjà bien assez répugnants et dangereux à son goût.

La diatribe de Blochet n'était pas encore terminée.

— L'historien n'avait encore rien fait lui et…

— Vous avez perdu un jeune étudiant il y a quinze ans… Tu comptes réitérer l'exploit ?

— Aucun rapport, le fiancé de…

Une secousse ébranla le moulin stoppant net la conversation. Ceux qui comme les deux derves et la jeune They n'avaient pas d'appui, s'affalèrent de tout leur long sur le sol. Prévoyant une chute brutale dans les secondes à venir, cette dernière s'était agrippée à la commode.

Inutilement car rien ne vint.

— Notre jeune anglais a fini par l'apprivoiser on dirait. Nous ferions mieux de regagner nos portions si nous ne voulons pas finir comme Yonatas.

— Tués par une faute d'inattention, railla Peyotl !

Les deux derves avaient franchi le palier, rendant la conversation beaucoup plus audible pour Agathine.

— Yonatas était jeune, certes, et inexpérimenté au combat mais je ne te permets pas de douter des compétences druidiques de ce garçon.

— Ecoute Blochet, ça n'est pas parce qu'il était fiancé à Théodora They qu'il avait la science infuse !

— Tu te trompes, il était de loin le druide le plus érudit de l'équipe… après son père bien sûr !!!

— Son père ?

— C'était le fils de Parvus, tu l'ignorais ?

Sur ce, elle s'engouffra dans sa chambre et planta là un Peyotl ébahi.

Il n'était pas le seul. Agathine They ne savait plus où se réfugier : la commode ? Le lit ? La fente rectangulaire qui faisait office de fenêtre ? L'exiguïté du renfoncement lui plut. Elle s'y encastra et ressassa ce qu'elle venait d'entendre. Sa mère fiancée au fils de Corbus ! Elle n'avait jamais entendu ni sa mère, ni Parvus prononcer le nom de Yonatas.

Totalement perturbée, la jeune fille ne remarqua pas que les ailes du moulin étaient activées dessinant une ombre qui lui passait devant le visage à intervalles réguliers ! Ils volaient mais elle ne prêta pas attention non plus au paysage poudreux qui s'étalait sous ses yeux. Tant de réactions se bousculaient dans sa tête ! Pourquoi sa mère avait-elle quitté l'académie ? Pourquoi ne lui avait-elle jamais parlé des druides ?

Que faire de ce don qui prenait soudainement possession d'elle ? Elle avait vu le regard envieux des garçons à l'idée que le père de Tristan, voire Tristan lui-même, pouvait avoir un pouvoir quelconque. Elle n'avait aucune envie de susciter l'admiration. Quelles alternatives avait-elle ? Refuser cet héritage et décevoir sa mère ? Se séparer de ses amis et ne plus vivre normalement ?

Quel que soit la solution, elle nécessitait un sacrifice : un héritage hallucinant contre une vie ordinaire ?

Le surmenage et les ballottements parfois saccadés du moulin (des petits trous d'air que Keaogh ne parvenait pas encore à maîtriser totalement) eurent raison des dernières forces de l'adolescente. Elle plongea dans un profond sommeil troublé de rêves insensés où elle travaillait de concert avec sa mère, surveillée par un groupe de camarades de classe hilares ! Que Peccorino dispersait à coup de flèches leur faisant pousser des oreilles d'ânes !

5

Tu n'es pas curieuse de savoir à quoi va servir ton cadeau, demanda Charoniax en se resservant des champignons jaunes qu'il trempa allègrement dans une sauce ambrée ?

Assise à l'autre bout de la table et prisonnière d'un fauteuil dont le prolongement des bras l'accompagnait dans chacun de ses mouvements, Théodora They peinait à avaler, ne serait-ce qu'une bouchée de pain à la violette. Son geôlier avait beau lui servir un repas digne d'un banquet de fin d'année à Kernach, avec des plats raffinés et coûteux en cette saison, la scriptoriste ne décolérait pas. Elle fulminait et pestait contre elle-même. Se laisser manipuler par Charoniax ! Un tour de force ! Lui d'habitude si prévisible ! À croire que son séjour en poussedru lui a mis du plomb dans la cervelle !

Théodora chercha une réplique blessante mais sa fureur l'empêcha de trouver mieux que :

— Voyons, tu as égaré une spatule de cuivre et mon incantation va t'aider à la récupérer ?

— Tu sais pertinemment qu'il s'agit de demander au murmol de protection de Murgleis de se relocaliser dans cette pièce, cingla-t-il en piquant dans une tranche de viande bien rouge.

— Ta naïveté te fait dire que l'épée sera du voyage ?

La frustration lui donnait faim. Elle tendit le bras pour se servir également une tranche, mais retenue par le fauteuil, son geste fut trop court. Elle dut faire approuver sa commande pour que l'extrémité de ses menottes s'allonge.

— Avec de la sauce mirabelle s'il vous plait, demanda-t-elle plus par désinvolture que par gourmandise.

Cette manœuvre fit mouche et agaça le ponce-pirate qui voulut la convaincre.

— Mon coup de bluff a payé, dit-il tout sourire en levant son verre d'hydromel.

— Un coup de chance, j'aurais pu utiliser une toute autre formule, répliqua-t-elle accompagnant son toast.

— J'avais d'autres scénarios en réserve, lança-t-il sardonique.

La conversation ne tournait pas à l'avantage de la jeune femme. Aussi changea-t-elle de sujet.

— Il y a beaucoup plus de verres que d'assiettes sur cette table ! Compterais-tu te rendre ridicule officiellement ?

— Non, très chère. Ils ont été conviés à mon triomphe. Dis-toi bien que dans moins de deux heures, Murgleis sera mienne, tambourina-t-il sur la table !

— Tu délires, Magnus. Tu sais pertinemment qu'une harmonie murmole ne se réalise qu'au bout de deux jours !

Il lui répliqua d'un ton suffisant et sarcastique :

— Je vais prendre un raccourci !

Sur ces entrefaites, il se leva et claqua des doigts. La table se desservit immédiatement ne laissant que les verres. Au milieu du va et vient des couverts, la scriptoriste remarqua une fiole alambiquée dont le contenu ne lui était que trop pénible à voir. Nageant dans un flot de paillettes, la tresse volée à la montgolfière se trémoussait tel un serpent. Son adversaire ne devait pas avoir pensé à tout ! Il fallait qu'elle trouve un obstacle pour le retarder.

— Excellente idée de libérer tous les murmols protecteurs ! Je me demande si aucun de nous n'en réchappera. Dommage, quel témoignage inédit : la libération entière et complète des forces du mal !

— Qui te dit que je vais tous les appeler ?

—Fort bien, libère tous les murmols protecteurs d'épée !

— Et devoir tous les interroger ! Non merci, je me contenterai de celui de Murgleis.

— Magnus, il te faut une description précise du murmol !

L'intéressé intima le silence et invita un parchemin à venir se dérouler sous les yeux de sa convive.

À première vue, il s'agissait d'une vulgaire liste dressée par un moine d'objets trouvés sur un champ de bataille. L'étui rectangulaire aurait pu passer inaperçu parmi la multitude sans l'inscription gravée sur les côtés « *A ma bien-aimée Ingonde Mugnifican D'Alebaerd* ».

Théodora était médusée.

Derrière elle, le souffle chaud de Charoniax lui susurra mielleusement :

— J'ai utilisé à bon escient mes loisirs au poussedru : Tu n'imagines pas la quantité de livres que j'ai feuilletés, entre autres choses…

Sur ce, il s'éloigna pour rejoindre l'autre extrémité de la table, déboucha la fiole avec d'infinies précautions. Théodora était curieuse d'entendre la formule qu'avait concoctée Charoniax.

— Murmol, huit siècles protecteur du mal et de la traîtrise endormie. Si tu le souhaites, appelle cet envoûtement et retourne au berceau de tes origines. À la moindre évocation de danger, ma demeure t'est ouverte, à toi et ton protégé.

Chacun retenait son souffle. Il ne se passait rien. Puis, progressivement, une par une, les paillettes s'extirpèrent de l'alambic et traversèrent la pièce en direction de la cheminée où elles s'éparpillèrent pour se matérialiser pour une fraction de seconde en un rectangle dont le dessus était orné d'une épée. Les paillettes s'engouffrèrent finalement dans la cheminée et disparurent. Dans la fiole, ne restait plus qu'une tresse inerte que Charoniax referma méticuleusement.

— Je propose de laisser à ce murmol deux heures de liberté avant de passer à l'étape suivante. Vous m'excusez très chère de vous laisser Aarding vous accompagner jusque dans vos quartiers, mais je ne voudrais pas qu'un malencontreux tour de moulinet de vos gracieuses mains ne fasse péricliter mon plan qui, jusque-là, se déroule à merveille.

Aarding, tout en contenant ses mains prisonnières, avait enroulé ses pieds autour des siens et fait pivoter son assise à la verticale. La prisonnière se leva sans peine avec la désagréable sensation d'être un escargot.

6

La pièce était de taille raisonnable et avait dû servir de petit salon de réception à l'époque faste des Charoniax. Restaient une méridienne, un buffet, un confiturier et une table basse.

Ces deux derniers n'avaient d'ailleurs cessé de jacasser depuis son arrivée, entraînant avec eux la méridienne.

– Oh, dites les amis, on a une invitée, on va pouvoir sortir le grand jeu !

– Espèce de gros nigaud, tu vois bien qu'elle est accompagnée du Major Aarding. C'est une prisonnière.

– Ah ! Quelqu'un la connaît ?

La méridienne intervint.

– C'est une They. Je reconnais la chaîne autour du cou.

Machinalement Théodora voulut porter la main au médaillon. Mais entravée, elle ne put que soulever son poignet.

– Je croyais que le vieux They n'avait pas transmis son héritage !

– Ce n'est pas sa fille bêta, c'est sa petite fille ! Ne vois-tu pas qu'elle a l'âge de notre maître Magnus.

— Mince une ennemie !

— Oui, soupirèrent en cœur la table et la méridienne, excédées par la niaiserie de leur camarade à quatre tiroirs.

Le buffet, jusqu'alors silencieux se manifesta.

— Ça n'est pas une raison pour en oublier les règles d'hospitalité. Nous nous devons de lui offrir une collation.

Tant mieux, pensa Théodora. Ça les occupera et je pourrai réfléchir un peu. Ce en quoi la scriptoriste se trompait lourdement.

— Tu crois qu'on peut sortir le service du dimanche pour une prisonnière, s'enquerra le buffet ?

La méridienne devait être la référence du groupe, car les autres meubles la consultaient pour la moindre décision. La scriptoriste mit cette prééminence sur le compte de son grand âge car elle avait reconnu le médaillon.

Le confiturier, tout exalté, ouvrait et fermait ses quatre tiroirs sans discontinuer telles les soupapes d'un orgue au gré du son qui les traversent... Chaque objet était prétexte à hésitation : la nappe, la serviette, le couvert, la sorte de thé, les biscuits !

En d'autres circonstances, Théodora They aurait trouvé ces maladresses touchantes et fort comiques, lui rappelant Ryd Keaogh. À regret, il lui fallait vraiment se concentrer pour trouver une parade dans les deux heures qui restaient.

— Vous ne pourriez pas faire votre service en silence ?

— Oh, un majiscribe ! s'étonna la table.

— Plus précisément scriptoriste, rétorqua la jeune femme.

— Le vieux They a dû être content, ça n'a pas sauté une génération pour rien, commenta la méridienne bleue.

Théodora They était excédée. De son air le plus méchant, elle menaça :

— Même surveillée par Aarding, je peux encore d'une formule orale vous astreindre au silence tous autant que vous êtes. Pour la seconde fois, ne serait-il pas possible de faire votre service en silence et surtout sans commentaire ?

Le verdict de la méridienne étant que la scriptoriste disait vrai, la collation se poursuivit dans un silence quasi monastique que Théodora mit à profit en sirotant le thé à la violette au miel ambré savoureusement accompagné de fines galettes d'amandes. Deux points la tourmentaient : quel raccourci Charoniax allait-il emprunter pour réduire une harmonie farlaff et à quels ordres de diminution fallait-il s'attendre. Et ces noms sur le parchemin Ingonde Mugnifican et Godesalc d'Alebaerd… Alebaerd… Lebaerd…

— Prête à venir assister à mon triomphe, Théodora ?

La jeune femme ouvrit péniblement les yeux. Aarding passait du mode chaise longue au mode fauteuil obligeant sa passagère à se redresser. À la question du pourquoi Charoniax se trouvait affalé dans la méridienne sans qu'elle s'en soit rendu compte, Maître They comprit qu'elle venait d'être bernée une deuxième fois : on lui avait administré un somnifère !

— Que pensez-vous de mon équipe ?

— Très distrayante.

— Vous trouvez aussi, répliqua le ponce-pirate d'un ton suffisant. Sur ce coup, ils se sont surpassés. Je n'aurais pas imaginé que leur babillage endorme votre méfiance à ce point.

Prenant appui sur un genou, Magnus Charoniax s'extirpa de la méridienne et invita son otage à en faire autant. La jeune femme avait les jambes en coton et était en sueur. Elle ne parvint à se stabiliser qu'avec le soutien de son ennemi dont elle trouvait la fébrilité à l'assister suspicieuse. Réalisant qu'elle n'était plus sous le joug d'Aarding, elle redouta ce que Charoniax prit un plaisir sadique à lui confirmer.

— Allons mon amie, ne faites pas cette tête ! Vous n'êtes pas la première druidesse à être renvoyée chez les gnarnuls. Voyez le bon côté des choses : vous pouvez mouliner du poignet sans contrainte à présent. Se rapprochant, il lui assena un estoc sur le ton de la confidence :

— Et cela vous dispense de l'avouer à votre fille.

— Un coup d'une bassesse digne du peu respectable druide que vous êtes. Vos vêtements de corbeau vous siéent à ravir. Quoique l'odeur pestilentielle du vautour serait plus appropriée.

Une gnarnule ! Elle avait ingéré de son propre chef une potion poussedru ! Mais alors, comment se faisait-il qu'elle…

— Ah au fait Théodora, je me suis permis de vous laisser la fonction mémoire. Oui, je sais, je suis trop bon ! Appliquer une mesure habituellement réservée aux criminels, alors que vous êtes un ange, était injuste… j'ai, disons, allégé votre peine !

Parvenu devant la double-porte du salon, Magnus Charoniax poussa les deux battants avec euphorie et lança un théâtral :

— Bienvenue à tous, fidèles, nouveaux, curieux.

Théodora reconnut quelques têtes pour les avoir combattues auparavant. Il y en avait d'autres assises et d'après leur décorum, elle estima qu'ils avaient ou une chaire à l'Académie (quelques-uns arboraient l'écharpe blanche, jaune et argent des farlaffs) ou provenaient de postes à responsabilités de villages environnants (parmi eux, le gérant de Thurial). À l'écart, effacé mais à priori destiné à jouer un rôle prépondérant dans la cérémonie car, placé en bout de table, un jeune adolescent très mal à l'aise dans ses vêtements. Soit ils étaient neufs, soit il… Nom d'une couleuvre, elle venait de reconnaître le jeune homme ! Elle ne s'étonnait plus qu'il se sente engoncé dans ses cuissardes et son gilet. En mettant un nom sur le visage de l'inconnu, elle comprit également qu'il était le raccourci de Charoniax. L'harmonie farlaff se fait instantanément s'il existe un lien de parenté entre le créateur et le futur pair. .

Magnus Charoniax prenait le risque de nommer Tristan D'Allebard, équipier de Murgleis. Prévoyant sans doute une passation de pouvoir à son bénéfice dans les 24 heures qui suivraient.

Tout ce que Théodora They espérait, c'était que Godesalc D'Alebaerd n'ait participé qu'à l'endormissement de Murgleis.

7

Tout était calme à l'intérieur du moulin. Au sommet, Keaogh était assis en tailleur au centre de la meule en se concentrant sur les mouvements du vent.

À proximité, Peccorino était complètement avachi sur son lit, épuisé par la mise en route des ailes. Il avait dû chercher loin avant de toucher l'intérieur vivant du moulin. D'autant que celui-ci n'avait aucune envie de sortir de sa léthargie pour faire revivre une légende. Fortuitement, en matière de légende, aucun murmol ne pouvait rivaliser avec l'Italien, et ce fut tant mieux car à présent, les ailes avaient pivoté et tournaient en hélice au dessus du toit.

Dans la bluterie, la portion des jeunes hommes était silencieuse. Fred Chirivel ronflait, apaisé de temps à autre par Bilichilde qui, accrochée au dos d'une chaise, émettait des sifflements par intermittence, histoire de diminuer le volume du son produit par son compagnon.

Alex Barst-Rathen, quant à lui, était allongé sur le dos, son épée posée sur lui à la manière d'un gisant. Le pommeau avait une teinte rougeâtre, rappelant les colonnes du champignon. Alex dormait sans couverture : il était protégé par son épée.

L'harmonie était en route, les pairs veillant sur leur murmol et vice-versa.

Chez Blochet, il en était tout autre. Elle ne cessait de tourner, retourner, visiblement en proie à quelque cauchemar.

— Je vous assure, une seconde chance… Je veux être derve… beaucoup de gnarnuls ne vous aiment pas, ne vous accepteront jamais... il ne faut pas leur confier de secrets… trop dangereux les secrets.

Les cloisons posées par Corbus et Peccorino avaient le mérite d'être insonorisées car à côté, Gaberick D'Allebard dormait du sommeil du juste. À son habitude, un nombre incalculable de feuilles jonchaient le plancher et, à en juger par la monture toujours sur son nez, il avait tout bonnement ignoré les conseils de Blochet et Peyotl et avait poursuivi le déchiffrage jusqu'à ce que son corps réclame du repos.

En face logeaient les jeunes filles.

Mademoiselle Tassilov dormait paisiblement, hors d'atteinte des récents évènements. Pas de mère qui venait d'être kidnappée par un druide psychotique, pas de cours de combat, ni d'équitation au programme. Elle devait se contenter de lire et trouver une réponse, cette tâche lui suffisait amplement.

Dans son encoignure de fenêtre, Agathine They était toujours prostrée. On aurait été bien en peine de pouvoir affirmer si elle dormait ou non.

C'est justement ce que se demandaient deux ombres tapies à distance.

— Tu crois qu'elle va crier si on la réveille, disait une voix haut perchée ?

— Ça ne m'étonnerait pas ! Rien que pour nous contrarier, répliqua l'autre revêche. N'empêche, on ne peut pas la laisser comme ça. Elle a besoin de notre aide, elle est sous notre responsabilité à présent.

— Attends, j'ai une idée...

Lentement, l'ombre glissa sous le menton de la jeune They et la chatouilla.

Incommodée par ces picotements, l'adolescente se réveilla mécontente, croyant avoir affaire à un moustique ou à une mouche quelconque.

Contre toute attente, lorsqu'elle identifia la créature qui l'avait titillée, elle ne cria pas.

— Un paon miniature ?! Oh non, non, non ! Ne me dites pas que vous venez du coffret...

— Odda, pour vous servir.

— Mais où est l'autre morceau, s'inquiéta Agathine, scrutant les parois des murs à la recherche de l'arbre.

Une voix bourrue se manifesta :

— Pour votre information, je suis un Ginkgo biloba. Vous pouvez m'appeler Gink. J'aurais bien essayé de vous chatouiller le menton également, mais j'ai planté mes racines dans le coffret.

— Moins fort, on va vous entendre !

— Vous n'êtes jamais contente vous alors, commenta le paon.

— Aux dernières nouvelles, je vous avais laissés incrustés à un coffret dans ma chambre et vous apparaissez dans ce moulin et vivants !

— Pharouët, lancèrent Gink et Odda à l'unisson.

— Quoi ?

— Ce moulin est un murmol, sa fonction c'est de voler… enfin il y a de cela des siècles, il volait tout seul… tout ça c'est la faute de Cornille ! Bref, si au lieu de faire votre intéressante chez Samo, vous aviez ouvert votre sac, vous auriez été capable de piloter un tel engin plutôt que de laisser ce jeune Anglais s'esquinter avec la pierre de Yazd.

— Je ne vois pas le rapport…

— Je ne vois pas le rapport, je ne vois pas le rapport, singea Gink. On vous le mettrait sous le nez le rapport que vous ne le verriez toujours pas !

— C'est pour me sermonner que vous m'avez réveillée ?

— Non, pour vous faire une proposition, lança timidement Odda.

— Je ne suis pas convaincue qu'une aide murmole soit ce dont j'ai besoin en ce moment, grimaça la jeune fille.

Réponse qui mit Gink hors de lui.

— Je te l'avais bien dit qu'elle t'enverrait paître. Mais monsieur avec son cœur d'artichaut ! Oh la pauvre, elle est si désemparée, imita-t-il prenant les intonations fluettes de son ami. Allez viens, rentre à la maison, ordonna-t-il de sa voix grave.

Odda regagna son coffret, penaud. Son ombre se déformait et rétrécissait au fil des murs qu'il empruntait, seuls ses ocelles à la traîne dépassaient et lui donnaient une couleur encore plus chatoyante.

— Attends Odda, peux-tu me dire comment neutraliser un ébroyn ?

Question ridicule d'autant qu'elle ignorait toujours à quoi ressemblait un ébroyn et piètre excuse pour retenir le paon qu'elle sentait avoir peiné.

L'animal redressa son plumage, ses sens en éveil.

— Tu n'es pas sérieuse !

— Evidemment que non ! Elle ne sait même pas ce que c'est, le rassura Gink !

— Sans importance, argumenta l'adolescente. Si j'en rencontre un et que je ne sais pas le combattre, vous aurez ma mort sur la conscience... Bah de toute façon, ce ne peut pas être pire que des minassiers.

Argument extrême soit, mais Gink la poussait à bout avec ses commentaires sarcastiques sur fond de vérité.

— Parce que vous voulez les affronter vous-même ! Je serai curieux de voir comment vous allez vous y prendre sans utiliser votre magos, se gaussa l'arbre croisant deux de ses branches sur le tronc.

— Ça suffit tous les deux ! Gink, ton attitude est indigne de l'arbre de sagesse que tu es, même si tu désapprouves mon projet. Et jeune They, cessez de vous croire au centre des attentions. Votre monde ne va pas s'écrouler parce que vous avez hérité de votre mère !

Une branche esquissa un mouvement de protestation. La parure de l'oiseau s'étoffa de quelques plumes supplémentaires et prit un ton menaçant :

– Non Gink, tu pouvais expliquer au lieu de sermonner. À votre tour de m'écouter. Les ébroyns sont des arbres très dangereux Agathine. Leurs projectiles sont redoutables. Redoutables s'ils t'atteignent car il n'existe pas d'antidote contre leur poison. Redoutables mais…

8

Théodora They se tenait debout à proximité de Charoniax. Il avait insisté pour qu'elle se tienne aux premières loges et assiste à la levée de son armée.

Il avait, paraît-il, une escadrille qu'il tenait tout spécialement à lui montrer. Quelques heures plus tôt, elle se serait triturée les méninges pour trouver qui pouvait composer cette unité spéciale. Mais à quoi bon à présent, sans pouvoir… Même pas une derve… « Sans pouvoir peut-être, se dit la jeune femme mais pas sans mémoire. Toute cette connaissance, il devait certainement y avoir un moyen de s'en servir. »

Décidant qu'elle s'était suffisamment apitoyée sur son sort, elle releva la tête.

Si Magnus cherchait à la briser, elle n'allait pas lui donner ce plaisir. L'heure était à la résistance.

— Que penses-tu de mes alliances, chère Théodora ?

— Rien. Je constate qu'une fois de plus, tu as pêché dans la médiocrité : des farlaffs de deuxième catégorie, sans même un triskèle valable. Regarde le pommeau de leur arme ! Vitreux, tout juste capable de réchauffer un début d'automne. Quant à tes derves, ils sont équipés de chaudrons craquelés d'avoir préparé des potions trop fortes. Potions, j'en suis persuadée, dont ils n'arrivent qu'avec difficulté à contenir les pouvoirs.

— Quel jugement hâtif ! Attends de voir l'effet que Murgleis va produire sur chacun. Et puis le défilé n'est pas encore terminé, je peux toujours te surprendre…

En guise de sourire, Théodora lui décrocha une grimace et examina sans grand enthousiasme la suite de la procession.

— Ça va leur faire plaisir au musée de Waterloo ! C'est la deuxième fois que tu réveilles leurs soldats de plomb. Tu vieillis !

— Regarde-les plus attentivement avant de te gausser.

— Excepté que ces jouets ont enfin une taille adulte, ce dont je te félicite, je ne vois pas… Ah si, ils sont toujours en plomb, ce qui fait d'eux des fantassins *quasi-inaltérables.* Gros progrès, la dernière fois, ils étaient tout mous… Nom d'une prune séchée, tu ne leur as pas mis des goulites entre les mains ! Tu n'es qu'un immonde castrateur !

— Disons que je suis devenu prévoyant… Il ne s'agissait pas de répéter les erreurs du passé… comme je te l'ai dit… le poussedru s'est avéré très bénéfique…

— Tu ne surestimes pas un peu trop les pouvoirs et la puissance que Murgleis va te procurer ? Imagine que rien ne se passe. Ce qui risque fort d'arriver dans la mesure où ton récipiendaire est un gnarnul, dit-elle en désignant Tristan. L'épée ne décèlera aucune malveillance à amplifier dans ce garçon, je le connais.

– Tu ne peux pas imaginer comme les évènements peuvent vous changer en deux jours, répliqua-t-il narquois. Ton Tristan n'est pas un saint, je te laisse le soin de le découvrir plus tard... Ah... voilà les derniers invités que j'attendais, annonça-t-il jovial.

Le groupe qui s'avançait dégageait beaucoup de poussière et Théodora They ne distingua pas immédiatement leurs silhouettes. Ce ne fut qu'une fois stabilisés et prêts à prendre place qu'elle reconnut les nouveaux arrivants de la première ligne : des nullandouilles.

Ces chiens ne l'inquiétaient que modérément. Leurs oreilles démesurées de cockers leur permettaient de voler et leur stature impressionnante de dogue allemand exacerbée par des incantations druidiques leur donnait une certaine puissance qu'ils couplaient avec des crocs acérés. Ils pouvaient infliger des blessures redoutables. Néanmoins, ils étaient moins à craindre que leurs voisins du second rang.

À l'instant précis où elle les vit, Théodora They comprit que Magnus Charoniax ne présidait pas une cérémonie à sa gloire... Il préparait la guerre !

9

Douillettement lovée dans sa couverture, Agathine s'étira à se démembrer bras et jambes. Mouvement qu'elle accompagna d'un énorme bâillement. La discussion de cette nuit avec son coffret lui avait fait le plus grand bien. Côté sentiments tout au moins, car côté physique elle n'était pas au meilleur de sa forme.

– Moi qui croyais que tu serais la première sur le pont pour participer aux recherches.

– Mmm quoi ?

– Allez, debout paresseuse, voilà déjà une heure que tout le monde travaille en bas.

– Mmm, ah oui…

– …fascinant la quantité de potions différentes que l'on peut créer avec un seul ingrédient.

– Mais de quoi tu parles Irina !

– Des sacoches du nouveau Kryd…

– Ryd Keaogh.

– Oui, on consulte ses livres depuis ce matin. Tu verrais Blochet, elle ne tient pas en place. Parvus dit que les potions et enduits de l'Anglais sont beaucoup plus puissants que ceux enseignés et utilisés à Kernach. Plus compliqués aussi. Tu sais que c'est grâce à lui que tu as vu ta mère ?

— Vraiment, questionna Agathine qui s'était relevée et menaçait de piquer du nez, anesthésiée par le flot de paroles de son amie.

— Parvus dit que Creaogh.

— Keaogh !

— Oui, enfin, que c'est un druide surdoué. Le vieux a bien rajeuni de dix ans. Allez, dépêche-toi, tu vas rater l'arrivée à Kernach. Moi, j'y retourne, c'est trop chouette ces binocles ! Tu as vu, j'ai choisi la couleur… Ciao !

D'où la bayadère rouge-orange-noir des montures, songea la jeune They qui lentement se laissait glisser vers le fond du lit. Cela expliquait également les braies ridicules portées par Irina évidemment assorties à ses binocles.

Heureusement que ce pull était… de quelle couleur déjà ? Uni, en tout cas… Il devait certainement y avoir une armoire semblable à celles de Samo dans le coin.

— Que tu ferais mieux d'utiliser au plus vite, tonitrua une voix.

Agathine se redressa d'un bond en ramenant sa couverture au menton.

— Gink, c'est toi ?

— Non, c'est ta conscience qui te rappelle que le pharouët atterrit dans vingt minutes, que tu n'as participé à aucune recherche et que tu n'es même pas décente.

— Pour une fille de professeur tu ne vas pas faire très bonne impression, renchérit la petite voix perçante à laquelle Agathine commençait à s'habituer.

— A coup sûr, habillés façon Irina, nous reflèterons tous une très mauvaise image gnarnule. Bon, elle est où cette armoire ?

Il fallait admettre qu'une fois le processus maîtrisé, la méthode d'habillage murmole était beaucoup plus plaisante. L'armoire proposait des vêtements en fonction de l'activité prévue et de l'humeur de la personne à vêtir. Une garde-robe en perpétuel renouvellement ne fut pas pour déplaire à la jeune fille qui, ce matin, se sentait en harmonie avec elle-même. Elle piocha dans les tons pastel une déclinaison d'orange et de feuilles et opta pour un pantalon large et fluide agrémenté d'un pull moulant renforcé d'un poncho. Elle n'apprécia que moyennement cette manie de l'armoire de pinailler sur les accessoires et se para à contrecœur d'une calotte en maille sur la tête et de mitaines aux mains. De sa précédente tenue, elle ne garda que les bottillons à lacets. Le meuble ne se fermant pas, elle fureta dans les tiroirs à la recherche du complément manquant. Toutefois, lorsque sa main tâta un carquois, Agathine perdit pied. Or, il n'y avait pas de doute sur ses intentions, car à peine la besace sortie de l'armoire, celle-ci disparut. Dépitée, elle chercha une explication auprès de Gink et Odda mais leurs réponses laconiques ne l'éclairèrent guère.

— C'est un carquois murmol, on appelle cela un carquéole. Il fonctionne avec le souffle. Tu verras, c'est très simple d'utilisation, le rassura Odda.

— Mais je ne veux…

— Tu ne vas pas recommencer, on s'impatience en bas, file !

Préférant encore les quolibets de ses camarades qui ne manqueraient pas de fuser, à un nouvel affrontement sur l'utilisation de son héritage en public avec Gink, la jeune fille s'exécuta.

— Ma parole, Robin des Bois en personne, attaqua un Fred qui lui, avait tout du fauconnier !

— Qu'est-ce que vous avez contre la mode murmole, défendit Irina : je trouve ces vêtements très pratiques !

— Vous avez échangé vos rôles dans la nuit, taquina Alex ? Irina, tu as trop d'influence sur Gaty, plaisanta-t-il avec un clin d'œil.

— Ne serait-ce pas des flèches de carquéole ? Bizarre… Il faut être au minimum derve pour s'en servir, fit Blochet un brin soupçonneuse.

Paniquée, Agathine tourna un regard suppliant vers Parvus.

— Elle a certainement estimé que nous en aurions l'utilité, s'interposa-t-il… Allons, qu'avez-vous donc tous, ce matin ?

— Tes amis sont un peu déçus que tu n'aies pas participé aux recherches avec nous, amorça Gaberick D'Allebard… Mais savoir ta mère prisonnière d'un être malfaisant ne contribue pas à un sommeil paisible. Pauvre petite, ta nuit a été rude. Je t'ai entendu cauchemarder à maintes reprises. Parfois même, tu imitais des voix. Tu as bien fait de reprendre des forces ce matin !

Pris en faute, le groupe entreprit de partager avec Agathine leurs trouvailles. A vrai dire, ils s'étaient heurtés à un mur. Ils avaient bien la liste des ingrédients et leurs proportions pour fabriquer le thylacinium…

— Ce qui, commenta Parvus est une première. Vois-tu Merlin…

— Ne donne jamais les proportions, compléta-t-elle de concert. Alors, s'il donne les proportions, c'est qu'il a occulté autre chose. Qu'est-ce qu'il manque ?

— Le récipient. On ne sait pas de quelle matière doit être le récipient qui va servir à concocter l'enduit.

— Et alors, on ne peut pas les essayer tous ?

— Impossible, chère enfant, il en existe plus de 250 !

—Ne peut-on en réduire le nombre en envisageant un point de vue historique ?

- Que voulez-vous dire, Gaberick ?

- Qu'à l'époque de Merlin, il y en avait peut-être moins !

Cette nouvelle redonna du cœur à l'ouvrage au groupe qui inclut cette question pour Kernach.

Irina ne se posait plus de questions. Depuis qu'elle s'était rendue compte qu'ils s'étaient réfugiés dans un engin volant, elle était impatiente d'arriver à Kernach. Elle n'appréhendait pas l'idée de repasser sa journée à lire des livres qu'elle trouvait fascinants, mais elle préférait que ce soit sur la terre ferme. En marge du groupe, elle scrutait l'horizon à travers une des impostes à la recherche d'un changement dans le paysage qui lui indiquerait que son calvaire touchait à sa fin.

— Parvus, comment voit-on que c'est Kernach et pas un village gnarnul ?

—Aux dolmens, répondit celui-ci distraitement. Une fois entrés dans leur triangle, nous verrons Kernach.

Tassilov n'avait aucune idée de ce qu'était un triangle de dolmens, mais cela lui suffit pour se remettre à guetter de plus belle.

— À part un cortège, je ne vois rien.

— Un cortège ? Où ça, s'enquit Fred qui se pencha à son tour ?

Il lui fut impossible d'estimer la longueur de la procession car Bilichilde, avec une force extraordinaire pour sa taille réduite, l'attira à l'intérieur du pharouët en l'agrippant par le capuchon de son gilet.

— Hey, qu'est-ce qui te prend, Billy ! Ouch, tu fais mal ! En plus, tu fumes !

Loin de se calmer, la vouivre exhalait de plus en plus de fumée dégageant une incommodante odeur de souffre.

— C'est périlleux, ce n'est pas une assemblée, c'est un cuirassé.

— Nom d'une patate poilue ! Qu'est-ce que vous faites là ! Et le pharouët ? Qui le dirige ? paniqua Peyotl.

— Personne, je ne le manage plus ! Pour l'instant, nous flottons grâce aux ailerons, mais la pose risque d'être… ouch.

— Des goulites, intervint Blochet qui s'extirpa d'une autre imposte. Elles sont en train d'avaler les pouvoirs de la pierre de Yazd.

— C'est quoi ces goulites, s'enquit D'Allebard ?

— Des sortes de sangsues équipées d'un radar sensoriel. Elles sont lancées à l'assaut d'une odeur ou d'une énergie précise et une fois dessus, elles absorbent toute sa vitalité.

— Maintenante c'était destiné à natraliser le pouvoir de la pierre. Mais l'annexte…

— Elles viseront qui cette fois, demanda Irina qui cherchait déjà un point d'appui ?

— Tous, murmols, druides… Celui qui les a réglées veut nous détruire, chuchota Parvus.

10

Un branle-bas le combat général avait été décrété chez les murmols. Les armoires se défenestraient, la vaisselle rejoignait son buffet qui, une fois au complet, ne demandait pas son reste et suivait l'armoire de près. Tous prenaient alors l'allure de coléoptères géants, agitant leurs battants de porte à l'horizontale.

Dans la bluterie, les lits s'étaient repliés et les cloisons recroquevillées. Dès qu'ils le pouvaient, ils sautaient, faisaient prise avec le vent et se mettaient à planer. Le ciel se peuplait de poulpes : les commodes et tables s'étaient arcboutées et remuaient leurs pieds, devenus souples pour la circonstance. Au milieu de cette frénésie aérienne, Agathine reconnut les sacoches de l'anglais, la garde-robe et son coffret. Gink, à la perpendiculaire de sa base avait compacté branches et feuilles, pour leur donner la forme d'une voile. Odda, la queue déployée faisait office de gouvernail. La multitude d'ocelles clignait à intervalle régulier : il y avait fort à éviter dans ce tohu-bohu.

Keaogh y vit au moins un point positif : le pharouët s'était considérablement allégé et reprenait de l'altitude.

– Nous ne pouvons imaginer de sortir sinon nous allons être exterminatorés.

— Dans la seconde qui suit, nous serions paralysés par une goulite. Oh la…!

Parvus venait de faire un écart et perdre l'équilibre, imité par le reste du groupe qui se retrouva les quatre fers en l'air.

— Je ne vois que deux solutions : éliminer les tireurs ou leurs projectiles… Si seulement c'étaient des humains, une bonne vieille huile bouillante là-dessus... regretta l'historien.

— Ça c'est une idée, chanta Peccorino ! Modifions l'odeur du moulin et les goulites se détacheront !

— Avec quoi, piailla Blochet, nous n'avons que de la farine ici ! Ouille…

Elle s'était de nouveau étalée par terre et charitablement, Irina l'aida à se relever.

— De la farine… Oui ! Il faut chercher de la farine !

— Fred ne voyait pas du tout comment de la farine pouvait neutraliser une goulite, mais si cela leur évitait de se crasher… il se mit à fureter fébrilement et par réflexe, s'adressa à sa compagne murmole.

— Allez Billy, cherche où elle est, cette farine !

Devant les yeux écarquillés de l'assemblée, la vouivre effectua quelques volutes avant de cracher un petit jet devant une imposte.

Une vouivre n'est pas un chien, tout druide vous le dira. Les quatre représentants druidiques furent déstabilisés par ce qui venait de se passer avec le jeune gnarnul.

— Keaogh, vous êtes le plus jeune druide, attrapez la chevillette et tirez fort…

Le jeune homme bloqua ses pieds de part et d'autre de l'imposte, s'arc-bouta puis tira de toutes ses forces sur le cordon qui dépassait. Le mouvement chaotique du bâtiment le gênait, aussi dut-il mener plusieurs assauts avant qu'une corolle ne fasse son apparition. Les escalades l'avaient essoufflé, Alex et Fred vinrent à la rescousse et se saisirent chacun d'une extrémité de la corolle. Le sac avait à présent à moitié hors de la fenêtre. Les turbulences se faisaient de plus en plus virulentes et l'une d'entre elles projeta les garçons au sol.

Voulant éviter à son compagnon une chute qu'elle jugeait peut-être dangereuse, Bilichilde tenta de soulever Chirivel par les épaules. Une nouvelle embardée lui fit manquer son coup et ses griffes se plantèrent dans le sac de farine qui se déversa brutalement dans la pièce. Sans perdre une minute, les druides firent cercle autour du tas éparpillé et Parvus entonna un hymne pour le moins curieux que les gnarnuls hésitèrent à reconnaître.

Farine d'or
Tourne moulin, tourne moulin, va plus vite.
Farine dors,
Tourne moulin, tourne moulin, va plus fort.

A l'appel de cette ritournelle, l'amas se recomposa et une légère brise souleva la masse blanche qui prit rapidement l'ampleur d'une mini tornade. Les druides laissèrent de côté la comptine pour psalmodier en cœur : « *Tourne, tourne, tourne.* »

Lorsque le débit leur parut satisfaisant, ils brisèrent le cercle et chacun leva l'index. La tornade se figea, les doigts se pointèrent en direction des murs et au mot *persprika,* le tas blanc se teinta de rouge et s'engouffra dans toutes les anfractuosités pour y déverser sa nouvelle texture.

L'opération en elle-même fut un succès, mais elle arrivait tardivement. La marge de manœuvre s'étant considérablement amoindrie, Keaogh se contenta d'aider à la stabilisation de l'engin.

L'habitacle tanguait de plus en plus, transformant ses passagers en manège d'autos tamponneuses vivant.

Lors d'une de ces collisions, le jeune Anglais laissa échapper la pierre de Yazd. Tous savaient qu'ils lui devaient d'être encore en apesanteur et non ratatinés 2000 mètres plus bas. Irina poussa un cri de fin du monde. Des anneaux sortirent du mur et chacun par instinct de survie s'y cramponna comme à des bouées de sauvetage. Sauf Fred, déjà en fâcheuse posture. Dès que le moulin avait penché, il avait été inéluctablement attiré vers une imposte. Il était parvenu in extremis à éviter la chute dans le vide mais ses pieds qui bloquaient la sortie n'allaient plus résister bien longtemps. D'autant que Bilichilde, dans des efforts désespérés pour le sauver, ne cessait de lui enfoncer ses griffes dans la chair.

Ajouté à cela, les projections d'ustensiles restants qui lui dégringolaient dessus : pots, couverts, casseroles, vêtements, plumes de paon...

- Bilichilde, il faut que tu fasses sortir Bilichilde, Fred. Fais sortir Bilichilde, elle va nous sauver, hurlait Agathine.

Fred aurait bien voulu, mais il était incapable de tendre un bras ni donner un coup de pied sans risquer de perdre l'équilibre et il lui semblait bien... mais oui ! Bilichilde grossissait... elle allait tout bonnement l'écraser !

— Donne-lui un ordre, elle s'exécutera ! Vite Fred, s'époumonait à présent Agathine.

— Accroche-toi là, lui dit-il, désignant la fente et tire ! Vite Billy, sors-nous de là.

Dans la seconde qui suivit, Chirivel comprit qu'il venait de commettre une erreur monumentale. Sous l'impulsion de la traction exercée par l'animal, tous lâchèrent prise et s'agglutinèrent en tas sur le mur. Après maints efforts, chacun parvint à trouver une position supportable qui, en bougeant un bras ou en déplaçant la jambe. L'accalmie fut de courte durée car bientôt le groupe se dessouda, ils avaient l'air de billes au fond d'une cuvette.

— Qu'est-ce qui se passe, brailla Fred ?

— Je crois que Bilichilde est attaquée, annonça Parvus l'air sombre.

Au même moment, une mousse blanchâtre se mit à suinter des pores des murs.

— Beurk, c'est quoi ça, grimaça Irina.

— Planctin : amortisseurs de chocs.

— Il n'aurait pas pu nous le donner plus tôt, se plaignit D'Allebard !

—C'est parce qu'on va s'écraser, conclut Blochet !

La mixture continuait de couler, elle commençait à faire son office car les corps enveloppés jusqu'à la taille retrouvaient une stabilité reposante dont personne ne profita, car l'instant d'après, un énorme crac se fit entendre. Le moulin venait de toucher terre et en tombant se scinda en deux, puis rebondit.

La protection dont bénéficiaient les passagers s'échappa, les rendant à la merci du moindre choc auquel beaucoup se préparaient en fermant les yeux. Ils se sentirent secoués et bringuebalés comme des milk-shakes avant d'être déposés délicatement sur le sol.

Ouvrant les yeux, ils virent deux lianes disparaître sous la terre.

— Gratifications Modeste…

L'atterrissage catastrophe avait remué pas mal de poussière et on n'y voyait goutte entre les particules blanches et rouges. Mais l'Anglais avait la certitude qu'ils devaient la vie à cette liane.

Corbus, fortement éprouvé par cette péripétie, s'assit sur un amas de briques, vestiges du pharouët. Keaogh et Barst-Rathen se mirent sans grande conviction à la recherche de la pierre et l'épée qui lui avait également échappé en cours de route. Les autres s'époussetèrent aussi fébrilement que leur corps meurtri le leur permettait sauf Blochet qui se plaignit d'être allergique au paprika. Et Chirivel que son père eut la bonne idée d'appeler pour lui souhaiter joyeux Noël !

— Merci papa, mais je ne peux pas trop te parler là, je suis en pleine reconstitution de bataille et… c'est mon tour d'entrer en scène. Hein ? Non ce n'est pas dangereux, nous avons toutes les protections nécessaires, tu penses. Oui je te ramènerai une photo. Je suis désolé, je dois vraiment y aller. Bye.

Il raccrocha et sans transition se tourna vers Parvus.

— Regardez Billy ! Bon sang, contre qui elle se bat !

— Des nullandouilles.

11

Le spectacle vous convient-il, susurrait mielleusement Charoniax à l'oreille de madame They.

— Un régal, répliqua la jeune femme, que d'assister à une stratégie de combat aussi médiocre. Vous comptez sur l'épée pour vous en donner ? Si vous parvenez à la conquérir…

— J'y arriverai Théodora, j'y arriverai.

— Enfin, pour l'instant, elle dort toujours dans son trou, lui décrocha-t-elle d'un sourire.

— Sans murmol protecteur ! Et aussi vrai que mes nullandouilles vont écraser cette vouivre dans un instant, j'aurai Murgleis entre les mains avant ce soir.

Elle n'en était pas si sûre. Qui avait éduqué Bilichilde ! Quel était son précédent pair ? Druide ou gnarnul ? L'animal comme le pupitre ne le lui avaient jamais révélé. Mais Bilichilde n'était pas une vouivre ordinaire, cela, Théodora They l'avait décelé, dès qu'elle avait posé les mains sur le murmol.

En premier lieu, elle savait lire. Cet animal habituellement placé face à l'assistance leur tournait le dos et surplombait son pupitre : ce positionnement ne lui permettait pas de lire les pensées mais de suivre les travaux de son pair !

Ensuite, c'était une attaquante et non pas un défenseus, ce dont Magnus Charoniax allait se rendre compte dans les secondes qui suivraient. Il se pouvait que Bilichilde soit un murmol espion : elle avait une fois mis en déroute des cambrioleurs de sa propre initiative en s'auto-activant mais au matin, les deux malfrats étaient prostrés devant la vouivre immobile surplombant son pupitre.

Au fait, qui l'avait activée aujourd'hui? Elle en savait Parvus incapable : pas assez de puissance... Sacré Keaogh, toujours aussi surprenant, pensa-t-elle.

— Rien, Magnus. Seulement que vous êtes tombé sur la seule vouivre capable de vous tenir tête.

— Patientez, cela ne durera pas.

Pour l'instant, Bilichilde donnait du fil à retordre aux nullandouilles, malgré leurs assauts incessants. Ses coups de queue et de griffes ne pardonnaient pas. Elle en avait déjà fait chuter plusieurs. Cependant, quelques morsures bien placées commençaient à l'amoindrir et un quart de ses crêtes si dangereuses s'étaient rétractées. Très mauvaise augure : les paillettes avaient fait leur apparition.

Charoniax exultait :

— Vous aussi très chère, votre armée a un goût défraîchi. Vous me refaites le coup de la vouivre. Mais si elle était votre seul atout, elle ne va plus faire long feu... dommage, je l'aurai bien gardée... une attaquante... c'est inhabituel.

— Elle ne travaille qu'avec des druides de bonne réputation... ce que vous n'êtes pas.

— Monsieur…

— Quoi, beugla Charoniax agacé de ne pas voir Théodora They anéantie.

— Mon père…

— Maître pour vous, jeune D'Allebard.

— Non Maître… je veux dire mon père est là-bas.

— Et alors, est-ce ma faute s'il a choisi le mauvais camp !

— Mais vous m'aviez dit…

Ce n'était pas dans l'habitude de Charoniax de tempérer. Néanmoins, ce jeune homme constituait son passeport pour Murgleis. Il n'allait pas prendre le risque que cet hurluberlu lui fasse faux bond au dernier moment !

Mieux valait le recadrer en douceur.

— Ecoute petit, pourquoi es-tu avec moi ?

— Pour acquérir le pouvoir et la connaissance de l'épée.

— Très juste. Sais-tu ce que cherche à faire ton père en face ? Il souhaite laisser cette arme enfouie à jamais ! Sais-tu pourquoi ?

— Nnn… non, balbutia le jeune homme.

— Par jalousie ! Ce qu'il veut, ce qu'ils veulent tous, c'est entendre tout ce que cette épée a à raconter mais, pas question de laisser à un autre ce privilège, dit-il tout en effectuant quelques volutes de la main en direction de Théodora They.

— Je te rappelle que si ton père s'approche de l'épée, c'est à lui qu'elle se soumettra. Il est le plus proche de ta lignée… Alors, que fait-on ?

— Je veux tenir cette épée… mais…

— Bien mon garçon, alors je te conseille de rejoindre le cortège et te trouver une occupation en attendant que nous nous remettions en route.

Une fois Tristan D'Allebard hors de portée, Magnus baissa sa garde, rendant l'usage de sa voix à Théodora.

— Vous n'êtes qu'un fieffé menteur !

— Comme vous y allez, j'ai juste omis de lui préciser que c'est avec celui qui prononce l'incantation que l'arme se lie.

— Manipulateur sans scrupule !

— Vous m'agacez Maître They, pardon ex-maître.

— Je me demande ce qui va vous agacer le plus, moi ou eux, pointa-t-elle en direction du ciel.

Le ponce-pirate scruta l'horizon et le spectacle qui s'y jouait le fit sortir de ses gonds. Il se planta devant la jeune femme l'air mauvais.

— Vous ne m'amusez plus du tout vous et vos espèces de super-gnarnuls. D'ailleurs, si vous alliez les rejoindre ? Vous pourriez ainsi profiter de vos derniers instants avant la salve finale !

D'un geste, Théodora They se retrouva ficelée et immédiatement embarquée par un nullandouille qui l'emmena sans ménagement vers les décombres du moulin.

Elle aurait préféré retrouver sa fille dans des circonstances moins dramatiques, car Théodora They connaissait la dernière salve que le ponce-pirate allait leur envoyer et à moins d'un miracle, les quinze prochaines minutes risquaient d'être pénibles. Au pire ils mourraient, au mieux ils se rematérialiseraient. Dans tous les cas, ils seraient incapables d'opposer une résistance au projet de Charoniax.

Scriptoriste, elle aurait pu tenter deux ou trois contre-sorts ou créer des boucliers de protection… elle chassa cette idée de son esprit.

Le nullandouille se délesta de la jeune femme larguée le long d'un des murs du pharouët. Parachutée sans ménagement, sa tête claqua violemment contre la paroi et Théodora They perdit connaissance.

12

Billy, tiens bon, on arrive, hurlait Fred les mains en porte-voix.

La pauvre bête était en sérieuse difficulté : pendant qu'un groupe de nullandouilles - dans une manœuvre proche du rodéo - prenait d'assaut les ailes et la queue, une petite faction s'attaquait sournoisement aux pattes. Les mouvements désordonnés de la vouivre, provoqués par la douleur des morsures la déséquilibraient et elle perdait progressivement de l'altitude.

— Même si j'avais mon épée, je ne pourrais rien faire, regretta Alex, elle est bien trop haute !

Un sifflement se fit entendre, puis un bruit sourd.

Irina, toujours sur les nerfs au moindre son poussa un couinement suivi d'un beurk de dégoût à la vue d'une forme blanchâtre et longiligne disparaissant sous terre.

— Merci Modeste, cria Alex en direction du sol, mais je ne vois toujours pas comment…

A l'opposé du champ de gravas, un hululement se fit entendre. Keaogh se rapprocha et eut juste le temps de joindre ses mains en un puits pour réceptionner la pierre de Yazd. Il regarda tour à tour la pierre, Alex, le hibou, haussant les épaules en guise d'impuissance… Soudain :

— Couramment élémentaire ! Alex, as-tu déjà escaladé un cheval ?

— La seule chose sur laquelle je monte, c'est mon scooter.

— C'est idem…Arrive !!!

— Mais que…

Keaogh excité entraîna Barst-Rathen au pied de plusieurs arbres avant de s'arrêter devant :

— Celui-ci sera parfaite. Mon chou, c'est coûteux de te séparer d'un cheveu mais le branche où le hibow vient de s'asseoir est importante et…

Sans attendre la fin du discours, ladite branche s'affaissa sur le sol.

L'anglais la ramassa prestement et se mit à califourchon dessus enjoignant Barst-Rathen de l'imiter.

— Tu vois les branches devant toi ?

Alex opina de la tête.

— Ok alors …

Le jeune Ryd en saisit une qu'il coupa et plia l'autre en deux de façon à créer un guidon dont le prolongement enserra fortement les deux garçons telle une rampe de sécurité. Avec les talons, il toucha deux autres branches et des étriers poussèrent de part et d'autre.

Parvus était abasourdi !

— Un cheval à bascule…

—C'est parce que c'est la première fois. Ensuite, je ferai le vrai manche…

L'ancien en avait les larmes aux yeux…

— Vous allez voler, vous allez voler… !

Une ultime séparation en Y fit son apparition sur le guidon avant et Ryd Keaogh y plaça la pierre.

L'instant suivant, les deux chevaliers volants fendaient l'air.

L'intervention de ces alliés ailés fit subir immédiatement des pertes aux nullandouilles ce qui permit à Bilichilde de récupérer toutes ses armes défensives. Le carnage commença. Ce que l'épée ne décapitait pas, les pattes de la vouivre les broyaient et à deux reprises, l'aiguillon de sa queue se planta dans un adversaire.

En bas, distrait par un autre bruit sourd, personne n'assistait au combat.

Au milieu des briques, Peccorino découvrit Théodora They. Elle avait une vilaine blessure à la tête. Blochet d'instinct porta la main à sa besace… qu'elle n'avait plus. Elle tourna la tête en direction du splsssh reconnaissable de Modeste qui la lui tendit. Elle disparut tout aussi rapidement qu'elle était apparue. Blochet appliqua prestement un onguent pailleté sur l'excroissance au front de la victime.

Agathine se précipita vers sa mère, affolée. Déjà les paillettes faisaient leur effet : la bosse et le sang se résorbaient jusqu'à disparaître totalement.

Encore groggy, la jeune femme ne parvenait pas à reprendre totalement ses esprits. Elle sentait vaguement une longue étreinte, « Agathine », pensa-t-elle. Puis plus rien. Elle tenta de nouveau de soulever ses paupières. Il lui sembla voir une plume de paon virevolter autour de sa fille. Epuisée par cet effort, elle referma les yeux… Sa fille donnait des ordres… elle devait se tromper.

— Vite, regroupez le plus possible de briques près du toit et entassez tout ce que vous pouvez du pharouët.

Agathine, c'était bien elle, hurlait aux combattants aériens de se presser : ils allaient avoir besoin d'eux en bas.

La débâcle régnait chez les nullandouilles. Bilichilde avait-elle flairé le danger ? Elle employait une méthode expéditive qui avait déjà fait ses preuves avec les minassiers.

Plus agile que ses assaillants, elle les devançait, se plaçait en travers et leur assenait un violent coup de queue. Renvoyés dans la direction opposée, ils rencontraient l'épée de Barst-Rathen qui avait reconnu la manœuvre. Les attaquants étant bien trop gros pour qu'il puisse les embrocher : il se contentait de les éventrer.

Les ennemis réduits à néant, ils se posèrent au milieu d'un chantier surprenant. Tout le monde sans exception ramassait et regroupait des briques sur le toit. De temps à autre, un splsssh amenait une brique…

— Plus vite, plus vite, ils arrivent…

— Mais qui donc Agathine, s'impatientait discrètement Parvus.

— Regardez à l'est…

— Hormis la forêt...

— Vous les trouvez normaux ces arbres, insista la jeune They tout en continuant d'empiler des briques.

— Nom d'une chèvre chauve ! Agathine, ça ne se combat pas avec des briques !

— Ça nous en protège !

— Pour reconstruire ce moulin, il nous faut un farlaff !

— Inutile, nous avons Bilichilde !

Blochet entendit un sifflement strident, puis un autre.

— Qu'est-ce que c'est ?

— La réalisation de votre vœu : nous allons devoir affronter des ébroyns.

— Mais je ne… je ne vois rien, paniquait Blochet !

— Peut-être parce qu'ils diffèrent de votre version théorique… Elle se tourna vers la vouivre :

— Allez Billy… À toi.

Comme avec la DS de Corbus, l'animal irrigua d'un puissant jet de flammes l'amas de briques et le toit.

Ils attendaient un moulin, ils eurent une tour équipée de meurtrières.

Non loin du bâtiment où l'on avait déposé les fragments d'ailes que l'on avait pu rassembler, il y avait trois piles d'équipements qui avaient tout l'air d'armures de chevaliers.

— Alex le massif central, Fred la troisième montagne, enjoignit Ryd qui - dans un nuage de paillettes - enfilait déjà sa tenue que Modeste se chargea d'ajuster à grand renfort de splsssh. Il fit de même avec les cuirasses des deux autres. Enfin, ils se coiffèrent chacun d'un heaume dont la crête s'ornait d'une plume de paon.

En fait d'ennemis, les ébroyns ne payaient pas de mine. À s'y méprendre, ils passaient pour de gros marronniers, à cette différence près que ces arbres avaient tous un énorme nœud sur le tronc et que quelques-unes de leurs branches plus épaisses étaient articulées aux extrémités, agrémentées de corolles gigantesques pouvant propulser des marrons du calibre d'une pomme.

Pour l'instant, les salves envoyées par les ébroyns ne présentaient aucun danger car leur cible était encore trop éloignée.
D'Allebard et la scriptoriste blessée à bout de bras, avaient déjà franchi l'entrée triangulaire de la tour, imités par Tassilov, Peccorino et Peyotl.

À mi-chemin du seuil, Parvus prodiguait ses derniers conseils, pressé à l'intérieur par Agathine qui trouvait que les sifflements se rapprochaient dangereusement.

— Ne leur coupez pas les branches : elles repoussent plus nombreuses. Entre deux salves, visez leur cœur, approchez-les en hauteur : ils ne tirent qu'à l'horizontale. Et ne vous inquiétez pas pour Billy, elle est immunisée !

– Parvus, activez !

Un projectile d'ébroyn ricocha et se logea sur le pied de Parvus qui sentit un picotement et s'effondra.

Partie 6

Avalons

1

Un zip transparent venait de condamner l'entrée de la tour.

Dans un coin, Peyotl et Peccorino à son chevet, Parvus Corbus peinait à respirer.

– Ça n'est rien, l'ébroyn n'a fait que m'effleurer.

Plus loin, Blochet s'affairait auprès de Théodora They :

– J'ai pu soigner la bosse et la plaie, mais elle est encore désorientée, diagnostiqua-t-elle à sa fille. De la gelée de fucus devrait la revigorer. Modeste s'en charge.

En attendant, Irina l'aspergeait d'un liquide verdâtre et argenté.

– Pour résorber tout autre hématome interne précisa-t-elle à son amie. Rassure-toi, avec ce que Modeste va nous ramener, elle sera sur pied très vite… Qu'est-ce qu'il a Parvus ?

– Il a été touché par un ébroyn, expliqua Agathine.

– C'est grave ?

— Plutôt, il n'y a pas d'antidote contre ces cochonneries, se désola Blochet. On ne peut qu'attendre et voir les réactions.

— Quelles réactions ? s'alarmèrent les jeunes filles en le voyant changer de couleur.

A vrai dire, Corbus ne faisait pas que changer de couleur. Son enveloppe extérieure subissait quelques modifications d'ordre morphologique.

— Le corps passe par des phases de transformations animales qui reflètent des épisodes marquants de votre vie…

— Et… l'encouragea Irina.

— Soit le sujet se fixe sur une transmutation qui devient définitive, soit il ne le supporte pas et… meurt.

De concert, les adolescentes jetèrent un regard vers le nuage pailleté qui se dissipait. La peau devenue bleue se couvrait d'écailles, provoquant l'affolement chez Blochet qui fila se planter devant lui.

— Parvus, ce n'est pas le moment de faire le poisson ! Passez à autre chose et plus vite que ça.

Les yeux du majiscribe partirent dans tous les sens et finalement dans un halo de paillettes orange une fourrure chassa les écailles.

— Voilà qui est mieux, soupira la derve en tapotant l'épaule de son ami. Allez Parvus, un effort, ne vous laissez pas envahir par ce poison.

Le râle du vieil homme fut interprété comme un oui.

Dans l'intervalle, Peyotl et Peccorino s'en étaient allés porter secours à Modeste. La liane avait fait tant d'allées et venues rapprochées qu'elle était à bout de force. Les deux hommes devaient l'assister pour remonter à la surface le remède que Blochet attendait.

De nouveau, l'attention se porta sur Parvus Corbus : son cou s'allongeait démesurément. Sa peau se teintait d'un vert pâle prenant une texture que D'Allebard identifia immédiatement.

– Parvus, non ! Pas un brontosaure, vous allez faire exploser la tour !... Parvus, réagissez !

De petites paillettes réapparurent et aussitôt le cou redescendit, à la manière d'un accordéon en fin de souffle. Il était temps, le haut du crâne avait atteint le plafond ! Cependant, interrompre chaque processus de transformation épuisait le vieil homme. D'un regard, il appela Agathine à ses côtés.

– Trop dur de maîtriser les effets… Dois sortir d'ici… Aide-les…

– Je ne vois pas comment…

Corbus lui adressa un clin d'œil qui n'avait plus rien d'humain : sa pupille s'était allongée. Un autre animal était en préparation… ses bras allaient dans tous les sens à grand renfort de circonvolutions de chef d'orchestre.

Agathine douta que ces gestes, s'ils étaient destinés à un murmol, ne lui parviennent jamais.

Parvus avait perdu ses bras en cours de route… enfin, pas à proprement parler ; en fait, ils avaient disparu… comme fondu dans son corps.

Le hululement familier du hibou se fit entendre. Du haut de la meurtrière, il lâcha le carquois qui vint s'aplatir au sol. Une plume de paon virevolta dans la tour et taquina la jeune fille qui la chassa d'un revers de la main. Peine perdue, elle lui chatouillait à présent les oreilles.

– Oh, ça va, ça va, j'y vais…

Quelques briques du mur se dénivelèrent pour tracer un accès étroit vers une meurtrière. Une apparition à laquelle personne ne prêta attention, tous absorbés à sauver les druides et la liane. La jeune fille en profita et gravit rapidement l'accès qui s'ouvrait à elle.

Sans toutefois avoir peur du vide, à l'instar de son amie Irina, Agathine n'appréciait que moyennement d'être en équilibre, d'autant qu'une fois la marche franchie, celle-ci se rétractait. Parvenue à bonne hauteur de l'anfractuosité, plusieurs briques se soudèrent pour former un plateau et un paravent, la soustrayant aux regards du reste de l'équipe.

L'adolescente saisit une flèche qu'elle plaça sur un arc imaginaire. Une fois l'empennage arrivé à hauteur d'épaule, elle murmura : « le cœur », et relâcha la tension. La flèche fit mouche. L'arbre se flétrit sur le champ et retrouva son aspect de marronnier inoffensif. Une légère fissure permettait de scruter discrètement en contrebas l'évolution de Parvus. Celui-ci se teintait d'une nouvelle carnation verdâtre et sa peau se craquelait… Un lézard… ou pire, un alligator, pensait Agathine. Prise d'une frénésie vengeresse, elle se mit à mitrailler l'ennemi.

Cernés à l'horizontale par la jeune They et à la verticale par les garçons et la vouivre, leur nombre s'amenuisait, gratifiant le paysage d'une forêt de marronniers. La riposte conjuguée des jeunes gens avait crée une brèche dans la belle formation en tortue des assaillants. Néanmoins, il fallait en finir rapidement. Parvus avait raison : plus vite ils auraient d'espace, moins ses mutations représenteraient un danger.

Pourtant, les escrimeurs volants ne ménageaient pas leurs efforts, mais malgré leur étroite complicité, on sentait que Chirivel manquait de pratique sur le dos d'une vouivre. Quant à l'Anglais, les mouvements qu'il insufflait à sa monture devenaient de plus en plus aléatoires, conséquence directe de l'épuisement mental provoqué par le maniement excessif de la pierre de Yazd. Enfin, dans le carquois, il ne restait qu'une poignée de munitions.

Prévoyante, l'archer réservait ses deux dernières flèches pour les plus dangereux.

Corbus entamait une autre métamorphose en gris. Son nez s'allongeait prenant la forme d'un long câble. Son corps gonflait comme une baudruche que l'exiguïté de la tour ne pourrait contenir sans éclater.

Acculée, Agathine décrocha une ultime salve, espérant que de leur côté, les garçons allaient conclure sous peu.

Le carquois vidé, Agathine descendit rejoindre les autres. Sa mère émergeait de son brouillard et se tenait debout, soutenue par Blochet et Tassilov. Tous contemplaient le sol où Peyotl était agenouillée devant une liane noire qui gisait à terre. Plus loin, Peccorino et D'Allebard encourageaient Corbus à poursuivre son combat. Il désenflait et partait dans des tons roses. Son cou ne s'étirait que très légèrement cette fois.

La fente en triangle réapparut et un bruit de zip indiqua que la tour estimait tout danger écarté. Ils étaient libres.

La jeune They tenta une sortie, un sifflement lui passa près des oreilles, suivi d'un deuxième. Elle se retrouva nez à nez avec Keaogh qui, sur un dérapage contrôlé, permit à Barst-Rathen de se placer pour renvoyer d'un revers d'épée un ébroyn que Bilichilde se fit un plaisir d'embrocher.

— Qu'est-ce que vous produisez dehors ? apostropha l'Anglais. On n'a pas complété !

— Je viens d'en finir avec le dernier ébroyn, claironna Chirivel en descendant de sa monture qui, libérée de son chargement, reprit prestement sa taille miniature et vint se poser sur l'épaule de son compagnon, inversant les rôles.

— Vous êtes absolu ? C'est estrange, je croyais que Charoniax préparerait une réplique.

— Il a dû estimer qu'avec Parvus touché, nous n'avions aucune chance. Après tout, nous ne sommes que de pauvres gnarnuls… avec une vouivre. Hein Billy !

— Maman, comment vas-tu ?

— Master They, vous vous êtes déliverée ?

— Non, Ryd. C'est Charoniax lui-même qui m'a renvoyée.

— Il vous a libérée ! fit Peccorino en écho, alors que vous êtes deux fois plus puissante…

— J'étais, mon ami ! le coupa-t-elle avec un maigre sourire, serrant sa fille contre elle. Il m'a… allégée de mes pouvoirs.

— Alors vous n'êtes…

— Plus rien, Blochet… Je suis tout de même moins à plaindre que Parvus.

Entrouvrant l'autre main libre, elle laissa échapper un moineau qui s'envola laissant une traînée de paillettes derrière lui.

— Ce sont de lourdes pertes : vous, Parvus et Modeste, récapitula Peyotl.

— Peut-être, mais il nous croit morts… et ça, c'est un avantage. Il faut en profiter et organiser une riposte, suggéra D'Allebard.

— Les endroits fiables aux alentours de Kernach se font rares… Je me croyais à l'abri à Thurial… et pourtant…

— Nous avons assistance là-haut !

Du doigt, l'Anglais indiqua la branche sur laquelle le hibou avait suivi la conversation.

Le groupe jeta des regards surpris et interloqués à Keaogh.

— Lutinus, cria-t-il avant de frapper dans ses mains comme pour ratatiner une mouche.

En fait, ce sont les armures qui rapetissèrent. Il se saisit de la sienne et se mit en route.

Déjà, Bilichilde se lançait à la suite, talonnée par Chirivel. Il ne comprenait pas la relation entre un hibou et une cachette mais faisait confiance au jugement de sa compagne murmole.

— Hibou à la maison, droiture dans le chaudron ! Viens Gaty, l'entraîna l'ancienne scriptoriste en suivant le sillage.

Petit à petit, le groupe se resserra hormis Blochet, à la traîne, qui maugréait :

— Merlin, Merlin ! Il ne nous laisse même pas ses recettes en entier !

2

Magnus Charoniax était impatient. Il avait trouvé refuge chez son ami d'enfance Caribert Liphard, libraire à Kernach.

En les voyant côte à côte, on aurait pu les prendre pour des frères. Mais le fait est que Liphard n'était rien d'autre qu'une pâle copie de Charoniax, en plus jeune et plus craintif. Il avait toujours voué une admiration sans borne à son ami Magnus, allant jusqu'à copier sa façon de s'habiller. Et lorsque celui-ci avait été condamné au poussedru, il lui avait rendu des visites régulières. Il se plaisait à croire que les livres qu'il lui amenait lui avaient procuré quelque réconfort. Au vu des projets de ce soir, il comprenait que toute la littérature qu'il lui avait commandée ces quinze dernières années tendait vers un but précis, que son aîné était sur le point d'atteindre.

Le cérémonial de rematérialisation étant prévu pour cette nuit dans la bibliothèque, Caribert Liphard convoqua un petit cercle d'amis qui, en échange de menus pouvoirs et connaissances supplémentaires, accepta de faire pénétrer la troupe de Charoniax dans l'enceinte du village universitaire.

C'est ainsi qu'à 21 heures, une procession inquiétante se dirigeait vers le centre de Kernach en direction d'un bâtiment surplombé d'une grande arche.

Si le ponce-pirate était dithyrambique, saluant les uns ou serrant la main des autres, son acolyte était plus réservé.

— Pourquoi as-tu amené des cliquabœufs ?

— Mon cher, répondit Charoniax dans un murmure, j'ai tiré une leçon capitale de mes échecs précédents : ne jamais s'entourer à la légère et toujours assurer ses arrières.

— Que crains-tu donc ! Ne m'as-tu pas certifié que ces fouines de Corbus et They étaient hors d'état de nuire ?

— Assurément, reconnut Charoniax le visage sombre. Mais ils ont une vouivre et un hurluberlu de druide à qui tu ne donnerais pas une grenouille en confession mais qui sait voler.

Liphard écarquilla les yeux.

— Voler ! Allons Magnus, nous avons perdu cette formule depuis des lustres !

— J'entends bien, Caribert. Mais celui-là peut enfourcher une branche avec un gnarnul dessus !

— Fichtre, d'où il sort… le sort ?

— Aucune idée ! Par dessus le marché, le décrépit a osé confier l'épée d'Alexandre à un autre gnarnul ! Elle était pour moi ! Ajoute à cela qu'il a rassemblé sa fine équipe : Blochet et Peccorino. Plus un derve dont je ne connais pas la spécialité. Donc, s'il existe la plus infime chance qu'ils réchappent aux ébroyns, je ne tiens pas à ce que ces trublions viennent me mettre de la bouillasse dans le chaudron.

— Tout compte fait, ces cliquabœufs ne sont pas superflus, concéda Liphard. Il reste que je ne leur fais pas confiance, glissa-t-il à l'oreille de son ami.

— N'aie crainte, répondit celui-ci sur le même ton. Une fois l'épée en ma possession, ils seront les premiers à illustrer la puissance de sa lame… et mon lien avec le mal. Ah ! Voici le héros du jour !

Plantant là le libraire, le druide s'avança à la rencontre de l'assemblée.

— Mes amis, laissez-moi vous présenter Tristan D'Allebard, descendant de Godesalc D'Alebaerd, lui même héritier du farlaff Mugnifican !

L'adolescent traversa une tranchée humaine pour rejoindre l'homme en noir qu'il commençait à détester. L'affrontement du moulin l'avait quelque peu refroidi : cet être était démoniaque et ses alliés de plus en plus dégoûtants. Pour preuve, les derniers en date : on aurait dit des chérubins croisés avec des ogres ou des cyclopes. Borgnes, à la peau sale et aux mains crochues, leurs pieds et leur dos étaient pourvus d'ailes.

Quant à leurs dents, elles s'apparentaient à celles d'un alligator. Il n'avait jamais songé aller aussi loin pour défier son père. Si ce dernier avait seulement bien voulu partager.

L'heure n'était plus aux sentiments. Charoniax terminait son discours d'introduction et dans quelques secondes, il allait prononcer l'incantation. Alors, si les allégations de cet homme étaient avérées, dans moins de deux minutes, il allait acquérir connaissance et pouvoir. Il ne lui semblait pas que le cas contraire puisse être envisageable.

— Murmol huit siècles protecteur, ton épée n'est plus en sécurité. Tu dois quitter le berceau de tes origines et reprendre ton office.

Chacun retenait son souffle à l'affût du moindre mouvement. Une traînée de paillettes désordonnée apparut subrepticement. Elle était suivie d'une masse plus soignée et longiligne. Un coup de coude du ponce-pirate indiqua à Tristan D'Allebard que son tour était venu.

— Je… je te remercie de prier… d'accepter notre hospitalité, en tant que descendant du berceau… du farlaff... de ton créateur… de ton concepteur. Je te conjure de t'en remettre à moi et de partager ton fardeau... ton cadeau de connaissance.

Le jeune D'Allebard n'avait pas besoin du regard noir que lui lançait Charoniax pour savoir qu'il avait saboté sa formulation. Il espérait cependant que le lien soi-disant étroit avec cet objet compense sa maladresse.

Des secondes qui parurent à chacun des heures et le halo de paillettes se dispersa, laissant place à une épée, somme toute primitive… pensa D'Allebard.

À la verticale, dans le vide, elle semblait attendre quelque chose.

Pressé par Charoniax, le jeune homme se saisit de l'objet, et immédiatement fut entouré du même halo doré. Une multitude de mots et d'images se bousculaient dans sa tête. Il y en avait beaucoup plus qu'il ne pouvait en emmagasiner… il tenta de résister puis perdit connaissance…

3

Ils en avaient tous assez : cela faisait des heures que le hibou les trimbalait d'arbres en souterrains, descendant des escaliers, longeant des tunnels, remontant à la surface. Le trajet semblait interminable.

Le mécontentement de Blochet s'était propagé à Peyotl et Barst-Rathen. L'historien donnait également des signes de contamination.

— Quel parcours infernal. Est-on sûr au moins qu'il va nous mener quelque part le hibou ?

— Les hiboux n'ont pas de pouvoir à proprement parler, commenta Théodora They. Toutefois, sans être doté de la parole, ils sont très intelligents. Ils peuvent même vous aider à concocter des potions !

C'est pour cela que Merlin en avait un comme pair. De plus, cet être ne sait pas habiter un lieu s'il n'est pas entouré de bonnes intentions.

— Mama Mia, et avec le remue-ménage créé par Charoniax, un tel endroit à l'air d'être une perle rare… Attention Irina !

Trop tard, la jeune fille trébucha sur une racine. Elle se releva promptement et s'épousseta.

— Ça n'est rien, c'est juste qu'on n'y voit pas très clair ici. Vivement que cela s'arrête.

— Espoir exaucé, miss.

L'animal avait en effet disparu et les avait laissés devant une porte richement décorée de serpents, de poissons et d'êtres humains entremêlés.

— Qu'est-ce que vous attendez pour entrer, interrogea Agathine They ?

— Une porte murmole ne s'ouvre qu'avec une personne connaissant sa formulation, expliqua Peyotl.

— Quelque chose comme « Sésame, ouvre-toi ! », suggéra Tassilov ?

— En bien plus compliqué ! Si Ali Baba avait tenu sa langue, on n'en serait pas là aujourd'hui, soupira Peccorino ! Vous avez peut-être une idée Maître They ?

Non, maître They n'avait pas de solution, elle était passablement agacée de s'entendre donner ce titre pontifiant qui lui semblait une usurpation. Elle se tourna vers Keaogh qui haussa les épaules en signe d'impuissance.

— Ce murmol n'est peut-être qu'un simple protecteur !

— Que veut significationner, Alex ?

— Que peut-être sa seule fonction, c'est de protéger l'entrée de personnes mal intentionnées.

— Et que la seule façon d'y entrer est de se soumettre à un test, termina Chirivel… Comme ceci…

Sans laisser à quiconque le temps de réagir, le jeune Fred poussa une partie proéminente et arrondie du relief.

L'œil d'un serpent se mit à clignoter, puis un autre. Quelques corps se démêlèrent et petit à petit, la porte se vida de ses motifs.

Les They se faisaient renifler par des espèces de paons. Blochet et Tassilov croulaient sous le poids des poissons dont on ne voyait que les queues frétiller. Pour leur part, les hommes étaient ceinturés par les serpents dont la langue fourchue explorait les tignasses.

Sans crier gare, paons, serpents et poissons se repositionnèrent sur la porte qui s'ouvrit.

Le porche passé, le groupe se posa quelques secondes, le temps de reprendre ses esprits.

– Zut alors, c'est toi qui as eu l'idée et ils ne t'ont rien fait, houspillait Fred Chirivel !

– Inutile Fred. Si vous étiez accepté, Bilichilde aussi, elle est votre pair murmole. Au fait, j'aimerais bien savoir comment elle s'est activée au pharouët ? Vous connaissiez la formule Ryd ?

L'Anglais n'eut pas le loisir de répondre.

– C'est moi qui le lui ai dit maman.

– Ah oui, et comment tu sais ça toi ?

La jeune fille, prise de panique, se tint coite.

– Je vous avais promissé que la medium divination, c'est fantasmatique !

- Oui, tu m'as dit plein de trucs intéressants dans ton rêve.

— Ah oui, la divination…

— Quelqu'un sait-il où ce fichu hibou nous a abandonnés, gémit Blochet.

— Je pense que ceci devrait nous mettre sur la voie, intervint D'Allebard pointant son doigt vers le plafond.

En fait de plafond, il s'agissait d'une voûte dont la texture fine et nervurée laissait filtrer un paysage pour le moins curieux et marbré.

— Un lac ! Nous sommes sous un lac, ne cessait de répéter Peyotl.

— Qu'est-ce que c'est que cette chose noire, s'enquit Fred ?

— Nom de nom d'un escargot poilu! Excalibur !

— Nous sommes dans un avalon, constata Peccorino avec effroi.

— Non, pas un avalon. *L'avalon,* corrigea Théodora They.

— Qu'est-ce qu'il a de plus que les autres ?

— Un avalon Alex, c'est la forme liquide du goulite.

— Mais ici très powerfull potion de Merlin. Impossibelle à échapper, même pour un dragonne.

— Une vouivre, corrigea Chirivel.

— Elle éradique tout pouvoir à quiconque entre à son contact.

— Quiconque, madame They ? S'inquiéta Tassilov.

— Tu devrais regarder l'eau plus attentivement suggéra Fred, opinant en direction de la voûte.

Ce qu'y vit la jeune fille la glaça d'épouvante. Des personnes de tous âges et de toutes époques étaient figées dans des positions plus ou moins tragiques, comme prises dans le vif de l'action. Aucun de ces malheureux ne portait de vêtement moderne, ce qui amena Alex à penser que la quête d'Excalibur était tombée en désuétude depuis quelques siècles.

— Et ce ne sont pas que des druides, jugea utile de préciser Blochet.

— Je comprends pourquoi le hibou nous a amenés ici. Il faudrait être fou pour s'aventurer dans un lieu pareil. Je ne parle pas du ponce-pirate… avec tous ces serpents à passer ! Brrr, lança D'Allebard en frissonnant.

— C'est pas tout ça, mais on mange quoi sous Avalons ?

Fred Chirivel vit des regards consternés, voire choqués, fuser dans sa direction.

— Quoi ! Vous avez entendu : personne ne peut passer au-dessus sous peine de se voir gélifié ou en-dessous étouffé. Puisque l'on est certain d'être protégés, explorons les environs, mettons-nous à table et réfléchissons… Avec Parvus, on pensait toujours mieux le ventre plein.

Bientôt, couloirs et escaliers furent envahis. Mais le groupe déchanta rapidement car toutes les pièces visitées étaient vides, seules des illustrations sur les murs fournissaient un indice sur leur fonction.

— Une bibliothèque, glapit Fred !

— Une laboratory !

— Une chambre ! s'exclama Irina.

Blochet, puis Peccorino trouvèrent d'autres chambres.

Après quinze minutes de prospection, la plupart avaient regagné le point de départ, déçus.

— À quoi bon toutes ces salles si personne ne sait comment les activer, gémit l'historien.

— Et nulle part, trace de salle où se restaurer, s'impatienta la petite Tassilov affamée.

Surgirent Barst-Rathen, et Chirivel, flanqués de la vouivre, tout essoufflés.

— Keaogh, Madame They, venez voir tous !

La découverte des garçons, à défaut de nourrir le ventre allait au moins rassasier les esprits, surtout celui de Keaogh qui écarquillait les yeux.

— Des griffonnés.... !

—C'est plus qu'une bibliothèque si vous voulez mon avis. Une véritable salle d'étude, s'extasia D'Allebard dont les mains courraient déjà le long des tables et des chaises.

On n'entendait plus Blochet, elle s'était précipitée sur une étagère ornée de lierre, avait sorti une pile de livres qu'elle feuilletait avidement.

Apercevant un cèdre s'étaler sur deux colonnes dont la hauteur n'avait rien à envier à celle de son modèle, Peyotl enfila un harnais et se laissa glisser entre les étagères. À chaque niveau, on pouvait déposer l'ouvrage que l'on souhaitait consulter sur une tablette amovible : l'ébéniste ne redescendit plus.

Keaogh et l'aînée des They s'étaient inscrits aux abonnés absents. L'icône représentant un chaudron prenait tout un pan de mur, ils effectuaient des allers et retours incessants, s'arrêtant parfois en cours de route pour comparer leurs données. L'ex-scriptoriste fit un aparté.

— L'histoire, c'est le rayon avec l'armure, Gaberick.

— Je n'ai pas les binocles !

— Inutile ! Ici, les livres se traduisent eux-mêmes ! Cherchez Roncevaux. Vécue par un druide, la bataille nous ouvrira peut-être d'autres horizons !

Irina Tassilov voulait d'autres réponses :

— Comment vous avez fait ?

Chirivel, sa vouivre sur l'épaule avoua que c'était pur hasard.

— Il y avait un livre sur les vouivres et leurs pouvoirs, dessiné sur le mur. J'ai juste effleuré le dessin.

Irina était écœurée.

— Tu as effleuré le mur !

— Ben oui quoi ! Tu n'as jamais touché un objet en espérant qu'il te livre des secrets ?

Peccorino le félicita chaleureusement :

— Vous commencez à avoir des réflexes de majiscribe, mon jeune ami !

— Manquait plus que ça !

— Gaty, tu es vraiment bornée, se vexa son ami !

— Venez, je sais ce qu'il y a sous la voûte !

Sans prendre la peine de vérifier qu'on le suivait, Alex Barst-Rathen partit à grandes enjambées vers la pièce vide.

Piqué par la curiosité, le groupe se lança à sa suite.

À leur arrivée, le jeune homme à quatre pattes sur le sol se releva dépité :

— J'aurais pourtant juré que c'était ça…

— Ça quoi ?

— La salle Irina… La table ronde, finit-il par lâcher !

— Alex, votre méprise sur votre épée était touchante, mais là vous exagérez.

— Quoi Peccorino, elle n'existe pas ?

— Si mais…

— Elle est là !

Chirivel manqua de s'étouffer :

— Dans Excalibur ! Irina, tu dérailles encore pire qu'Alex !

— Mais non, gros nigaud, le plafond ! Le dessin est reproduit sur cette espèce de peau qui nous protège.

Tous eurent beau se tordre le cou, ils ne virent aucune table.

— Bon, il n'y a pas 36000 façons de s'en assurer, décida fermement Irina qui désirait aller au bout de son projet.

— En cercle tout le monde !

L'expérience fut un fiasco.

— Pour une fois que j'avais une idée !

— Elle n'est peut-être pas aussi fausse la consola son amie qui rebroussa chemin vers la bibliothèque.

— Excusez-moi mais nous avons besoin de tout le monde pour une expérience dans la salle.

— Ton expérience devra être remise à plus tard, nos recherches sont primordiales ma fille.

— Si vous souhaitez poursuivre à jeun…

Keaogh vola à son secours :

— Master They, son expérienmentation ne publicitera que calques instantes, et si elle ouvre la cousine…

Blochet intervint à son tour :

— Nous savons tous que travailler le ventre creux nuit à notre concentration Théodora, dois-je te rappeler…

— Très bien, allons-y, répondit sèchement cette dernière.

En chemin la jeune fille développa son raisonnement :

— Une garde robe murmole ne disparaît pas tant que vous n'avez pas mis de côté tout ce qu'elle vous a préparé. Peut-être que pour apparaître, le murmol de la table attend que nous soyons tous réunis…

— Eventuellement, soupira la mère.

La méthode d'Agathine n'eut pas plus de succès.

Alors que le groupe se réduisait à nouveau :

— L'ordre !

— Quoi encore ! demanda sa mère excédée.

— Si je ne rangeais pas mes affaires dans l'ordre, les portes ne se fermeraient pas !

— Et comment on va le trouver ton ordre, on est dix… Aie ! Onze avec Billy.

L'animal n'avait pas apprécié d'être oublié et tambourinait sur l'épaule de son perchoir humain.

— Gaty, on n'a pas le temps avec tes expériences, la bibl…

— Plus un mot maman, regarde…

Au dessus, le dôme s'était teinté de rouge. Excalibur descendait.

— Comme la colonne chez Samo, murmura Agathine.

— D'accord, d'accord, on refait le cercle, s'affola la mère.

La lumière était redevenue verte, mais l'arme descendait toujours.

— Ryd, une idée ! C'est toi le spécialiste de Merlin.

— Je reserche Master, je reserche ! Il faut une farandole.

— Ça, on le sait qu'il faut faire un cercle, s'énerva Blochet.

— Je signifie il faut fermeturer le manège !

—Avec quoi bon sang Ryyyyyd, le pressait Peccorino.

— Les They ! Il faut mettre Gaty et sa mère à chaque extrémité et entre les deux, une fluidité gnarnuls-druides ou La Poix-Kernach, comme vous voulez !

—Non pas toi Fred, le repoussa Alex, tu fais la jonction avec Bilichilde.

Sans dire un mot, Peccorino rejoignit le camp gnarnul et se plaça face à Chirivel.

— Ne cherchez pas pourquoi, je suis une jonction moi aussi, expliqua l'italien.

— Et maintenant, bafouillait Irina, le nez en l'air à surveiller l'épée dont la pointe se faisait de plus en plus menaçante.

— Comme pour les livres, proposa Chirivel, pour l'avoir, il faut le vouloir.

Une table leur remplissait la tête à la faire exploser. Cependant, la lame avait atteint la voûte et la touchait de sa pointe.

Le visage d'Irina Tassilov devint tout à fait de porcelaine, elle sanglotait.

— Mais qu'est-ce qu'elle veut !

— Elle veut ce que nous voulons et c'est bien plus qu'une table ! Je veux retrouver mon fils et faire payer Charoniax qui en a fait un traître.

— Je veux que Charoniax soit dépouillé de ses pouvoirs une bonne fois pour toutes.

— Qu'il cesse de nuire aux gnarnuls, balança Peyotl.

Ça et là, table, chaises et autres babioles firent leur apparition, mais Excalibur ne stoppait pas sa descente. Par réflexe de protection, certains avaient déjà fermé les yeux et tassé les épaules. Bilichilde volait dans tous les sens comme un animal pris au piège.

Entraîné par la lame, le dôme s'affaissait en son centre et rétrécissait la pièce, obligeant le groupe à se réfugier sous la table. On entendit un Pfff… puis plus rien.

La vouivre sortit la première du refuge, Chirivel à sa suite.

— Ça alors, venez vite !

Un par un, les autres se relevèrent. Blochet qualifia le spectacle d'incroyable. D'Allebard, Tassilov et Peyotl ne pipaient mot. Peccorino et Keaogh prononçaient des « Mama Mia » et des « Par Merlin » en boucle. Barst-Rathen trouvait cela fascinant et se rapprocha.

— Tout doux Alex, le retint l'aînée des They.

— Ça va pas la tête, et si cela déclenche l'ouverture du dôme, enchaîna la fille.

— Qu'est-ce qu'on fait alors ?

– On mange ! C'était ce qu'on voulait non ?

Sans respect pour aucune loi de bienséance, Chirivel s'attabla et se précipita sur une cuisse de poulet toute chaude pendant que non loin de lui, Bilichilde décortiquait un escargot.

Rassemblé autour du repas, le groupe devisa âprement. Parfois, l'un d'entre eux se levait pour réapparaître un livre à la main. Il y avait des questions, des têtes opinaient en signe d'assentiment et replongeaient le nez dans les victuailles. La coupole avait retrouvé sa forme initiale, son fond se teintait à présent d'une couleur jaunâtre dont la réverbération fournissait un éclairage chaleureux pour le repas. Le lac paraissait plus léger et pour cause : Excalibur avait disparu. Elle trônait plantée au milieu de la table !

4

Tu as eu tort de prendre un gnarnul comme intermédiaire, soufflait Liphard. Il ne tient pas le choc.

—Au contraire, mon ami. Il est tout à fait comme je l'espérais : faible. Il ne sera que trop content de se délester de ce fardeau.

—S'il tient le coup jusque-là. Il n'est pas encore revenu à lui !

—Patience, Caribert. N'oublie pas que les gnarnuls ne sont absolument pas coutumiers des sortilèges ou envoûtements. Laisse à son corps le temps de récupérer. En ce moment même, Murgleis le sonde. Je plains le pauvre qui doit essayer de se cacher mais ne résistera pas ! Il ne sera que trop heureux de me confier cette épée !

—Magnus, que comptes-tu faire avec Murgleis ?

—Ensemble, nous allons régner et rétablir l'ordre naturel.

Liphard -qui connaissait l'aversion de Charoniax pour les gnarnuls - ne devinait que trop aisément en quoi consisterait le retour à l'ordre naturel.

— Me priver d'un vivier d'esclaves ! Tu es fou ! Nous allons juste clarifier les choses : gnarnuls d'un côté, druides de l'autre. Dans moins de deux jours, tout couple mixte, tout enfant non druide issu de tels couples, tout druide prônant la mixité sera repéré et traité comme un ennemi.

— *Nous ? Repérés ?…*

— Pas besoin de s'en occuper, Murgleis a spécialement été conçue pour cela.

— Comment ?

Au lieu de lui répondre directement, Charoniax se lança dans un cours d'histoire à le prendre pour D'Allebard père.

— La véritable raison de la bataille de Roncevaux n'est pas politique, mais druidique. Roland et sa troupe ont été massacrés parce que ce gnarnul de Roland, non content de courtiser une fille de druide, avait également « *hérité* » Durandal de Mugnifican, ce qui n'était guère du goût du Cromlech !

— Quelle fille de druide ?

— Aude, fille De Volvinus, un disciple de Mugnifican.

— On ne le mentionne dans aucun de nos livres !

Liphard était perdu : lui, un libraire druide ne connaissait pas l'existence de ce disciple du farlaff le plus célèbre, ni la véritable raison de la bataille de Roncevaux ?

— Parce que ces chiens de druides pro-gnarnuls ont tout effacé avec leur stupide chanson de Roland. Un fabuleux avalon ce livre.

— Un avalon ? Mais Merlin…

—Quoi Merlin ? Il était mort depuis belle lurette !

— Alors comment…

— Enfin Caribert, le monde ne s'est pas arrêté de tourner parce que Merlin est mort ! Les druides de ce temps étaient puissants. Ils n'avaient nul besoin de proportions pour reproduire des formules. Ils savaient… l'instinct, sermonna Charoniax en remuant le nez comme si l'air allait lui en donner. Et sais-tu d'où venait notre force ?

Liphard n'en avait aucune idée. À vrai dire, il n'avait plus d'idée sur rien. Que cherchait son ami ?

— De la connaissance… Tout est dans l'épée…

— Murgleis est un tuteur ?

— Un tuteur ! Ah Ah Ah, mon bon Caribert, ce que tu peux être niais ! Tu parles de l'épée d'un druide fidèle au Cromlech ! Un tuteur ! Murgleis est une goulite !

— Tu disais que la connaissance…

—… que Murgleis a récupéré lors de son combat avec un tuteur est restée en elle, poursuivit Charoniax.

— Durandal… un farlaff tuteur… avec un gnarnul !

Liphard allait de surprise en surprise. Comment n'avait-il jamais décrypté ces informations alors qu'il avait à disposition les mêmes livres qu'il avait apportés à son ami au poussedru !

— À quoi crois-tu que j'ai passé ces dernières années ? À apprendre!... Le plus possible pour que, le jour de cette rencontre, tout son savoir ne m'explose pas à la figure et que je puisse faire mon marché dans le fatras de formules que Murgleis va me révéler. Contrairement à ce jeune blanc bec, je sais exactement ce que je souhaite me voir raconter. Le tout est d'attendre que l'épée aborde ce sujet.

— Que cherches-tu au juste ?

— Tu n'as toujours pas compris !... À travers Murgleis, je vais atteindre d'autres tuteurs. Des tuteurs plus anciens… Des formules et des sorts plus complets encore que ceux de Durandal… Je vais régner sur les Cromlechs ! Enfin, d'abord, je dois faire de Murgleis mon pair et finir le travail de Volvinus!

Liphard était dubitatif, tous les protagonistes de Roncevaux étaient morts !

Quelle mission restait-il donc à accomplir pour Murgleis ?

— Dissuader toute union hors caste, lui répondit Charoniax. L'échec fut en partie dû aux appuis dont Mugnifican disposait tant chez les druides que chez les gnarnuls. Avec moi, ce sera différent. J'ai déjà éradiqué les soutiens dont pouvaient bénéficier les deux partis. Parvus - une pâle copie de Mugnifican - et Théodora, la seule capable de rivaliser par ses pouvoirs, sont hors-circuit ! récapitula-t-il un sourire aux lèvres.

—Et ce jeune gnarnul avec l'épée d'Alexandre ? chicana Liphard.

— Peuh ! Que veux-tu qu'il fasse ! Cela ne fait guère plus de vingt-quatre heures qu'ils sont pairs. Il manie certes l'épée avec dextérité, mais je doute que Parvus ait le temps de lui inculquer les bases entre deux mutations… Je serais curieux de savoir comment il a fini…

— Au mieux, inévitablement en rat ou en furet… à mettre toujours son nez dans les affaires des autres !

— Une reconversion amplement justifiée, je trouve !

Cette galéjade arracha un sourire à Charoniax. La perspective de ce qu'allait être la vie de cette *plaie anthracite de Corbus* le mettait de fort bonne humeur. Aussi, dans un élan de magnanimité, octroya-t-il un répit à Tristan D'Allebard, réveillé mais toujours groggy.

Il s'employa à s'entretenir avec chaque groupe d'intervention, vérifiant leurs affectations, leurs motivations. L'imminence de l'aboutissement de son projet le rendait nerveux et il n'était pas le seul.

Le jeune D'Allebard, isolé dans une pièce carrée où on l'avait confiné, se sentait tout à fait bien en vérité. Le stratagème de la faiblesse lui avait semblé le plan idéal pour remettre ses idées en place.

La première heure lui avait paru durer une éternité avec l'impression que sa tête pouvait exploser à chaque instant. Il voulait tant retenir toutes ces informations pour les partager avec son père… plus tard. Puis, fait troublant, lorsque l'épée abordait des tranches d'histoire qu'il connaissait, il parvenait aisément à saisir toute la teneur des informations qu'il recevait. Ce murmol fonctionnait comme un ordinateur, sauf qu'au lieu de lire les données sur un écran, elles défilaient dans sa tête ! Inutile donc de tout retenir, mieux valait lancer des moteurs de recherches. Ce qu'il y lit lui hérissa la moelle épinière.

Immédiatement, Murgleis se déconnecta de lui. Il tenta de rétablir le contact, mais chaque fois qu'il se rapprochait, l'épée lui brûlait la chair, il ne pouvait même pas l'effleurer. De toute évidence, Murgleis le considérait incompatible, le mettant dans une fâcheuse posture. Charoniax était tout, sauf abruti, dès qu'il s'apercevrait que l'épée le rejetait, il se débarrasserait de lui comme d'un jouet abîmé. Il fallait trouver une issue au plus vite.

Non loin de là, l'assemblée ripaillait joyeusement. Ils attendaient le signal de Charoniax, ce qui signifiait pour beaucoup la fin de leur médiocrité et une accession facile à la connaissance et au pouvoir.

Charoniax ne tenait plus en place, il estima que le gnarnul avait suffisamment profité des bienfaits de Murgleis. Il fit taire l'assistance.

— Amis, alliés, associés. Maîtres, derves, créatures murmoles, le moment est venu de faire peau neuve, de redonner à notre communauté la place prépondérante qui lui revient et dont on l'a privée pendant des siècles. Je compte sur vous pour être sans pitié.

D'un geste, il invita deux cliquabœufs à amener leur hôte. Les voyant revenir seuls, il fonça dans la pièce qu'il trouva vide. Restait Murgleis bercée dans un hamac-liane.

5

Excalibur ne comprenait rien à ce qui venait de se passer. Elle venait d'être réveillée en sursaut par des gens bizarres, vêtus bizarrement, aux coutumes bizarres. Pour commencer, aucun des hommes ne lui avait adressé la parole et tous n'étaient pas druides. Le comble : ils semblaient avoir une femme à leur tête ! Une femme ! Ça n'est pas pour autant qu'ils étaient bien élevés. Ils avaient mangé en lisant des livres précieux là, sous son nez, sans même ranger quoi que ce soit avant de se retirer dans leurs quartiers. Se reposer ! C'était intolérable ! Merlin ne le permettrait pas ! Et d'abord, où était-il celui-là ? Merlin… Merlin ! Sourd comme un pot évidemment... Oh patepoil, j'ai crié trop fort voilà le pair d'épée qui rapplique. Qu'est-ce que tu as à me fixer comme ça ? Ouste, retire-toi de cette table !

— Alex !

— Argh ! Gaty, ce n'est que toi !

— Une chance, cela aurait pu être ma mère ! Une épée ne te suffit pas ?

— Calme-toi, je ne faisais que l'admirer. Celle d'Alexandre le Grand me convient très bien. Je voulais simplement contempler la légende de près !

— Je ne vois pas pourquoi tu t'excites tant, tu ne pourras en parler à personne ! Et simple curiosité :

une fois rentré, que comptes-tu raconter aux amis, à la famille… au collège ?

— On n'en a pas encore fini avec Charoniax.

— Mais, tu crois vraiment qu'ils vont gober tes salades ? S'ils veulent rencontrer tes « nouveaux amis » … ou si on nous demande pour Parvus, ou si Billy ne veut pas rejoindre son p…

— Arrête Gaty, stop…

Alex saisit son amie par le coude et la força à s'asseoir, puis balaya la pièce d'un geste :

— Si nous nous en sortons, tu crois que cela va être facile pour nous d'oublier tout ça ? Tu nous crois assez fous pour en parler à la rentrée, faire les fiers avec Billy et l'épée ? Redescends sur terre ! Ce monde ne jure que par la science ! Il n'y a pas de place pour la magie !

— Maman ne partage pas cette opinion.

— Ta mère essaie seulement d'être honnête avec elle-même. Les gens ne respectent plus ce qui les entoure, comment veux-tu qu'ils se respectent eux-mêmes ? Tiens, c'est comme si on refusait de se promener avec Irina sous prétexte qu'elle se fringue pas possible ! Je n'ai jamais été embarrassé par Irina, encore moins par ta mère.

— Tu es en train de me dire que mon père…

— Tu mélanges tout, si ça se trouve, il est parti parce que ta mère lui a dit la vérité… On a le droit d'être choqué. Tu l'as bien été toi !

— Qui est-ce qui mélange tout maintenant ? Et d'une, il en avait marre que maman fasse l'idiote et nous a plantées. Et de deux, c'est pour ça que je suis restée ! Je ne suis pas lâche, même si les singeries de ma mère me tapent sur les nerfs, je ne vais pas la renier pour autant !

— Tu dois être aux anges que Charoniax l'ait neutralisée ! D'ailleurs, que fais-tu encore avec nous ? Tu devrais aller te jeter dans ses bras et le remercier !

— Ça n'est pas ce que je voulais dire Alex... je...

Trop tard, Barst-Rathen avait déjà quitté la pièce, passablement offusqué.

— Continue comme ça et à la rentrée, il te faudra vraiment de nouveaux amis !

Tournant sa tête dans tous les sens pour identifier la personne qui venait de parler, Agathine ne vit qu'une ombre.

— Odda ? Qu'est-ce que tu fais là, et Gink ?

— Il attend de l'autre côté, il est un peu gros pour passer sous la porte.

— Il attend? Mais, il attend quoi ?

— Que tu le fasses rentrer...

— Comment veux-tu que je le fasse rentrer ?

— Aucune idée, cela relève déjà du miracle que nous soyons parvenus jusqu'à Avalon.

Lentement, il déploya sa roue qui tenait plus à présent d'un éventail édenté.

— C'est affreux, comment t'es-tu fait cela ?

— Si tu exécutais mes consignes plus vite, je n'aurais pas besoin d'autant de plumes ! lui reprocha-t-il.

— Désolée Odda… Cela va repousser, n'est-ce pas ?

— Malheureusement non, ce ne sont pas des cheveux, ce sont des connaissances… du savoir… Il faut que tu me les retrouves.

Agathine, qui marchait de long en large pour évacuer sa nervosité, se figea :

— Moi ! Mais je… tu ne peux pas le faire tout seul ?

— Je suis murmol Agathine, pas druide !

— Chut ! On pourrait t'entendre !

—Justement, peut-être qu'une de ces charmantes personnes pourrait...

— Bon… Bon, qu'est-ce que je dois faire ?

— Je ne sais plus…

— Comment cela ?

— Tu me chauffes sérieusement les plumes qui me restent! La formule de croissance est dans une des plumes que j'ai perdues ! Tu vas passer la nuit à me poser des questions stupides ou tu m'emmènes à la bibliothèque ?

— D'accord, mais ne fais pas de bruit…

Odda marcha dans le sillage de la jeune They, se substituant à son ombre.

Leur étrange procession se mit en route en longeant les parois du couloir dans le plus grand silence.

— Et maintenant ?

— Maintenant, tu cherches.

— Ça je sais, mais quoi et où ?

— Tu procèdes par thème, nom d'un paon chauve !

— Il faut dire que si la jeune demoiselle ne redoutait pas autant ce qu'elle est, elle aurait compris que les thèmes sont représentés sur les colonnes : l'armure pour l'histoire, le chaudron pour les potions, breuvages et autres.

— Qu'est-ce que vous faites là, Keaogh ? Vous ne devriez pas économiser votre breuvage *interpresse* pour demain ?

— Je préfère encore perdre mes 100 phrases en excellent français et revenir à ma potion très approximative que de laisser un murmol dans le besoin…

— Odda, paon du savoir et de la connaissance, murmol de boite et tuteur, se présenta l'intéressé en illustrant ses besoins d'une roue piteuse. Je vous suis reconnaissant de l'aide que vous voulez bien m'apporter au prix de ce petit sacrifice. Prends-en de la graine, demoiselle…

Le druide économisa une phrase d'un hochement de tête.

L'équipe se mit à l'œuvre dans un ballet de gestes silencieux. L'Anglais indiquait ce qu'il pensait des potions ou incantations trouvées par des moues dubitatives ou des croix. Odda se chargeait des commentaires.

— Non, avec cette formule je ne vais récupérer que mon savoir, il me faut les plumes…

Plus tard :

— Ça ne va pas la tête ! Je suis un paon pas un coq ! Vous avez envie que je fasse cocorico toute la journée !

Enfin, un livre sortit du lot :

— Celui là ! *Perpétuité des tuteurs.* C'est ça, c'est moi !

Tous trois se penchèrent sur l'ouvrage et Keaogh fit mine de s'éventer.

— Je conçois qu'elle soit un peu complexe, mais c'est celle qui me convient. En piste.

— En piste ? Où ?

Le druide leva le doigt et entraîna les autres dans une pièce… vide.

— Ah ah ! Très drôle ! Encore plus risible que votre coiffure !

Keaogh haussa les épaules et plaça le grimoire contre une paroi décorée d'un pupitre puis lâcha le tout.

Au lieu de tomber à terre, il fut immédiatement soutenu par un écrin.

Un par un, une table, des fioles, des ingrédients, une cheminée chatoyante, un chaudron, s'échappèrent du mur, on aurait dit une armée sortant d'un hélicoptère.

Odda colla son ombre face au livre :

— Au travail jeune fille !

— Comment ça au travail ! Il ne peut pas le faire lui !

— Nous ne sommes pas pair ! Tu dois préparer cette formule pour moi.

— Vous me faites marcher… Je suis sûre que Ryd peut le faire.

— Vous seriez moins tête de mule, je le ferais volontiers, d'autant que la formule n'est que légèrement complexe, mais je trouve inconcevable que l'on puisse refuser un cadeau sans l'avoir ouvert… Je viens d'utiliser 3 phrases, je vous préviens que si je dois en perdre une autre ce sera pour réveiller votre mère.

— Je préférais le Français de votre potion, vous étiez plus amusant !

— Jeune They, vous attendez la résurrection de Merlin ! J'ai froid, je veux mes plumes ! Et pour commencer prenez m'en une.

Un ocelle bleuté sortit du mur.

— Un conseil, tire d'un coup sec, je suis terriblement sensible.

Comme Agathine faisait la grimace, Keaogh lui plaça la plume entre les mains et l'invita à tirer dessus.

— Aïe ! Vite, dans le chaudron !

La fabrication de la concoction se poursuivit avec fluidité. Odda annonçait l'ingrédient, Keaogh allait le chercher puis le tendait à Agathine. Il y eut des choses gluantes à incorporer comme de la bave de limaçon ou des boyaux.

Des éléments peu ragoûtants que l'adolescente touchait du bout des doigts sous l'œil malicieux du jeune professeur. Vint le moment d'incorporer quelques spirales et autres brassages aériens dans une gestuelle très pointue semblable à une danse indienne : les pouces tournés comme ceci, les index comme cela, les paumes à l'extérieur ou à l'intérieur selon un rythme qui pouvait passer d'un cercle très lent à très rapide. Pas étonnant que Parvus l'ait empêchée de faire des volutes dans la voiture ! Ce qui la conforta dans l'idée de la dangerosité d'être druide (et pas uniquement avec Charoniax dans les parages).

Elle se plut à penser qu'elle s'acquittait honorablement de l'incantation finale (plus un borborygme qu'un mot) car le contenu du chaudron devint aussi bleu que le plumage d'Odda. Une tornade de couleur identique s'engouffra dans la cheminée pour réapparaître quelques minutes plus tard chargée des précieuses plumes qui se fichèrent prestement dans le mur. Le paon s'y pavana sans retenue admirant son plumage et ses connaissances retrouvés.

— Parfait, je vais rejoindre Gink qui doit s'inquiéter. Je vous laisse ranger ! Merci à tous les deux.

Keaogh renvoya la politesse d'une inclinaison de buste. Agathine They posa les mains sur ses hanches en grognant, mais le garçon de Stonehenge s'affairait déjà.

Au bout de la dixième fiole, la jeune fille capitula, d'autant qu'on en arrivait à la partie des ingrédients peu reluisants qu'elle n'avait nulle envie de manipuler à nouveau.

— Ok Ryd, vous avez gagné ! La formule pour ranger ?

Il la lui écrivit sur un papier.

— Je dois dire ça en poussant le pupitre, comme un tiroir dans le mur ?

Hochement de tête.

— C'est encore pire que la précédente. Imprononçable !

Dodelinement de la tête, l'air de dire : si vous vous en donnez la peine, je suis convaincu du contraire.

— Vous ne doutez vraiment de rien vous. N'allez pas vous plaindre si cette salle se transforme en écurie !

— *Spungabera*…

Nouvel hochement de tête de Keaogh, l'air satisfait.

Une fois la salle redevenue vide, la jeune fille prit congé.

— Vous avez apprécié ce cours ? Tant mieux ! Vous n'aurez pas l'occasion d'en donner d'autres ! Je ne mettrai jamais les pieds dans votre université.

Enfoncez-vous bien dans le crâne qu'une fois ceci terminé, je retrouverai une vie normale avec une mère normale et économisez votre salive pour me sortir la tirade habituelle sur Charoniax, j'y ai déjà eu droit !

6

– Les revoilà ! Qu'est-ce qu'ils sont bruyants ! Toujours en train de pinailler. Et aucun tact : m'annoncer comme ça que Merlin est mort depuis des lustres. Je fais quoi maintenant ? Qui va être mon nouvel Arthur ? Pas cet olibrius avec ce drôle de coquillage collé aux oreilles, j'espère. Certainement une nouvelle trouvaille des druides. C'est ça, fais le malin !

– Oh non maman, tout va bien. Hier ? Ah oui, la reconstitution ! Papa s'inquiète pour rien, une vraie mère poule. Aujourd'hui ? Je ne sais pas, nous avons des recherches à faire à la bibliothèque. Je t'aime aussi maman, dis bonjour aux petits monstres.

– Et en plus il a des monstres chez lui ! Ah ils rangent enfin ma table ! Pas trop tôt !

– Irina, tu ne voudrais pas aller voir ce que fait ma fille ? Elle ne se lève jamais si tard d'habitude. D'autant qu'on a du pain sur la planche, c'est inadmissible !

– Vous savez, tenta de justifier Chirivel, votre disparition l'a beaucoup affectée. Elle n'est peut-être pas faite pour ce monde, conclut-il en lançant un quignon de pain en hauteur que la vouivre se précipita de happer.

Théodora They reçut cette onde de plein fouet mais n'en laissa rien paraître.

— Va voir tout de même, s'il te plait.

Le conseil houleux du petit déjeuner l'avait épuisée, elle préférait ignorer cette pique, n'ayant nulle envie d'affronter la façon dont sa fille était perçue. Mais comment Parvus s'y prenait-il pour fédérer ces individualités !

Elle n'aurait jamais cru que la trouvaille de Peyotl dégotée dans le manuel *Opercula 1007,* aurait suscité une telle réaction chez Blochet.

Sans l'intervention du père de Tristan, il fallait reconnaître qu'ils seraient encore en train d'écouter ses sermons.

—Une hérésie suicidaire, avait-elle immédiatement opposé. Cet instrument est interdit depuis… tellement longtemps qu'on ne sait même plus pourquoi… et vous voudriez l'utiliser !

La violence de l'intervention en avait fait vibrer la fine paroi du dôme.

—En cherchant les renseignements sur Roncevaux, je suis tombé sur *la grande histoire du magos*. Si cela peut vous rassurer Blochet, les *mémos* ont simplement été interdits par le Cromlech en 1010 suite à leur utilisation abusive.

— Tu aimerais ce genre de lecture Irina, chaque page est un tableau vivant que des hologrammes illustrent pour toi en sortant littéralement du livre. Ils se déploient sur la table ! J'ai vu de ces batailles !

— Nous sommes en pleine révolution ! Je dirai même plus : avec cinq mémos, nous frôlons l'insurrection ! avait badiné Peccorino…

Peyotl avait alors tenté une approche plus rationnelle :

— Ecoute Blochet, quelle résistance veux-tu opposer à Charoniax avec un seul druide parmi nous !

— Nous allons fabriquer des goulites, non ?

— Certes. Mais contre Murgleis, je crains que cela ne soit pas efficace. L'épée pourrait bien être capable d'absorber leur énergie magique et se renforcer par la même occasion. Je préfèrerais éviter !

—Théodora, vous êtes encore plus déraisonnable que Parvus. Mettre ce genre de force entre les mains de gnarnuls !

— Si je puis me permettre, d'après ce que raconte le livre, on ne peut pas faire pire que les druides ! dit Gaberick

— Nous perdons un temps précieux en palabres. Tu voudrais tout faire dans les règles, mais Charoniax n'en respecte aucune. Nous ne pouvons attendre que le Cromlech donne son assentiment quant à l'intégration de gnarnuls dans l'utilisation de la magie... ce qui, j'en suis certaine, serait refusé de toute façon.

—Je vous assure que le mémo a été interdit uniquement parce que les druides en avaient abusé, qui plus est, à mauvais escient, reprit Gaberick. Et malgré l'absence d'Agathine, il serait judicieux que je retrace dans ses grandes lignes l'histoire du magos telle qu'elle me l'a été racontée pour nous rendre compte de la responsabilité que nous aurons entre nos mains… Comprendre pourquoi de nos jours, les druides ne savent plus voler, pourquoi les sorts comme les potions n'ont plus la même intensité qu'autrefois et pourquoi ils ne parviennent pas à reproduire ceux de leurs ancêtres.

Les règles du magos ont toujours été issues de druides, époux de druides, défunts de druides. On ne se mélangeait pas, on ne communiquait pas avec l'extérieur, on ne s'ingérait pas dans la vie des gnarnuls, fussent-ils en train de se faire massacrer dans le village voisin !

— Nous avons des exceptions notamment le vieux Noël, le Génie d'Aladin et enfin l'enchanteur Merlin auprès d'Arthur.

— Ouais, si on le tenait celui-là, j'aurais deux mots à lui dire !

— Justement, j'y arrive Blochet. Patience !

Le magos ne cessait d'être en avance sur les gnarnuls. La maîtrise des plantes et des matériaux les mettait à l'abri des épidémies, des caprices du temps. Leurs territoires étaient fertiles car exempts de toutes invasions puisque indécelables par l'extérieur… L'ennui s'immisça insidieusement. Les nouvelles générations se désintéressèrent de leur don et du travail nécessaire pour le pratiquer, les jeunes druides devinrent paresseux et oisifs, préférant concentrer tout leur savoir dans un mémo. Après s'être querellés entre eux pour des broutilles, ils trouvèrent plus lucratif d'attaquer les villages gnarnuls environnants. Les paysans avaient à craindre autant de leur seigneur que des dragons, des elfes, des ogres… Ce n'était pas des contes de fées… Une poignée de druides se révolta contre ces forfaitures et Merlin constatant…

— Ça m'étonnerait que Merlin ait constaté quoi que ce soit!

— Parfaitement, Blochet ! Cessez de m'interrompre tout le temps ! Si vous voulez vous expliquer avec lui, il vous attend page 379 ! Bref !

Merlin... constatant la dépravation de ses compagnons, s'inquiéta, non seulement de ce que les générations à venir pourraient faire de toutes ses potions et incantations, mais également de ce que le manque de pratique et le défaut de transmission écrite précipitaient petit à petit aux oubliettes les connaissances des gestuelles et potions les plus courantes.

— Merlin vous explique ses potions et c'est maintenant que vous le dites ! Une information aussi capitale !

— Cessez de me couper à tout bout de champ ! Je n'ai jamais rien dit de tel, Théodora ! Si vous voulez vous défouler, vous connaissez le numéro de la page !

— Excusez-moi, Gaberick, j'avais oublié qu'un livre d'histoire ne relate que les évènements. Je... Je vous en prie, poursuivez.

— Trop aimable, avait renchéri D'Allebard. Comprenez que Merlin a sciemment prémédité de ne léguer qu'une partie de ses travaux. Imaginez qu'un ponce-pirate dérangé compacte dans un mémo la lévitation, la potion de servage et d'autres sorts pouvant porter atteinte non seulement à la volonté des druides mais également des gnarnuls... En ce temps, potions et gestuelles étaient puissantes !

Les mémos encore légions et les connaissances vivaces. Prudent, il créa une sorte de table ronde secrète...

composée de druides et d'érudits dévoués à la rédaction d'une encyclopédie du magos.

Peyotl en avait écarquillé les yeux :

— Avalon est un centre littéraire !

—Et de recherche ! avait ajouté Peccorino. N'oubliez pas le labo.

— C'est donc pour cela que nous avons autant de salles différentes et une bibliothèque aussi fournie ! Mais pourquoi Avalon est-il désert alors…

— Je l'ignore Alex.

Merlin quitta ce monde confiant parce que ses combinaisons perdureraient soit par l'Avalon, soit par la volonté des druides à retrouver leur magnificence disparue. Il avait escompté que sous peu, le Cromlech prendrait des mesures pour récupérer son patrimoine et sortirait le magos de sa dépendance aux mémos… Ce en quoi il se trompait : ce n'est qu'en 1010 que ceux-ci réagirent et interdirent les mémos. En fait ils ne les ont pas interdits, mais contaminés. Par sécurité, tous les livres ayant de près ou de loin trait à la création de mémos furent détruits.

— Donc, si Opercula 1007 a pu arriver jusqu'à nous, c'est qu'Avalon était encore opérationnel. Dans ce cas, pourquoi ne sont-ils pas venus au secours des Cromlechs ?

D'Allebard haussa les épaules en signe d'impuissance.

— Il est évident que si ces derniers avaient eu la moindre idée de l'existence d'Avalon, ils n'auraient pas pris les mesures qui suivirent pour tenter de retrouver les formulations perdues, notamment celle de la lévitation.

— Et ils ne savent toujours pas voler !

— Parce que les Cromlechs se sont trompés de cible, Fred !

Le principal souci des Cromlechs n'était pas le magos faiblissant, mais une partie de leurs druides qui se contentait depuis plus d'un siècle de quelques formules puis, mémos en poche, se divertissaient en pratiquant leur art parmi les gnarnuls qui s'effrayaient pour un rien, tandis qu'une autre passait son temps à contrer leurs exactions. Ce sont ces guérillas incessantes qui dépouillèrent le magos. La suppression des mémos n'allait pas calmer l'ardeur belliqueuse des druides… Les quelques héritages ancestraux qui leur restaient leur suffirent amplement pour poursuivre leurs méfaits. En 1598, les Cromlechs se résignèrent à adopter des mesures draconiennes pour endiguer l'hémorragie du magos. Lors d'une réunion extraordinaire à Nantes, ils ratifièrent un édit proscrivant à tout druide la mixité avec les gnarnuls sous peine de se voir retirer la pratique ***et*** *l'accès au magos, pour lui et sa descendance, fut-elle druide…*

L'histoire du magos s'arrête là.

En conséquence, lorsque Blochet aura réglé ses comptes avec Merlin, elle pourra se consacrer toute entière et sans crainte à la fabrication des mémos. Utilisons-les à meilleur escient, cette fois-ci.

— Pendant que je sélectionne les branches, notre ami anglais devrait étudier ce que l'on peut incorporer dans le mémo, avait suggéré Peyotl, entraîné à l'extérieur par le hibou.

Un débat animé entrecoupé de gestes et de griffonnages de Keaogh (toujours soucieux de ménager ses 96 phrases restantes) s'était ensuivi.

La distribution avait pris 20 minutes. Au final, gnarnuls et derves disposeraient d'une paire de sorts différents chacun et pour certains, la possibilité de parler murmol, luptuc ou farlaff. Le mémo de Théodora regroupant le contenu de tous les autres.

La salle s'était vidée en un clin d'œil donnant à Théodora l'impression d'une désertion massive. Elle s'affala dans le large siège en bout de table, assaillie de questions sans réponse.

Pourquoi Avalon s'est-il arrêté en 1598 alors qu'il existe à Kernach des tonnes de livres postérieurs à cette date ? D'où sort ce hibou si secourable ? Comment les portes d'Avalon se sont-elles ouvertes ? Si Avalon est une création de Merlin, où sont les clefs pour reconstituer son magos? Pourquoi Merlin n'a-t-il laissé filtrer qu'une partie des informations le concernant ?

– Parvus, pourquoi n'es-tu pas avec nous ? Tout est si compliqué sans toi !

Elle contempla ses mains et créa une volute qui battrait la mesure d'une valse à quatre temps, puis s'effondra sur la table en sanglots.

7

Avalon semblait avoir des pièces à l'infini, offrant le luxe d'avoir des chambres individuelles pour l'instant concentrées au fond du premier couloir qu'ils avaient fini d'explorer. Irina eut loisir de constater que l'on ne chômait pas.

Blochet, toujours bougonne, avait pris d'assaut le labo qui prenait des allures étranges de cuisine de grand restaurant. Pas moins de trois chaudrons étaient sortis, les plans de travail fourmillaient de bocaux ouverts, d'ustensiles éparpillés. Des tiges en bois flottaient au-dessus des récipients bouillonnants : on fabriquait les *mémos*. En observant Blochet s'activer à y enrouler les ensorcellements, Irina fut prise d'un frisson : peu importe le nom qu'on lui donnait, mémo ou clé USB (une idée des garçons), elle préférait baguette magique !

Perdue dans ses pensées, elle ne vit pas son amie sortir de sa chambre et ne put éviter la collision.

– Tu pourrais ne pas rêver en marchant, Irina !

– Parle pour toi, tu as vu l'heure ! Ta mère est furax et veut te parler ! Elle t'attend dans la salle. Au fait, tu sais qu'on va avoir des baguettes magiques !

J'ai demandé à Blochet si on pouvait choisir la couleur !

A l'idée qu'elle allait bientôt tenir en mains cet instrument, la poupée de porcelaine s'était muée en haricot sauteur. Son amie eut à peine le temps de réagir qu'elle s'en était déjà retournée au laboratoire.

— Qu'est-ce que c'est que cette histoire de baguette magique ! Bah ! J'aurais tout le temps de m'en préoccuper après la prise de tête avec ma mère. Fichtre, c'est vrai qu'il est tard, constata-t-elle en regardant sa montre. Si les deux pipelettes emboîtées ne m'avaient pas tenu la jambe toute la nuit…

En lui restituant ses précieuses plumes, elle pensait s'être débarrassée du paon. Mais celui-ci avait profité de ses connaissances retrouvées pour faire entrer sa moitié…

Tristan ! Les deux compères l'avaient aperçu terré au creux d'un arbre. Ils n'auraient su dire s'il s'était échappé ou s'il avait été abandonné. Il fallait aller le chercher. Elle rebroussa chemin.

— Odda, souffla-t-elle en refermant la porte de sa chambre.

— À votre service.

— Keaogh est au labo, il faut que tu lui demandes de venir me voir.

— Eh, je suis tuteur… pas messager !

— Cesse tes enfantillages, comment veux-tu que je lance le groupe à la recherche de Tristan sans leur révéler votre existence ?

— Bien sûr, et tes petits secrets vont encore me coûter une plume !

— On a autre chose à faire que de fabriquer des formules la nuit, figure-toi ! Il va te la ramener ta pl…

Elle ignora si le paon avait entendu la fin de sa phrase car il avait déjà disparu dans un *plop* de bande dessinée.

— Tu devrais ménager sa sensibilité, il s'inquiète beaucoup pour toi, tu sais.

— Il a une curieuse façon de le montrer… Il râle tout le temps !... Irina m'a parlé de baguette magique… Vous n'auriez pas laissé traîner vos plumes ou feuilles fouineuses du côté de la salle ce matin ?

— Ça se pourrait… À ma connaissance, ils n'ont pas mentionné de baguette mais il était beaucoup question de mémos et si, comme je le pense, il s'agit de la même chose, nous allons avoir un problème.

Agathine soupira comme si elle venait de monter un escalier quatre à quatre.

— Quoi encore !

Le ginkgo fit battre ses feuilles. Un bruissement discret fit place à un bourdonnement puis à des mots hachés. Enfin la jeune fille entendit la conversation comme si elle y avait assisté.

Le désarroi de sa mère la rendit silencieuse un instant puis :

— Et alors le problème ?

— Le problème, mademoiselle They, c'est que vous faites partie du magos et que, contrairement au mémo de vos camarades, ça n'est pas à moi d'inscrire les formules et sortilèges mais à vous, ce qui veut dire : uno, que vous me coûtez encore une phrase et deusio, nous allons devoir une fois de plus travailler en cachette.

Keaogh venait de faire irruption dans la chambre… il avait l'air d'un automobiliste à qui on venait de faire une queue de poisson, il était très en colère.

Odda choisit ce moment pour réapparaître. Il se pavanait de gauche à droite, visiblement soucieux qu'on le remarque.

— Et je n'y ai pas laissé une seule plume !...

Une branche interrompit son défilé et le replaça prestement sous le tronc de la boite.

— Odda, ce n'est pas le moment… on a plus une, mais deux complications. Blochet est aux mémos et elle attaquera bientôt celui d'Agathine… Voyons, on pourrait entraîner la petite ? Donnez-nous juste sa liste des gestuelles et formulations et rendez-vous au labo pour configurer le tout… De notre côté, nous avons une devinette pour vous… On a aperçu Tristan D'Allebard au creux d'un arbre hier soir. Comment mettre qui de droit au courant sans que cela ne coûte l'anonymat de cette jouvencelle !

Le paon venait de se trémousser donnant à penser qu'il avait une proposition de solution.

— Madame They, elle arrive !

— Vite Ryd, mâchez cette feuille, et emportez-nous avec vous !

— Agathine, prends celle-ci, et frotte-toi avec !

Elle s'exécuta sans chercher à comprendre. Pendant que Ryd se liquéfiait sous ses yeux, elle sentit des démangeaisons la picoter dans tout le corps et surtout sa peau prenait une teinte grisâtre. Elle s'étendit sur le lit, prête à affronter l'ouragan qui se rapprochait. On l'entendait très distinctement vociférer du bout du couloir :

— Agathine They, j'espère au moins que tu as une raison valable pour ne pas avoir assisté au conseil de ce matin ! Allez vite, sors de ce lit, paress…

— Hi ! Han !

La fille comme la mère n'en revenaient pas… Un âne… enfin, pas dans sa totalité.

De l'animal, la jeune fille avait pris la voix et les longues oreilles grises. Si elle avait conservé sa chevelure, celle-ci s'était calquée sur la couleur du quadrupède. Même si ses bras s'étaient enrichis d'un pelage gris, elle avait conservé ses mains dans sa forme intégrale. Pour le reste, tout semblait normal.

— Une queue, tu as une queue qui pousse ! Comment t'es-tu fait cela ? Tu as touché quelque chose qu'il ne fallait pas ?

La mère marchait de long en large, se butait dans les poufs, revenait voir sa fille, repartait arpenter et heurter le mobilier de la chambre. Ne constatant pas d'autre mutation, elle en déduisit que le sortilège n'était que passager.

— Nom d'une andouille verte ! Ça tombe vraiment mal, impossible de faire ton mémo pour l'instant. Si seulement je savais de quel enchantement tu souffres. Je suis désolée de m'être emportée tout à l'heure ! Pourquoi n'en as-tu pas parlé à Irina ?

Un haussement d'épaule accompagné d'un *hi-han* lui répondit qu'elle l'ignorait. Une porte s'ouvrit violemment, et Gaberick D'Allebard tout excité déboula en trombe.

— Théodora je… Qu'est-ce que… Agathine !

Sa mère fit une mimique et balaya la question d'un geste.

— Que vous arrive-t-il Gaberick ?

— Qudule, Qudule vient de trouver Tristan !

— Calmez-vous, qui est Qudule ?

— Le hibou ! Vite ! Nous devons ramener mon fils ici !

— Avez-vous songé qu'il s'agissait peut-être d'un piège ?

Le père de Tristan était désemparé, il n'avait pas envisagé cet aspect.

— Je… non, bien sûr ! Mais le hibou… le hibou nous guide ! Vous disiez qu'il était synonyme de droiture. Il ne peut mentir !

Prise entre deux feux, Théodora They ne savait à qui accorder la priorité. De sa main, elle cajola sa fille sur le front, juste entre ses deux longues oreilles qui pivotaient sans cesse en signe d'inquiétude.

— Tout va bien, ma chérie. Ce sort n'est que passager sinon tu serais déjà totalement âne. Je trouverai une solution pour abréger ton infortune.

Repose-toi en attendant… Venez Gaberick, nous avons une expédition à monter.

Restée seule, l'âne Agathine poussa un *Hiii* de soulagement. La méfiance de sa mère ! Elle avait bien failli tout faire rater ! Elle n'était pas la seule. Elle-même avait réalisé juste à temps que si le père de Tristan avait pu comprendre Qudule, c'est qu'il avait hérité du luptuc dans son mémo. Ça n'était pas le moment de mériter ses oreilles et faire des commentaires désobligeants en âne ! Ce qu'elle ne comprenait pas, c'est comment Gink et Odda s'y étaient pris pour contacter Qudule. Et Ryd, où était-il passé ?

8

Théodora They avait l'impression d'évoluer dans un labyrinthe sans en trouver l'issue. Elle ne savait si elle supporterait un deuxième conseil tumultueux.

— Le hibou…

— Qudule, c'est son nom…

— Vous vous êtes déjà servi du mémo, récrimina Blochet ! Ça c'est trop fort !

— Il hululait à tue-tête ! Je me suis dit que cela devait être important !

Les anicroches incessantes de Blochet avec tout le monde épuisaient Théodora. Elle comprit que si elle voulait une réunion moins mouvementée que la précédente, il lui fallait trancher dans le vif.

— Et vous avez bien fait ! D'après les indications de Qudule, Tristan se trouve terré au creux d'un arbre connu sous le nom de Tortequesne. Nous modifions nos plans et partons à sa recherche immédiatement.

Cette fois, la protestation fut générale.

— Nous n'avons pas le choix. Tristan en liberté ne peut signifier que deux choses. Soit Charoniax a déjà pris possession de l'épée et s'est débarrassé de

Tristan, devenu inutile pour lui. Dans ce cas, nous devons le contrecarrer rapidement avant qu'il devienne quasi intouchable. Soit - c'est, je pense, ce que nous préfèrerions tous - Tristan s'est échappé. Ce qui revient au même, puisque nous pouvons passer à l'offensive et profiter de cette faille dans son plan.

— Elle a raison, mieux vaut savoir au plus vite à quoi s'en tenir. Nous pourrions passer encore quinze jours à Avalon, nous ne nous sentirions pas plus prêts pour autant. Maîtriser le magos demande du temps que nous n'avons pas.

— Mille mercis, Peccorino. Me voici bien plus rassurée maintenant, grimaça Irina…

La douche froide de l'Italien donna l'occasion à Théodora de placer ses instructions.

— Bien. Peyotl et Irina, occupez-vous des goulites. Blochet et Alex, remplissez un chaudron de tout ce que vous jugerez pertinent pour soigner des blessures. Fred, Peccorino, à vous la baudruche de vivres. N'oubliez pas les armures. Fred nous fera un petit lutinus sur tout cela avant de partir. Au fait, Ryd, où en est le mémo de ma fille ?

— Pas tout à fait prêt, mima-t-il d'un balancement de poignet.

— Tant mieux, Agathine n'est pas tout à fait prête non plus. Gaberick, avant que votre luptuc ne s'estompe, venez voir… vous aussi Ryd.

L'absence de sa fille était totalement passée inaperçue et c'est tant mieux, pensa sa mère. Elle, si soucieuse des apparences, aurait certainement eu honte de se présenter dans cet état devant ses camarades de classe.

Dans la chambre, Agathine s'impatientait de son état d'âne. Ses oreilles frémissaient dans tous les sens, au moindre bruit comme s'il constituait un antidote.

Ryd eut le tact de ne pas s'esclaffer en la voyant, mais il aurait pu sans qu'elle lui en tienne rigueur, tant la jeune fille était soulagée de le revoir.

— Vous pouvez lui demander comment elle est devenue…

— Han ! Hi… Hi… Han !

— Elle n'en sait rien, elle n'a rien fait de mal. *Hiiii*. Elle était dans le labo… *Haaan* ! Non la bibliothèque et elle cherchait un livre sur les… potions… *han han*… non les notions… Je suis désolé, Théodora, le mémo ne fait plus effet.

Fascinés par le spectacle pour le moins cocasse d'Agathine en âne, personne ne remarqua les jeux d'ombres sur le mur, sauf Ryd.

L'interprétation de l'« âne-gathine » laissait à désirer, mais elle ne s'en sortait pas trop mal pour quelqu'un qui n'avait jamais pratiqué la traduction ombragée. Les deux compères s'adressaient directement à lui à présent. Il transposa aisément la saynète et comprit ce qu'ils attendaient de lui. Il fit signe à Théodora et Gaberick de patienter et s'enfuit à grandes enjambées dans le couloir. Il réapparut chargé d'un livre qu'il présenta à l'aînée des They.

— *Miroirs… Miroirs…* Est-ce le livre que tu as lu chérie ?

— Hi hi hi…

— Qu'est-ce que c'est ?

— Un livre de réflexion. Pas cérébral, mais moral. Vous plongez, ne serait-ce que le bout du nez dedans et il illustrera dans la chair votre reflet du moment.

Une image qu'il concocte par rapport à vos plus récentes actions.

— Miroir, miroir, dis-moi qui est…

— Oui, tous les gnarnuls connaissent cette pimbêche tricheuse… Toi ma fille, tu sembles, pour je ne sais quelle raison, têtue comme une bourrique. Si ton portrait ne nous posait pas un si grave problème, j'en rirais presque.

— Hi han… Hi han…

— Je n'en disconviens pas : cela doit être désagréable. Franchement : c'est le cadet de mes soucis, ton idiotie nous retarde ! Que faire de toi en attendant ? Tu ne peux configurer ton mémo et il est hors de question de te former sur place!

— Si vous le permettez maître Théodora, étant donné que le mémo ne nécessite plus que sa configuration finale et la jeune fille qu'une séance de rattrapage, nous pourrions rester ici le temps que l'« effet âne » se résorbe et vous rejoindrons en empruntant Yazd.

— Vous êtes notre seul druide…

Ryd agita ses mains.

— … et nous sommes huit… avec des mémos… je suis d'accord…

Théodora hésitait encore, Gaberick apporta le coup de grâce.

— Nous avons aussi Bilichilde…

Pas tout à fait convaincue, la druidesse réfléchissait.

— Il est vrai qu'elle est active, elle s'adaptera au moindre danger… Soit, je vous laisse avec cette tête de pioche. Ne tarde pas trop à te mettre du plomb dans la cervelle Agathine ! Venez Gaberick, plus vite nous aurons interrogé votre fils, plus vite nous serons fixés sur Charoniax.

9

Laissés seuls, Agathine et Ryd étaient restés un instant aux aguets.

Une voix grinçante leur donna le feu vert en claironnant:

— Ils sont partis! Vite Ryd donnez cette feuille à Agathine… Ryd !

Comme sorti d'un long sommeil, l'Anglais sursauta, s'empara de la feuille que l'âne mâcha goulûment.

— Hi… han… hi… han… fin… c'est pas drôle Gink ! J'étais ridicule !

— Pas plus ridicule en âne qu'en druide clandestin, ma petite. En piste, Odda nous attend au labo.

Au sortir de la chambre, plus pour se rassurer que s'admirer, Agathine se laissa tenter par le reflet d'un miroir.

- Mes oreilles Gink ! J'ai toujours mes oreilles d'âne !

Le jeune professeur, la boite sous le bras, pouffa franchement et Gink porta l'estocade finale :

— Certainement qu'il reste encore une partie bornée en toi...

— Ça vous amuse tous les deux ! chevrota-t-elle les larmes aux yeux.

— Allons jeunette, elles finiront par disparaître. Au moins, nous aurons la certitude que tu garderas les oreilles grandes ouvertes pour la leçon qui suit !

Dans le labo, une ombre s'impatientait.

— Pas trop tôt Gink ! Pourquoi a-t-elle encore ses oreilles ? Ne reconnaîtrais-tu plus tes propres feuilles ?

— Non, c'est la petite qui est dure de la feuille.

— Vous pourriez oublier mes oreilles ! piaffa-t-elle en tapant du pied.

— *Spaticum.*

Bzz... zzz... Ploc... Ploc. Des plocs provenant d'un chaudron se distillaient à un rythme régulier. Le trio se rapprocha de l'Anglais déjà à l'œuvre. La tige en bois réapparut un instant, puis *ploc... plic...* replongea dans la mixture.

— Viens par ici Agathine, chuchota le paon.

— Qu'est-ce qu'il fait ?

— Il efface toutes les formules inscrites dans ton mémo. Tous les mémos ont transité d'abord dans ce chaudron pour y recevoir sorts, contre sorts ou antidotes déposés par Ryd et Blochet. Tu vois les minces filets qui se déroulent ? Ce sont eux. Les autres mémos ont ensuite été immergés dans ce second chaudron où chaque personne s'est approprié les formules. Ils ont eu de drôles d'idées ! Ils ne pouvaient pas faire comme tout le monde ! Même madame ta mère y est allée de sa création ! Elle, une druidesse !

— Vous continuez de la vénérer comme si de rien n'était, elle est gnarnule maintenant !

— Suffit, s'emporta Gink ! Maître They a toujours la connaissance ! Elle reste une grande dame du magos ! Respecte-la !

Agathine déglutit et tenta de revenir vers un sujet moins fâcheux. Elle chercha refuge auprès d'Odda :

— Pourquoi je ne peux pas faire comme les autres, que Ryd fabrique mes sorts, et moi je leur donne juste les noms qui me plaisent ?

— Parce qu'un druide ne peut configurer un mémo pour un autre druide, tu dois tout faire de A à Z.

— Imagine ce qu'a pu ressentir ta mère. Voir un intermédiaire configurer son mémo…

Jugeant plus prudent de la tenir à l'écart de Gink, encore oscillant de mécontentement, le paon entraîna la jeune fille dans une autre pièce.

— Viens, il faut que tu travailles ta gestuelle et les formulations.

Vingt minutes après, le groupe en était toujours au même point, quelques prises de bec en plus. Agathine, toujours flanquée de ses oreilles protubérantes, était en sueur.

La coiffure de Keaogh, qui ne ressemblait déjà pas à grand-chose, ne ressemblait plus à rien à force de se passer la main dedans. Au pied du ginkgo, un amas de feuilles et de plumes de paon s'amoncelait, encore grossi par quelques plumes supplémentaires abandonnées dans un énième trépignement d'Odda.

— Non, non et non Agathine, tu n'es pas en train de mouliner du beurre fondu, tu dois tourner ton poignet comme si tu remuais du mortier… avec force !

— Je voudrais vous y voir ! Tout à l'heure, j'avais trop de puissance et j'ai fait un trou dans le mur au lieu de faire une porte et maintenant il faut y aller franco ! Comment voulez-vous que je m'y retrouve !

Gink, qui n'avait pas décoléré depuis tout à l'heure, explosa :

— Ce n'est tout de même pas si difficile que ça à concevoir, nom d'une crotte d'escargot ! C'est à se demander si tes oreilles ne déteignent pas sur ton cerveau !

— Plus vous faites des erreurs, mieux vous dominerez l'intensité. On ne vous demande une gestuelle ou une formulation correcte qu'une seule fois, et on l'enregistre ! Un peu de volonté, par les trolls vaporeux !

— Ah vous le moralisateur anglais, gardez vos bonnes phrases pour tout à l'heure !

— Ma chérie, évite de disperser ton énergie. Je t'en prie, plus nous tardons, plus ta mère et tes amis s'éloignent de nous.

— Tous ces gestes ! Je les fais tous les jours ! Vous vous rendez compte que rien qu'en tournant un sucre dans mon chocolat, je peux rapetisser quelqu'un ! Et… et… changer sa forme !

Ryd entoura ses épaules d'une main protectrice et descendit encore sa réserve de phrases.

— Nous savons, Agathine. Rassure-toi, si tu fais ce geste dans un acte de vie courante, il ne se passera rien ! Le magos ne fonctionne qu'avec l'intention ! Le geste n'est rien sans l'esprit. Pense que ce mur peut devenir opaque… mouline… et lance le sort…

En même temps qu'il commentait, le professeur joignit gestes et formule.

— *Frangofractum*.

— Ça a marché… ça a marché !

D'un sourire engageant, il lui laissa le champ libre. Une manière muette de lui dire : à ton tour !

Essuyant quelques larmes d'un revers de la manche, la jeune fille se concentra sur un récipient imaginaire, en remua le contenu, puis :

— *Frangofractum* !

Le pan de mur jouxtant celui devenu opaque s'était mué en immense tenture d'organdi orange.

Ryd applaudit à tout rompre. Pour cacher son émotion, Odda se mit en demeure de rassembler ses plumes et reformer sa roue. Gink laissa échapper un *« et poète avec ça »* qu'il tenta de camoufler maladroitement par un bruissement de feuilles. En ronchonnant faussement, il intima :

— Activons, activons. Il nous reste encore *drobatouille.*

— C'est quoi celui-là.

— Si on t'attaque au moyen disons… d'un goulite ou d'une flèche de carquéole, le drobatouille annule la fonction nuisible de l'objet.

— On m'attaque, je dis drobatouille et… pfuit ?

— Oui, confirma Odda.

— Minute ! Si c'est une flèche, le temps que je dise drobatouille, je suis déjà morte !

— Les druides aguerris utilisent drob… Tu en es loin.

— Charmant !

— Drobat pourrait suffire, encouragea le paon.

— Et on pratique comment le drobat…aïe !

Une violente douleur venait de la terrasser entre les omoplates. Le rire moqueur de Ryd résonnait derrière elle. Faisant volte face, elle le vit une boule de neige à la main et se baissa instinctivement pour esquiver le projectile, au grand dam de Gink qui vociféra :

— Drobatouille ! Nom d'une patate poilue, tu es druide pas gnarnule ! Utilise drobatouille !

— Je voudrais t'y voir ! Bouger et formuler en même temps ! Drob…

Une nouvelle boule venait de l'atteindre à la cheville.

— Eh, un peu de douceur Ryd. Je vais être couverte de bleus !

— Cesse de papoter, nom d'un troll de compagnie ! Et de bouger aussi !

— Agathine, riposte et observe, lui conseilla le paon !

Elle ne se fit pas prier deux fois. S'emparant de la première chose qui lui tomba sous la main, en l'occurrence un livre, elle le lança de toutes ses forces.

— *Drob* !

En pleine course, le livre s'ouvrit et petit à petit les feuilles se détachèrent de leur reliure, donnant lieu à un festival de papiers volants.

— Comment vous avez fait ! Il n'a même pas remué le pouce ! dit-elle, prenant le ginkgo à témoin.

— Le geste n'est rien sans l'esprit… tout le magos est dans l'intention. À toi maintenant.

— Ryd soyez aimable : un peu plus lentement cette fois, intercéda Odda.

— Dr…

La boule se désintégra sous le nez de la jeune fille qui exulta :

— Trop fastoche votre truc !

— Les professeurs à Stonehenge sont surtout trop complaisants ! De mon temps, les jouvenceaux recevaient leurs objets en pleine face !

— Alors, ce n'est pas moi qui l'ai arrêtée ?

— Trente minutes de pratique et tu te crois capable de liquéfier une boule de neige par paillettes ! Tu comptes rester affublée de tes oreilles d'âne toute ta vie ? Recommence !

– D…

– Drobat… rrrr ! Maudites paillettes !

– … Batouille ! Zut !

– Contente-toi de la formule !

– Drob… aïe ! Mon épaule ! Sauvage !

– Drobatouille ! Drobatouille ! Je l'ai eue ! J'ai bien regardé, il n'y avait pas de paillettes et puis j'ai senti que ma formule se vidait dans la boule, c'est ça non !

De joie, Agathine saisit les ocelles d'Odda dans ses mains et entreprit une valse avec le paon en longeant la pièce. Leur pas de deux se rythmait au gré d'un jeu d'ombres et de lumières, selon que le paon tournoyait dans le mur ou à l'extérieur. Les ocelles laissaient une traînée lumineuse bleutée au fur et à mesure de leurs déplacements.

Sans crier gare, Agathine abandonna son cavalier au moment où celui-ci rentrait dans le mur. Emporté par son élan, il glissa et se retrouva les pattes en l'air comme une tortue.

– Rappelle-moi de ne pas m'inscrire sur ton carnet de bal.

– J'ai entendu du bruit !

– Normal, tu danses comme un éléphant !

– Gink, tu vois ces oreilles ? dit-elle en pointant ses deux extrémités proéminentes. Elles entendent bien mieux que tes feuilles de chou. Je te dis qu'il se passe des choses dans la salle.

– Tu es la reine des casse-plumes ! Je pars en éclaireur, marmonna Odda traînant sa parure derrière lui.

— Ne t'interrompt pas. Profites-en pour remettre cette pièce en état.

— Pardon ?

— Tu as très bien compris ! Ryd ! Rappelle la formule à cette demoiselle !

Un tourniquet de main et Keaogh tendit un bout de papier sur lequel était inscrit : *Spungabera.*

— N'oublie pas : l'intention est pour beaucoup dans le magos, lui souffla une bouche feuillue.

— Pas de gestuelle ! Une formulation avec un maximum de concentration ! Je suis bornée, pas demeurée!

Spungabera !

Rideau orange, briques à terre, chaises en morceaux… feuilles éparses.

Tout ce que la jeune fille avait détruit lors de ses essais disparut ou réintégra son emplacement d'origine.

— Charmant spectacle ! Ta mère va apprécier lorsqu'elle saura ! Ou peut-être ne comptais-tu jamais le lui dire ! Les filles They sont vraiment toutes des pestes !

Avisant les caractéristiques morphologiques de la jeune fille, il gloussa :

— Devrais-je plutôt dire des ânesses !

10

Trouver Tortequesne fut bien plus facile que Théodora They ne l'avait imaginé.

Transi et affamé, le fils de Gaberick D'Allebard leur raconta comment Charoniax l'avait abordé, séduit tel le diable en personne et surtout trompé sur le rôle qu'il comptait lui faire jouer.

– Je croyais que tu avais découvert le parchemin de Godesalc et que, même s'il m'appartenait, tu n'avais pu résister à l'envie de travailler dessus avec ce traître d'antiquaire qui m'avait fourni le document ! Alors quand Charoniax est venu me proposer quelque chose qu'aucun de vous deux ne pourrait s'approprier sans mon consentement, je l'ai suivi. Je l'avais reconnu : c'était l'homme du Magos Mobilis. Corbelin allait être furieux et j'allais te battre sur ton propre terrain. J'allais en savoir plus que toi, pouvoir partager mes connaissances comme bon me semble ! Après l'attaque des ébroyns, je n'avais déjà plus très envie de le suivre. En touchant l'épée, j'ai réalisé que ce n'était pas du tout à cela que servait Murgleis.

Tristan faisait profil bas, n'osant affronter son père dans les yeux.

Heureux de l'avoir retrouvé, Gaberick mourrait d'envie de serrer son fils dans ses bras. Il jugea opportun d'attendre un moment plus intime pour le faire et lui prit la main en guise d'encouragement.

La scène d'un père se réconciliant avec son fils en attendrit plus d'un.

Néanmoins, Irina avait soif de savoir :

— À quoi sert-elle donc cette épée ?

— Si tu l'avais eue dans les mains, tu ne la verrais pas comme une épée... Cette chose ne tue pas qu'avec sa lame. Je n'ai jamais vu autant d'informations sur le mal défiler dans ma vie.

— Tu veux dire que ce truc, c'est un ordinateur ?

— Oui Fred, ça parait dingue, non ?

— Pas tant que ça, nous avons bien des baguettes magiques ! fanfaronna Irina, en brandissant son mémo.

— On dirait plutôt un sucre d'orge !

— On appelle cela un mémo. Irina y a apporté sa touche personnelle, mais le mien est tout à fait normal, ajouta Fred en exhibant le sien.

— Murgleis serait un mémo !

Théodora était éberluée.

Tristan avala péniblement sa salive et pourtant la tranche de tulipe séchée au miel était délicieuse.

— Je... en fait... Ce sont surtout ces images horribles de mort qu'il vous envoie qui font que vous n'avez qu'une envie : vous en débarrasser... Murgleis se vantait d'avoir dépouillé un tuteur en combat singulier et ne cessait de brailler qu'il avait sa mission de goulite à terminer.

Madame They était perdue.

– Un goulite, je n'ai jamais entendu parler d'un farlaff goulite ! Alors le tuteur ce serait…

– …Durandal, je le crains Théodora.

– Qu'est-ce que Charoniax veut fabriquer avec une atrocité pareille?

– C'est évident Peccorino ! Cet homme aurait été digne de siéger au Cromlech de Nantes ! Balayer le Cromlech actuel ! Rétablir la séparation du magos et des gnarnuls ! C'est le travail de Murgleis. Pire, à travers le goulite, il s'appropriera toutes les formules enfouies depuis des siècles.

– Bon sang Excalibur ! s'écria Alex en se levant ! C'est à elle que Merlin a confié les parties manquantes de ses proportions ! Ça n'est pas Murgleis qu'il veut, c'est Excalibur ! Charoniax veut la connaissance absolue ! Il faut retourner là-bas, Agathine et Ryd sont peut-être en danger !

Impossible ! Bilichilde commençait à dégager énormément de fumée, et tous savaient ce que cela signifiait : attaque imminente. D'un seul corps, chacun sortit ses mémos. Alex dégaina son épée et se plaça devant Tristan pour lui laisser le temps d'enfiler l'armure de Keaogh.

Avant que la vouivre ne devienne trop imposante, Fred l'enfourcha et se prépara à un départ en force. Il avait repéré ses adversaires ailés. Leurs mains crochues et leurs dents semblaient être des apparats que son sixième sens lui dictait d'éviter. Il les compta : une dizaine. Bien moins que les minassiers, mais plus mobiles que les ébroyns. Plus loin, il distinguait les fantassins du précédent assaut, de nouveaux goulites à la main. Du travail en perspective pour les autres. Sa monture ayant atteint une taille respectable, il lui fit signe qu'il était prêt. L'animal piqua à la verticale, Fred hurlant à se déchirer les poumons. Incommodés par la nuée de poussière que dégageait la vouivre, les cliquabœufs furent déroutés par cette manœuvre. Trois d'entre eux en firent les frais lorsque Bilichilde réapparut en piquant droit sur leur formation. Elle en saisit deux au passage dans ses serres, en éjecta un troisième avec sa queue qui finit décapité par Alex. Un quatrième subit le même sort au cours du changement de direction de l'animal. Deux autres rencontrèrent le lutinus de Fred et finirent brûlés par sa moitié murmole. Il en restait quatre, un nombre plus raisonnable pour un affrontement aérien dans les règles.

Au sol, on opposait une vaillante résistance à l'assaillant, mais pour l'instant, le flot de goulites faisait des dégâts. L'un d'entre eux avait déjà absorbé le mémo de Gaberick qui avait perdu l'usage de sa main droite en voulant les séparer. Blochet emprunta une feuille au chêne qu'elle enduisit de pommade verte. À son contact, l'historien ressentit une brûlure atroce.

— Courage, la feuille vous pique pour laisser la sève s'infiltrer.

Irina et Théodora lançaient des persprika dans tous les sens pour désorienter les goulites. À ce rythme, leur quota fondait comme neige au soleil. Il fallait pourtant tenir bon. Leurs goulites ne seraient opérationnels qu'une fois incorporé un élément de fantassin hors d'atteinte pour l'instant. Peccorino n'épuisa pas son frangofractum en vain sur les soldats. Un bon quart de leurs effectifs s'était mué en une cohorte de marionnettes ridicules dignes d'un spectacle de guignol. Ce qui ne résolvait malheureusement pas le problème car une autre recrue ramassait immédiatement la pelote meurtrière abandonnée. Il prit alors le relais avec *clostidix*. La paralysie n'était que provisoire, mais obligeait les autres à revenir sur leur pas chercher des munitions lâchées par leurs camarades statufiés : tout murmols qu'ils étaient, ils n'avaient que deux bras !

— Un aimant serait plus efficace pour attirer tous les goulites en même temps ! regretta Tristan.

— Désolé fils, on n'a pas ça dans les formules !

— Non, mais on peut faire, répliqua Théodora ! Blochet, votre chaudron s'il vous plait !

— Je vais soigner comment !

— Si vous tardez trop, vous ne soignerez plus du tout ! Faites-moi confiance !

Le chaudron devant l'arbre, vite ! Peyotl, allez demander trois grosses branches à Tortequesne !

Les circonstances dramatiques empêchaient l'ébéniste de savourer ce moment qu'il savait unique où il allait pouvoir parler à un arbre. Il fut ému au plus profond de son être lorsque, en réponse à sa requête, Tortequesne laissa choir trois épais bâtons.

— Et maintenant !

— Quand les goulites vont se précipiter sur le chaudron, les fantassins chargeront. Alex, Tristan, son père et vous, retenez-les avec ceci. Pointant son mémo sur le monticule, elle s'écria :

— Frangofractum.

Lorsque le halo de paillettes se dissipa, Peyotl se saisit de trois épées rutilantes qu'il distribua aux autres. Ils se scindèrent en deux groupes et attendirent sur les flancs.

Théodora plaça dans le chaudron le mémo de Peyotl en forme de bambou.

Celui-ci avait plusieurs intensités de vert sans toutefois avoir atteint le vert pâle : il disposait encore de quelques munitions pour chacune de ses formules. Elle héla ensuite Irina et Peccorino, les enjoignit de laisser leur mémo rejoindre le bambou, donna des instructions précises, et tous retinrent leur souffle… Au loin, on entendait les vociférations de Bilichilde et les hurlements de Fred livrant une bataille acharnée contre deux cliquabœufs rescapés.

Tout alla très vite.

Attirés par le magos concentré dans le chaudron, les onze derniers goulites fendirent l'air, abandonnant des soldats qui, délestés de leur fardeau, chargèrent en direction du chêne. Le quatuor les retarda autant qu'il put. A deux mètres de distance, les goulites continuaient de foncer, emportés par leur voracité. Théodora donna le signal.

— *Affinitas*, murmura-t-elle en cœur avec Irina.

Les mémos disparurent du chaudron et se rematérialisèrent dans leurs mains.

Outre son propre mémo, Irina avait récupéré le bambou de Peyotl et Théodora la règle de Peccorino (à laquelle manquait une graduation de 10 cm : les frangofractums). Théodora They serra dans ses poings sa cravache, tendit sa règle au petit italien et passa à l'étape suivante :

— Clostidix, entonnèrent-il.

Les goulites furent comme statufiés : des électrons sur le point d'exploser.

Du coté des bretteurs, le musée de Waterloo venait de perdre une de ses pièces de collection, embrochée par Alex. Peyotl le décoiffa sans ménagement de son bonnet d'ourson qu'il apporta à Blochet. Le chaudron, redevenu opérationnel, grouillait de goulites prêts à recevoir leur cible. La mixture prit effet immédiatement et bientôt, l'armée de fantassin entra en collision avec une escadrille de boulets. Elle redevint la collection de soldats de plomb qu'elle n'aurait jamais dû cesser d'être si Charoniax ne l'avait sollicitée. En haut, Chirivel poursuivait le combat contre un ultime cliquabœuf enragé.

— Un peu d'aide, là-haut ? hurla Alex.

— Merci, non ! Hey ! Vermine, lâche-la !

L'ogre venait de mordre la vouivre sur son flanc. Fred lui envoya un *lumidôm* qui l'éblouit et lui fit perdre l'équilibre.

Bilichilde opéra ensuite une manœuvre inquiétante : elle descendit sur le groupe.

— Une épée au prochain tour ! s'époumona Fred.

Ils reprirent de la hauteur, en louvoyant pour rendre la poursuite plus difficile.

Alex était dépité.

— Impossible de lui donner mon arme, ils sont bien trop rapides !

— Le magos peut aider. Tout est une question de synchronisation. Ecartez-vous ! enjoignit Théodora They.

Elle respira profondément puis leva le bras et fit claquer sa cravache dans l'air. Son choix s'était porté sur cet accessoire, car elle appréciait sa flexibilité qui n'entravait pas les inutiles mouvements rituels qui par habitude, continuaient d'accompagner un sortilège.

Au second passage, elle attendit que la baguette de Chirivel soit dans sa ligne de mire :

— Frangofractum !

L'éclair fit son œuvre : le mémo devint épée. Bilichilde amorça un virage en épingle à cheveu et remonta en flèche, toujours talonnée par le cliquabœuf.

Lorsqu'elle eut atteint une hauteur satisfaisante, Fred se laissa tomber et fondit droit sur l'ogre qui n'eut pas le temps d'esquiver la lame qui l'éventra.

La vouivre était déjà redescendue en piqué, avait basculé sur la gauche et calquait son rythme sur celui de son cavalier. Elle déploya ses ailes puis, par petites touches successives, cassa la fluidité de la chute et fit glisser le jeune homme le long de sa membrane. Il se hissa sur son dos au prix d'une acrobatie. L'atterrissage se fit en douceur au milieu de clameurs tonitruantes:

– Vous auriez pu vous tuer, nom d'une… nom d'un plumeau en peau d'éléphant !

– C'était genial, madame They ! Vous avez vu !

– Vous êtes inconscient, ou trop sûr de vous !

– Avec Billy, on s'est un peu exercé.

Théodora fulminait.

– Exercé ? Comment ça exercé ! Où ça exercé ?

– Dans le livre sur les vouivres ! Il y a une figurine qui nous remplace. Un entraînement virtuel en chair et en os ! C'est le sosie qui tombe, qui se fait mal. On peut recommencer autant de fois que nécessaire. J'ai été désarçonné de Billy des dizaines de fois avant de réussir cette figure ! J'étais sûr de mon coup, madame They ! Je n'aurais jamais tenté quelque chose d'aussi dangereux sinon !

Madame They renonça à lui faire entendre raison, et le laissa profiter de son instant de gloire.

Elle avait du mal à reconnaître dans ce cavalier téméraire le timide camarade de classe de sa fille. L'influence de Bilichilde ?

— Bon sang, tu saignes au bras ! s'horrifia Tristan.

— Ce n'est rien ! Billy réparera, hein ma vieille ?

Alex et Irina s'éloignèrent du groupe. Ils connaissaient la façon de panser les plaies de la vouivre et préféraient se tenir à distance de son feu salutaire, au cas où l'envie lui prendrait de les soigner.

Théodora les rejoignit, elle scrutait l'horizon.

— Un problème?

— Billy n'a pas rétréci. Je suis certaine que le danger n'est pas écarté. Qu'est-ce que Charoniax a gardé en stock !

— Restons sur nos gardes ! dit-il en plantant son épée dans le sol.

— Avec quoi ? Nous n'avons plus rien, madame !

— Tu as déjà épuisé ton stock de sortilèges, Irina ?

— Blochet a disparu en emmenant les mémos, clarifia D'Allebard qui s'était mêlé au groupe.

La menace se rapprochait : Bilichilde avait recraché Fred et grondait.

Quoique ce fût avec cinq épées, une cravache à moitié vide et une vouivre, ils étaient insuffisamment équipés pour résister. Fuir ? Ils auraient tôt fait d'être rattrapés. Se cacher ? La salive acide pouvait détruire n'importe quelle protection, même celle de Bilichilde.

— Par ici vite ! les héla Peyotl. Avec le peu de scribe qui me restait, j'ai parlé à Tortequesne ! Il peut nous aider à nous replier et rejoindre Avalon en nous faisant passer par ses tromboggans.

D'Allebard et Peccorino ouvrirent le circuit Le creux de l'arbre révéla un trou dans lequel l'ébéniste les invita à s'engouffrer et s'y laisser glisser.

— Prenez toujours les tronçons de droite, au dixième prenez le central. Ensuite gauche-gauche-droite, recommanda-t-il.

Puis ce fut à Irina et madame They d'emprunter le conduit tortueux.

Vint le tour d'Alex et Fred qui hésita au moment de s'élancer :

— Et Billy ?

— Elle n'a toujours pas rapetissé. Impossible pour elle de nous suivre… Ne t'inquiète pas, Théodora dit que c'est une guerrière, elle saura se défendre.

— Pas question, si elle reste, je reste avec elle, nous sommes pairs !

— Ne dis pas de sottises ! Que veux-tu faire ! Tu ne sais même pas contre qui tu te bats !

— Oh que si… j'ai reconnu la répugnante traînée verdâtre et le cri de grillon éraillé des minassiers.

— Tout seul, tu n'y arriveras pas. Je reste avec toi.

— Vous êtes fous tous les deux ! Je vous l'interdis !

À l'extérieur, Bilichilde crachotait des jets de flammes pour tenir les lézards à distance.

— Ne discutez pas, monsieur. Rentrez dans ce tromboggan maintenant ou je vous y enfourne de force.

Peyotl redressa son mètre 80 de stature et toisa Alex :

— Et comment comptez-vous vous y prendre jeune homme ?

— Comme ça, répondit une voix derrière lui qui lui assena un coup à l'arrière du tibia avec le plat de son épée.

La douleur fit flancher Peyotl qui s'affaissa à terre. Barst-Rathen en profita pour le rouler dans la fosse qui s'obstrua.

— N'oubliez pas ! Dix droites puis centrale-gauche-gauche-droite ! beugla-t-il à travers la paroi.

— J'espère que tu as un plan ! Sinon c'était vraiment idiot de rester avec nous !

Désignant du menton le chaudron et les goulites des fantassins toujours sous le couvert du clostidix :

— Tu crois qu'un de ces batraciens serait d'accord pour un plongeon ?

— Billy ! On est prêt ! Mets toute la gomme.

11

Comment Charoniax avait-il passé le test de la porte d'entrée ? Paons, poissons et serpents n'avaient-ils pas détecté tout le mal en cet homme ?

Agathine obliqua ses yeux à gauche et vit Keaogh. Elle voulut l'appeler : aucun son ne sortit de sa bouche.

L'Anglais lui adressa un sourire penaud. Son visage parlait pour lui : *je suis désolé.* Ils n'étaient entravés par aucun lien et pourtant, il leur était impossible de bouger.

Excalibur avait un voisin. Une épée dont le moindre décorum rehaussait sa noirceur. Les quelques pierres du pommeau étaient sombres et de nombreuses ciselures garnies d'une peinture noire, hormis quelques-unes au bas de la lame qui étaient vides. L'usure sans doute.

Charoniax fit une entrée fracassante dans la salle. Il avait revêtu une robe cardinalice noire mouchetée de points argentés. Chacun de ses boutons renfermaient un liquide graisseux qui tanguait au moindre de ses mouvements.

– L'âme des victimes les plus puissantes que mon cher Murgleis vient de me procurer.

Pointant du doigt les ciselures encore vierges :

— Encore quelques indélicatesses et nous serons en osmose. Cette étape franchie, je m'occuperai de votre bande d'empêcheurs de régner en rond en réservant un traitement de faveur à ta famille de fouineuses.

Le visage était si proche de sa prisonnière qu'il lui avait presque craché ces paroles. Elle se jura de lui rendre sa politesse.

— Excusez-moi de ne pas vous laisser vous exprimer pour l'instant. Soyez sans crainte, vous en aurez tout le loisir plus tard… lorsque vous crierez votre douleur.

Loin de l'effrayer, ces paroles ne firent que stimuler Agathine. Elle se remémora l'affrontement de son rêve et ne le trouvait pas si éloigné de la réalité. Elle n'avait pas baissé les bras alors, elle n'allait pas le faire maintenant.

Charoniax lui tourna le dos et prit Keaogh comme nouvelle cible.

— Théodora n'a aucun discernement. Je lui avais bien dit que tu n'étais qu'un pitre.

Le pitre le fustigea du regard. Même s'il en avait été capable, des éclairs auraient été un châtiment trop doux pour cette vermine qui se délectait. Cette sensation de puissance flattait son ego : Parvus atteint d'ébroïnite, Maître They réduite à une moins-que-derve, son comique et sa fille sous son contrôle et le reste de l'équipe en prise avec une armée de cliquabœufs et de minassiers. Que pouvait-il lui arriver ? Un plan sans faille !

— Dis-moi l'Anglais, idiot comme tu l'es, comment t'y prends-tu pour voler ?... J'oubliais, le *timorex*. Les druides actuels ne savent que partiellement l'utiliser. Moi, je sais. Dommage pour toi, avec eux, tu aurais pu encore remuer ta tête d'épouvantail. Bientôt, dit-il en caressant le plat de la lame, Murgleis me donnera d'autres gestuelles plus complexes… il lui reste un dernier combat à mener, et s'il subsiste encore des lacunes, je vous mettrai à contribution. Effectuant un demi-tour, il s'adressa de nouveau à Agathine. Lui soulevant le menton, il la sonda au plus profond de l'œil, espérant y déceler de la peur. Dans le cas contraire, je vous confierai aux tranchants experts de Murgleis. Une demi-druidesse et un étranger, de quoi combler quelques ciselures…

.

— Lâchez-la ! Beugla une voix grésillante derrière lui.

— Plait-il ? fit Charoniax surpris cherchant à quel être humain cette voix de crécelle pouvait bien appartenir… Sans blagues… un tuteur… Excellent... Excellent.

Il arracha Murgleis de la table et s'avança vers Odda.

— Une perle rare… réellement, cela me chagrine de devoir te trucider… D'un autre côté, un tel acte de barbarie devrait satisfaire pleinement notre amie goulite que voici, dit-il en brandissant son arme.

Le paon n'attendit pas que le couperet de la lame transperce le mur et lui avec. Il tenta une sortie en s'enfonçant plus loin.

– Eh ! Où crois-tu aller comme ça ? *Daédendo*, cria-t-il en levant la paume droite.

Odda était acculé, Charoniax venait de condamner les accès à travers le mur.

Sa seule chance d'échapper à une mort atroce était de fatiguer son adversaire.

Agathine et Ryd étaient horrifiés, leur ami était en grand danger sans que ni l'un ni l'autre ne puisse intervenir. Si je pouvais remuer, ne serait-ce qu'un orteil, enrageait-elle. Elle sentit un discret picotement au niveau de sa nuque. Sa queue ! Sa queue d'âne n'avait pas subi le timorex ! Ridicule, pensa-t-elle, je ne peux pas commander une queue d'âne ! Pourtant, quelqu'un pensait le contraire. Une voix à peine audible, un froissement de feuille froufroutant : *le geste n'est rien sans l'intention. Le geste* **et** *l'intention !*

– Il en a de bonnes Gink, j'ai l'impression de tenir une anguille dans la main !

CRAC ! En poursuivant Odda, Charoniax avait transformé les parois en gruyère. L'une d'entre elles venait de s'affaisser. Toujours bloqué par le daédendo, le tuteur n'était pas sorti d'affaire pour autant. Au contraire, à l'allure où se perçaient les trous, dans peu de temps, tout le monde serait en danger.

Charoniax n'en était même pas conscient. Hystérique, il ahanait et poussait des cris rauques. Le paon était redevenu un animal apeuré qui criaillait en courant frénétiquement dans tous les sens. *L'intention fait le geste, l'intention fait le geste. Allez, viens me voir espèce de vautour.*

Agathine ne pouvait tourner la tête, mais elle distinguait une robe argentée s'acharner à l'angle opposé. Elle perçut un COUAC puis un chuintement.

Dépeçait-on un lapin ?

Magnus Charoniax afficha un air conquérant.

Complètement sortit du mur, l'oiseau avait perdu de sa splendeur. Ses ocelles si rutilants s'étaient ternis et sa robe bleutée avait viré au marron d'un faisan triste.

– Vous allez voir comme c'est envoûtant de s'approprier le magos des autres…

Il plaqua l'animal sur la table et brandit son épée pour les abandonner tous deux immédiatement en perdant l'équilibre. Odda se précipita dans le mur reprendre des couleurs. Agathine ne se hasarda pas à comprendre pourquoi le fait de frapper Charoniax avec sa queue l'avait libérée du timorex. Elle bénéficiait de l'effet de surprise, il fallait en profiter.

L'homme tentait déjà de se relever. Un coup de queue sur la tête l'assomma tout à fait.

– Odda ! Odda !

– Utilise *Percecule.* Imite des mouvements de boxe.

– Perce…

– La main gauche d'abord !

– Percecule…

—Plus fort ! Tu frappes dans un puissant timorex !

— Perce… Hey, Murgleis se relève tout seul !

—Dépêche-toi, Agathine, je ne veux pas finir transpercé.

—Percecule… PERCECULE… PERCECULE ! Enfin !

—Gink est dans la bibliothèque… attention Ryd !

L'Anglais eut juste le temps d'esquiver une attaque de l'épée. Agathine s'enfuit à toutes jambes criant : « Gink, où es-tu? ».

Pendant qu'elle localisait la boite, le professeur et le tuteur s'efforçaient d'éviter les assauts de l'épée qui avait repris en solo l'activité frénétique de destruction massive. Plusieurs chaises volèrent en éclat.

— Je l'ai retrouvé !

Plaquée au sol par Ryd, la boite ne resta pas longtemps dans ses mains. Pour prévenir la chute brutale, Gink se mit immédiatement en mode parachute.

Les deux jeunes gens ne savaient plus que faire. Murgleis devenait de plus en plus menaçant et Charoniax n'était pas loin de reprendre ses esprits.

— Sortons d'ici ! brailla Odda en se blottissant sous son arbre douillet.

— Bonne idée, une suggestion ?

— Pas encore, Ryd. Nous y travaillons… Charoniax !

Keaogh réagit sur le champ et lui asséna un coup sur la tête à l'aide d'un morceau de chaise ramassé au hasard.

— Lui, c'est fait. Agathine, baisse-toi !

Murgleis avait changé de tactique. Il ne frappait plus, il chargeait. Il manqua la jeune fille de peu et se ficha dans la table qu'il entailla.

— En voilà des manières de se présenter à une épée millénaire ! Tu es qui toi !

— Murgleis. Et je vais t'aspirer sur le champ toi et ton maraud de Merlin !

— Tu crois peut-être que je vais me laisser faire ! En garde !

Agathine, Keaogh et les compères du coffret ne songeaient plus à s'échapper, ils étaient médusés : Excalibur venait d'engager le combat avec Murgleis !!!

Une voix pleine de sagesse retentit.

— Venez vous deux, fichons le camp avant que cette bataille ne fasse totalement s'effondrer Avalon.

— Que fait-on de Charoniax ?

— Réduis-le, on s'en occupe.

— Tu es sûr Odda ?

— Fais vite, le dôme est en train de descendre supplia Gink anxieux.

— Lutinus ! lança Ryd en direction du ponce-pirate.

Lorsqu'il eut atteint la taille d'une allumette, il le recueillit précautionneusement et le plaça au centre du coffret qui s'ouvrit pour la peine.

— En route, pressa Odda. Devant la porte !

Dès qu'il fut en place, il érigea sa traîne et agita ses plumes sous le nez des représentations en relief.

Interrogée du regard par Ryd, Agathine haussa les épaules : elle ne savait pas plus que lui ce que le paon fabriquait ! La porte se gonflait par à coup, et semblait respirer.

— Plus vite Odda, plus vite, le dôme est à mi-chemin !

— Je n'y peux rien s'ils sont plus difficiles à chatouiller aujourd'hui qu'hier, ma belle !

Les formes s'étirèrent et un énorme appel d'air précéda l'ouverture de la porte. Ils s'engouffrèrent juste à temps. D'un dernier coup d'œil par-dessus leur épaule, ils aperçurent le dôme à hauteur de tête. Malgré l'espace restreint, les deux épées poursuivaient leur combat.

12

Agathine, Ryd et les murmols n'étaient guère plus avancés. C'est Qudule qui les avait amenés ici. Quel chemin emprunter ?

– Nous devons bouger si nous ne voulons pas finir gélifiés, décréta Gink.

Un liquide translucide coulait lentement sous la porte et on avait le net pressentiment qu'il reniflait une proie.

– Fuyons ! conjura Gink.

– On n'y voit rien ! Aïe ! Ryd, je viens de tomber.

– Lucioles… farandolez… gaudriolez… Ouille! Sss ! Ssss! Je n'y arrive pas, la formule ne fonctionne pas ici.

– Essayons… FRANGOFRACTUM ! hurla Agathine joignant la gestuelle à la parole.

Un monceau de paillettes emplit le tunnel qui, lorsqu'il se dissipa, avait l'air d'une ligne du métropolitain avec son éclairage feutré, les rails en moins mais des panneaux indicateurs en plus ! Ils avaient espéré lire « sortie » sur l'une des enseignes. Ils n'avaient le choix qu'entre les « *diables bleus* » ou « *cap de la désespérance* ».

— Elles ont l'air aussi terribles l'une que l'autre. Laquelle choisir ?

— La désespérance. À Stonehenge, on dit qu'il faut se méfier des petites fées comme des diables, quelle que soit leur couleur. Allez viens.

Il entraîna la jeune fille au pas de course, le liquide sur leurs talons.

— Ça va dans la poche ?

L'endroit n'était certes pas confortable, ils étaient secoués comme des pruniers. Mais au moins Odda pouvait sortir quelques ocelles pour surveiller leurs arrières.

— L'avalon est toujours sur nos traces, s'inquiétait-il.

— Une autre bifurcation. Oh non ! Où est passé « Désespérance » ?

— *Parqueterre, Achéron sur gué, Traboulis bouillante,* lut Ryd à haute voix.

— Pas « Traboulis bouillante » en tout cas, là au moins, on sait ce qu'on va trouver !

— « Achéron sur gué » ne me dit rien qui vaille, une traversée d'eau chez les druides n'est jamais sans danger.

— Alors va pour « Parqueterre » ! conclut Agathine qui s'élança vers la bouche de droite.

— Non ! Nous n'allons pas vers une terre mais chez les trois Parques. Reviens !

Trop tard, l'avalon les avait rattrapés et séparait le groupe.

— Saute, implorait Ryd.

— Je ne peux plus !

— Ryd, il y a quelque chose qui nous gène dans la poche, intervint timidement Odda. Yazd !

— Lance-nous vers « Traboulis bouillante » et rejoins-nous avec la petite, conseilla Gink qui déployait son feuillage en parachute.

Sans trop prendre le temps de réfléchir, Ryd fit ce qu'on lui demandait, puis serra la pierre dans sa main.

Fort heureusement, le vol de « Parqueterre » à « Traboulis » n'était qu'un saut de puce. Agathine mal à l'aise ne cessait de gigoter et il devait constamment rééquilibrer le duo. Il se posa épuisé. L'Avalon semblait désorienté et stationnait devant les trois accès. Sans demander leur reste, le groupe pénétra dans le tunnel qui était plus spacieux que le précédent, plus chaud aussi.

— On étouffe, se plaignit Odda.

— Garde ton souffle pour plus tard, tu vas en avoir besoin.

— Toi, tu sais ce qui nous attend !

— J'en ai une vague idée, j'ai simplement eu du mal à retrouver les informations dans mon tas de feuilles.

— Qui sont les Parques ?

— Des juges qui appliquent leur sentence sans remord. Pour leur survivre, il nous faudrait être irréprochables. Agathine déglutit. Refus d'héritage, irrespect envers les tuteurs et pour couronner le tout, séquestration de druide. Des chefs d'accusation sans appel. Ils l'avaient échappé belle !

— Et Achéron ?

— Un fleuve de l'enfer…

— D'accord, je préfère encore dégouliner, opina-t-elle en s'épongea le front.

— Mes oreilles, j'ai retrouvé mes oreilles !

— Si cela ne me coûtait pas tant d'effort, je vous aurais exécuté une petite gigue du Somerset.

— Avec joie, mon ami. Lorsque nous aurons sauté le passage.

— Sauté ? répéta Ryd en écho.

— Le truc bouillant qu'on voit en bas, c'est… de la lave ? s'alarma Agathine blêmissante.

— C'est l'enfer de ta conscience et il vaudrait mieux ne pas y tomber. Personne n'est encore parvenu à échapper aux gnomes agglutinés le long de la berge.

Agathine aurait plutôt apparenté ces êtres hideux à des singes, tant leurs bras étaient disproportionnellement longs par rapport au reste du corps.

— Pour mieux nous attraper. Souffla Gink dans son cou.

Agathine préféra ne pas se demander à quoi servaient leurs pieds gigantesques. Leur grosse lèvre inférieure charnue donnait l'impression ridicule qu'ils étaient en constante bouderie.

L'Avalon gagnait du terrain, mieux valait se concentrer sur le moyen de franchir le gouffre.

— Pourquoi paniquer, je vais nous transporter de l'autre côté grâce à Yazd.

— Ce n'est pas si facile. Si les murmols comptent pour un, quel que soit leur nombre, les humains ne peuvent être que deux au maximum par passage.

— Je viendrai vous rechercher.

— Vous ne pouvez passer qu'une fois.

— Et si je vous catapultais ?

— Sans vouloir te vexer, damoiselle, même en vous y mettant à deux, l'impulsion ne serait pas assez puissante à cause de la chaleur.

— Et avec un carquéole ?

Gink et Ryd étaient abasourdis :

— Tu… tu l'as trimballé avec toi ?

— Ben, les garçons ont gardé leur armure... Enfin, à quoi bon, je n'ai plus une seule flèche… Une minute...

Du pharouët, elle n'avait pas conservé que le carquéole, elle portait également sur elle le poncho grotesque à pompons. D'un coup sec, elle tira sur une poignée qu'elle laissa tomber à terre.

— Le gargouillis de l'Avalon se rapproche, la pressaient en chœur les tuteurs.

— Frangofractum ! gesticula-t-elle en direction des pompons.

— Et dire qu'elle refuse de pratiquer ! se lamenta Gink.

— Tout à l'heure un frango ample ! Maintenant, un frango multiple ! J'en suis presque jaloux !

plaisanta Ryd en réunissant les flèches encore brillantes.

Agathine était perplexe. Un frango est un frango. Qu'il y en ait un ou plusieurs à transformer, elle ne voyait pas ce qu'il y avait de difficile là-dedans, mis à part une plus grande concentration. Avec l'Avalon aux trousses, elle se sentait capable de déplacer des montagnes !

Il lui faudrait au moins ça pour décrocher sa flèche à laquelle allait se suspendre une boite chargée d'un prisonnier. Avant tout, trouver le bon équilibre et le centre de gravité. Elle se dit que considérer l'installation comme une entité était la meilleure solution et imagina qu'elle allait tout bonnement déplacer un téléférique sur une ligne imaginaire. Elle prit une grande inspiration et scruta le replat opposé pour un endroit précis à décrire au carquéole.

— Vise assez haut, lui conseilla Gink.

— Bonne chance, murmura-t-elle de toute son âme. Puis distinctement : le contrefort d'en face !

Elle expédia le tout d'un souffle.

Au contact de l'air enflammé, la pointe de la flèche devint incandescente.

Pourvu qu'elle tienne jusqu'au bout, se dit la jeune fille.

Tout se passa bien jusqu'à ce qu'un ocelle signale la terre ferme. Gink se détacha de son guide et prépara sa descente en parachute. Il atterrit un peu lourdement sur le sol. La boite s'ouvrit en éjectant le prisonnier, revenu à lui.

Il roula jusqu'au précipice.

— Charoniax ! hurla Agathine.

Il fut rapidement emporté vers la berge peuplée d'affreux impatients… pour s'en éloigner tout aussi brusquement. Le courant semblait creuser un sillon devant lui. Les gnomes longeaient le rebord, espérant un revirement qui ne vint pas.

— Il est passé ! Encore une gestuelle à la Murgleis. Vraiment, quelle engeance ce goulite ! tonitruait Odda.

— Ryd, l'avalon est là ! Vite !

Cette fois, pas question de tanguer à tout va. Ryd tenta une approche qui parlerait à sa passagère.

— Tiens la pierre fermement et pense à une flèche de carquéole. Laisse-toi guider, lui souffla-t-il en refermant sa main au dessus de la sienne.

Le trajet fut moins direct que celui d'une flèche, les deux jeunes gens ballottaient dangereusement. À mesure qu'ils s'éloignaient de leur point de départ, l'adolescente sentait la panique la gagner malgré les nombreux encouragements prodigués par les tuteurs en face. À soixante centimètres du bord, elle chavira et s'agrippa de toutes ses forces à un rocher Elle ne tiendrait pas longtemps cette position. Le garçon de Stonehenge finit en vol plané sur une arête. Il s'était très mal réceptionné et avait le bras sinon cassé, au moins luxé.

— Descends Odda, intima la grosse voix du ginkgo.

D'où elle était, Agathine entendit quelqu'un respirer fortement. Les inspirations devinrent de plus en plus longues et bruyantes. Elle ne comprenait rien à ce qui se tramait plus haut, ce qu'elle savait, c'est qu'elle allait tout lâcher.

Peut-être parviendrait-elle comme Charoniax à échapper à ces effrayants lutins. Elle poussa un grand cri et ferma les yeux. Elle eut la sensation bizarre de ne pas tomber, au contraire, il lui semblait qu'elle montait… et cette odeur de feuille !

Elle reprit connaissance au milieu d'un amas de branches. À moitié groggy, elle se demanda si elle ne rêvait pas : Gink s'étalait majestueusement dans la cavité.

De l'autre coté, l'avalon rebroussait chemin.

— Finissez votre route tous les deux, il va mettre un certain temps avant de dégonfler.

— Mais…

— Sans discuter jouvencelle ! Tu es hors de danger maintenant et ce professeur héroïque a besoin de soins au plus vite.

Ryd ne semblait pas du tout avoir besoin de soins. Tout juste s'il se touchait le bras !

— Je ne peux rester indéfiniment avec un clostidix qui me paralyse et endort la douleur. Blochet devra me faire une atèle.

À contrecœur, le groupe se sépara. Les carrefours devenaient étonnamment plus identifiables que les précédents, comme si le fait de sauter la « Traboulis bouillante » leur avait donné droit à plus de clarté ! Enfin l'air libre !

Partie 7

Kernach

1

Le passage de l'exiguïté étouffante des tunnels à un climat extrêmement proche du gel leur donna l'impression d'être des flans saisis à froid.

Ils s'attendaient au calme, mais c'était pire.

Dans les airs, Bilichilde et Fred menaient un combat acharné contre des minassiers. Ils étaient beaucoup plus résistants que ceux qui les avaient attaqués dans la DS. Initialement la horde devait être plus nombreuse à en juger par la quantité de taches vertes au sol, presque aussi nombreuses que dans les airs.

À parier que la poignée de goulites y était pour quelque chose. Leur aspiration était fatale. À leur contact, les lézards tombaient comme des mouches. Et cela continuait.

Au loin, ils entendirent un cliquetis familier : celui de deux épées qui ferraient. Les jeunes gens s'en rapprochèrent en prenant soin d'éviter les chutes de minassiers. Ils retrouvèrent le reste du groupe à quelque distance du lac.

— On venait de sortir de ce tilleul argenté et on s'apprêtait à vous rejoindre lorsque les deux armes sont apparues. Qu'est-ce qui s'est passé en bas, où est Charoniax ?

— Il a… eu un petit accident en traversant un précipice, grimaça Keaogh.

— Un précipice, vous avez traversé un précipice ! Lequel?

— Maman, tu crois peut-être que d'un coup de frangofractum nous avons fait apparaître des panneaux indicateurs ! Ce qu'on sait c'est qu'il y avait des gnômes en bas, qu'il leur a échappé et que Gin…

Encore une seconde et elle prononçait le nom fatidique du ginkgo. Ryd était certainement sur le qui-vive car il prit la relève illico.

— J'ignore comment s'appelle ce fichu trou ! Au pire, s'il en réchappe, le courant dans lequel il est tombé ne vaut guère mieux. On aurait dit un magma de mauvaises consciences. Je ferai des recherches plus tard Maître… Et vous, que vous est-il arrivé ?

— Trois fois rien, Blochet a disparu en emmenant nos mémos, nous avons été rapatriés en catastrophe en tromboggan où j'ai perdu le seul mémo qui restait et là-haut, ils se battent tout seuls sans qu'on puisse rien faire pour les aider. Heureusement qu'ils ont l'appui des goulites. Une initiative que nous devons à monsieur Alex. Il s'est comporté en véritable héros, lança-t-elle avec des yeux noirs en direction de l'intéressé. Enfin, nous sommes tous sains et saufs, c'est l'essentiel !

Blochet un traître ! Voilà qui était fâcheux ! Comment allait-il soigner ce bras à présent !

Peccorino proposa son aide.

— Vous êtes sûr ! Ce genre d'intervention vous épuise. Ryd est sous clostidix. Il peut peut-être patienter quelques heures de plus?

— Je ne crois pas, Théodora. Nos amis en haut se fatiguent. Il leur faut du renfort et Ryd est le seul druide qui nous reste.

Sans attendre de réponse, l'Italien invita Keaogh à le suivre.

— Venez, asseyons-nous sous le tilleul. Vous êtes confortablement installé ? Bien... Voici ce qui va se passer. Vous allez lever le clostidix. J'ai besoin de savoir où est votre douleur pour pouvoir l'atteindre. Attention, il ne s'agit pas de suppression mais d'emprunt. Ce transfert sera aussi pénible pour vous que pour moi. Ne résistez pas à ce qui va se passer. N'intervenez pas non plus. Le processus lancé, vous ne pouvez revenir en arrière. Vous êtes prêt ?

Le jeune homme acquiesça.

— *Divis aliquem verteres.*

Excepté madame They, personne n'avait jamais assisté à une opération de ce genre. Aussi tous s'attendaient à ce que cela s'accompagne de paillettes. Il n'en fut rien.

— La présence de paillettes n'est pas systématique, expliqua Théodora. Tout dépend de l'utilisation que l'on fait du magos. Pour la médecine, ce sont des sphères rouges.

Pour l'heure, on voyait surtout un Ryd blafard. Il venait de lever le clostidix et souffrait le martyre.

Peccorino, calé contre le tilleul patientait. Il détailla à Ryd les étapes qu'il restait à franchir.

L'éclaircissement valut pour tout le monde.

— Tu vas avoir la désagréable sensation que la douleur bouge comme une bulle dans ton corps. Elle est en train de cheminer vers la sortie : ta tête. Suivra un mal de crâne affreux. On ne peut alléger cette souffrance, mais cela ne dure que quelques secondes.

La migraine se déclara très rapidement et tout aussi rapidement, Ryd se convulsa à terre pour se figer dans la seconde qui suivit. S'il n'était pas aussi douloureux, le spectacle des sphères sortant des oreilles du malheureux était vraiment magique. Un instant, les petites boules rouges voletèrent de-ci de-là, puis se dirigèrent vers Peccorino qu'elles envahirent en empruntant le même itinéraire en sens inverse. À son tour de souffrir.

— *Caeru des Petto…* articula-t-il laborieusement.

Quelques secondes plus tard, il plaisanta comme si de rien n'était :

— Mon ami, si c'est pour que vous restiez planté là à admirer mon bras en bois, autant que je vous renvoie la douleur sur le champ.

— Nnn… non… non… cher Peccorino, je réfléchissais sur le sortilège à utiliser. Il ne faudrait pas qu'il interfère avec les goulites… Alexandre, tu as toujours ton épée ?

— En fait, nous sommes quatre à en avoir une, ajouta D'Allebard père tandis que son fils, Peyotl et Alex s'alignaient à ses côtés.

— Bien… bien… parfait. Je vais… je vais les frapper de clostidix. Les goulites l'accepteront, le sortilège est proche du leur. Vous vous sentez tous capables de tuer ces bêtes dès qu'elles auront touché terre ?

Keaogh savait pertinemment qu'ils en étaient capables, la question s'adressait surtout à Tristan. Mais Keaogh n'avait rien à craindre, le jeune D'Allebard souhaitait tant se racheter que si on lui avait demandé de combattre ces bestioles seul, il l'aurait fait !

Keaogh se mit en position et distribua des clostidix à la pelle.

Dans un premier temps, il y eut une hécatombe de minassiers. Dès que les lézards comprirent qu'ils avaient un autre ennemi à combattre, ils formèrent deux groupes. Les épéistes ne se contentaient plus d'attendre que leurs proies tombent du ciel, ils les combattaient en face à face et les goulites ne leur facilitaient pas la tâche ! Eux aussi s'étaient scindés en deux et poursuivaient les minassiers. Si seulement ils se souciaient des obstacles ! Ils avaient failli emboutir D'Allebard père plusieurs fois. Le fils les avait évités en se jetant au sol. Il fallait avoir des yeux partout ! Ils devaient rapidement adopter une autre tactique. À ce rythme, ils ne tiendraient jamais!

— Il faut faire une rose, cria Ryd !

— Votre 91ème phrase tombe vraiment au mauvais moment ! critiqua Peyotl.

— C'est seulement la 72ème ! Je parlais d'une rose des vents ! Une épée à chaque point cardinal ! Je reste au centre pour continuer avec les clostidix.

La manœuvre fut payante : ils avaient beaucoup moins à surveiller à présent. Sous peu, le nombre de leurs assaillants diminua de moitié.

Une chance car au beau milieu de la bataille, Barst-Rathen fut mordu par un minassier qui fut proprement embroché la seconde suivante.

Bientôt, tous eurent à déplorer une blessure, une morsure ou une entaille.

— J'ai l'impression que mon épée ne me répond plus, se plaignit Barst-Rathen !

— La mienne non plus ! entonna Tristan.

— Ni la mienne ! conclut son père.

Ils étaient en grand danger car les lézards avaient senti la faille et leur fonçaient dessus tels des piranhas sur leur repas.

— À plat ventre tous ! cria Chirivel d'en haut.

La vouivre cessa de battre des ailes, plongea en vol plané sur l'essaim rapace des minassiers, qui se dispersèrent aux quatre vents, puis profita de leur éparpillement pour en carboniser quelques uns.

Fous de rage, ce qui restait de l'armée verte se regroupa et attaqua de front Fred et sa monture. Trop en hauteur, ils étaient hors de portée des épées, mais pas des sortilèges de Ryd qui poursuivait ses clostidix. Ryd savait que cela ne servait à pas grand-chose, l'altitude affaiblissait les effets d'un sortilège.

S'il voulait les atteindre, soit il traçait de plus amples gestuelles ou… il tenta le tout pour le tout. Il se précipita vers le tilleul, fit une révérence, attendit qu'une branche tombe, l'enfourcha et s'élança dans les airs. Avec Fred, il entraîna les minassiers à distance du groupe.

Cette intervention plutôt casse-cou de l'Anglais fit sortir Peccorino et les They à découvert du tilleul sous lequel ils s'étaient réfugiés. Chez les druides, le tilleul n'était pas un arbre comme les autres. Il agissait comme une sorte d'abri, de bouclier protecteur. En conséquence, ces trois-là avaient simplement été ignorés pendant la bataille !

Alex interpella l'aînée des They :

— Je ne comprends pas, ce qui lui prend ! Il est comme aimanté. Où veux-tu aller !...

— …Combattre aux côtés d'Excalibur, annonça-t-elle lugubre.

Il est vrai que l'épée de Merlin était en fâcheuse posture. Murgleis avait, semble-t-il, réussi à lui infliger une paire d'entailles le long de sa lame. À la distance où elle se trouvait, elle ne pouvait pas voir grand-chose, mais Agathine avait aperçu à plusieurs reprises un éclair noir relier les deux épées.

Elle fit part de ses craintes :

— Maman, il faut qu'ils y aillent. Murgleis remplit ses entailles. Sous peu, il sera complètement rassasié.

En fait, les épées et leurs maîtres étaient déjà en route vers le lac.

Madame They était paniquée.

— Vous, vous restez là, ne bougez pas du tilleul, ordonna-t-elle aux filles. Les hommes, les garçons, attendez ! Vous n'avez même aucune idée de ce que vous pouvez faire !

Agathine elle, savait. Elle avait vu le pommeau de l'épée d'Alex se remplir d'un liquide rouge.

2

Arrivée à leur hauteur, madame They s'en rendit compte également.

— Alex, plante ton arme dans la terre. Et vous, plongez la vôtre en face. Reculez, tous !

Ils s'exécutèrent. Le pommeau était d'un rubis flamboyant. Il bouillonnait et aveuglait de ses rayons les trois autres épées. Une à une, les armes s'extirpèrent de leur socle terreux pour filer mettre leur lame au service d'Excalibur.

Le duel se tenait au-dessus de l'Avalon, empêchant le groupe de pouvoir s'avancer davantage. Même face à des adversaires en surnombre, Murgleis dominait. Il ne lui fallut que quelques minutes pour exploser la moitié des épées venues en renfort. Seules celles d'Alex et de D'Allebard tenaient bon.

Alex était inquiet pour son pair.

— Une tierce… revers ! Croisé… feinte… feinte !

— Tu t'y connais en escrime, maintenant ! s'étonnait Tristan.

— J'ai appris en dormant.

— Ce n'est pas parce que je viens de vous rejoindre que tu as le droit de te moquer !

— C'est la stricte vérité. Le songe est le seul moyen pour un gnarnul de communiquer avec un farlaff ou n'importe quel objet emprunt de magos.

— Vous auriez pu me le dire avant Peyotl, je me serais moins posé de question au premier rêve. En attendant, j'aimerais savoir ce qu'elle trafique ! Elle est lourde ! Et lente ! Je ne l'ai jamais vue se battre ainsi. On dirait un hippopotame en train de danser. Bon sang ! Engage ! Octave ! Reprise… reprise ! hurlait-il.

— Alex, tais-toi, elle va t'entendre !

— Ben, c'est le but. Je ne vais pas rester les bras croisés à la regarder se faire mettre en pièces !

— Oh non ! soupira Madame They.

L'épée d'Alex venait d'abandonner le champ de bataille et se dirigeait vers eux. Elle se figea devant son pair, semblant attendre quelque chose. Enfin, elle bascula et présenta son pommeau au jeune homme qui tendit les mains pour s'en saisir.

— Non, Alex ! le retint Théodora. C'est trop dangereux.

— Si j'y vais, cela va faire une différence, n'est-ce pas ?

La mère d'Agathine, la gorge nouée, était au bord des larmes.

Peyotl prit le relais.

— Oui, si tu accompagnes ton farlaff, il sera plus puissant. Mais cela veut également dire que…

— Si nous échouons, je fournirai un motif gélifié supplémentaire au dôme d'Avalon…

— C'est ça mon garçon.

Les mots étaient inutiles. Il appartenait à l'adolescent de prendre cette décision seul.

Barst-Rathen réfléchit à haute voix.

— Elle a besoin de moi. Si nous perdons, cela ne changera rien de toute façon, Murgleis ne nous épargnera pas.

Il allongea le bras.

— Attends ! Avant, tu dois lui donner un nom.

— Madame They ?

— Tu te mets à son service, tu dois lui donner un nom.

— Je… Je… Un nom !... Je n'ai aucune idée…

— Roxane, Edith, Gertrude…

— Tais-toi, Tristan… Buce ! C'est ça Buce.

Appeler l'épée d'Alexandre le Grand du nom de son cheval ! C'était du quitte ou double, il pouvait soit la vexer ou au contraire l'honorer.

Il fit un pas décidé vers Buce, la saisit fermement et invectiva Murgleis.

— Espèce de vieille lame toute crasseuse, tu te crois maligne au dessus de ton Avalon ! Viens donc voir sur la terre ferme si ton pouvoir est aussi grand !

Le combat reprit de plus belle. Très vite, Excalibur et l'épée de D'Allebard vinrent épauler Alex. La supériorité de Murgleis était beaucoup moins nette, cette fois. Alex tenait bon et était parvenu à esquiver deux coups de côté d'une parade de Buce, et grâce à son armure, une pointe au corps et une touche. Ses trois combats à l'épée l'avaient aguerri et l'armure façonnée par la vouivre constituait une solide protection contre les estocs de son adversaire.

Murgleis ne parvenait plus à déposséder ses vis-à-vis de leur magos. Un bon point. Pour l'heure, le danger venait d'ailleurs. Le déplacement d'Excalibur sur la terre ferme avait entraîné un mouvement similaire de l'Avalon… et il gagnait du terrain. D'un virulent revers, Murgleis venait de se débarrasser d'une autre épée : celle de D'Allebard. Buce et Excalibur redoublèrent d'efforts et multiplièrent les assauts mais Murgleis alignait parade sur parade. En déviant une touche sur une fente longue de Buce, il démembra une épaulette de l'armure d'Alex.

— Nom d'une peau d'escargot! cria Madame They.

Elle ne cessait de se reprocher son manque de vigilance dans le petit salon de Charoniax. Elle aurait tant voulu venir en aide à ce garçon courageux. En dépit de la protection du tilleul, elle s'inquiétait aussi de savoir si les filles étaient bien à l'abri et si les minassiers revenaient.

3

Pour tout dire, les adolescentes s'ennuyaient sous le tilleul avec Peccorino qui n'avait pas desserré les dents depuis l'exode. Scrutant l'horizon, Agathine se fit une vague idée de la tournure que prenaient les évènements et aspirait au retour de Ryd et Fred. Pour distraire son attention, elle engagea la conversation avec le petit homme.

— Est-ce que votre bras vous fait mal?

— Pas le moins du monde. Le bois annihile la douleur.

— Comment vous faites ?

— Comment je passe de la chair au bois ?

Irina sursauta à la vue d'un nouvel éclair au dessus du lac.

— Ne t'inquiète pas, cela va s'arranger.

— Mais votre bras ?

— Oh sans problème ! Il redeviendra normal lorsque je rendrai sa douleur à notre jeune recrue anglaise. Que voici de retour… J'ai la berlue ou les minassiers ont grossi ?

— Ils sont de la taille d'un nullandouille !

— Et si je ne m'abuse, notre murmol a perdu quelques-unes de ses armes défensives. C'est le moment de paniquer mesdemoiselles !

Il n'y avait pas que Bilichilde qui était en piteux état. Fred avait la main ensanglantée et boursouflée, ses cheveux détachés volaient dans tous les sens. Il suait à grosses gouttes. Ryd ne valait pas mieux. Sa manche droite était déchirée laissant apparaître des égratignures plus bénignes que celles de Fred mais néanmoins, suffisamment douloureuses pour que ses sorts deviennent approximatifs. Quant aux goulites, plus aucune trace.

— Tu vas rester plantée là à les regarder se faire massacrer ou tu vas les aider ?

Elle aurait reconnu cette voix fluette entre mille. Mais si elle l'avait entendue, Irina et Peccorino également. Elle se retourna prudemment : le vieil homme était toujours dans la même position, sauf qu'il était prostré. Irina, adossée au tronc de l'arbre, avait tout à fait l'air d'une poupée de porcelaine avec sa bouche entrouverte en forme de 'o'.

— Odda, qu'est-ce que tu leur as fait ?

— Ce n'est pas moi c'est le tilleul ! Je suis innocent !

Un violent courant d'air faillit les déstabiliser.

— Tu sais bien qu'il ne faut pas la brusquer, Gink !

Perché sur une des branches les plus basses du tilleul, Odda se tenait majestueusement coloré. Il se racla la gorge.

— Hmm, hmm jeune fille, je crois que l'on a besoin de ton aide là-haut.

— Gink ne me fera pas mâchouiller une de ses feuilles et je ne vais pas voler ! Pas question ! Et pas devant Fred !

— Tout doux ! Qui te parle de voler ! Nous connaissons ton aversion pour le travail au grand jour ! Il va sans dire que tu apporteras ton aide de la façon la plus discrète qui soit. Il n'a pas l'air ce tilleul, mais c'est un bouclier. Aucune attaque ne t'atteint car, protégé par son ombre, tu n'existes pas. Creuse-toi la cervelle et viens en aide à ces malheureux ! Et plus vite que ça !

Le paon était au bord de l'apoplexie, il avait prononcé les deux dernières phrases de sa petite voix fluette, quasi féminine, signe d'extrême énervement.

— Mais que veux-tu que je fasse ! Je ne connais que frango et drobatouille et ils ne sont utiles ni l'un ni l'autre !

— Un carquéole ferait-il l'affaire ?

— Comment l'as-tu récupéré ?

— Gink voit des choses là où il n'y a rien à voir !

— Mais les flèches ?

— La reine des frangos serait-elle incapable de transformer la douzaine de pompons ridicules qui affublent son poncho ?

La reine tira la langue en fronçant les sourcils.

Une poignée de frangos multiples plus tard, elle était en position.

— Mais, elles sont transparentes !

Pas tout à fait, les empennons avaient gardé la couleur des pompons.

— Tu me crois assez stupide pour envoyer des flèches visibles pour que Fred se demande d'où elles viennent !

— Le minassier à gauche de Keaogh, souffla-t-elle.

Commencer par signaler sa participation à celui qui serait le plus à même de deviner d'où venait cette intervention lui sembla la meilleure tactique.

Au premier attaquant tombé, l'Anglais pensa qu'il avait repris du poil de la bête. Mais un deuxième lézard tomba raide mort devant lui alors qu'il n'avait lancé aucun sort.

— Que ?...

Il n'acheva pas sa phrase... le zzz distinctif d'une flèche suivant une trajectoire lui dit qu'il y avait du carquéole là-dessous.

Contre une vouivre ou un druide habillé de couleurs criardes, les minassiers avaient la part belle, mais cet ennemi invisible terrassa une moitié de leur effectif sans qu'ils puissent le localiser.

Ce répit fut suffisant pour permettre à la vouivre de récupérer ses griffes. Le glas venait de sonner pour les minassiers.

Les garçons eurent à peine le temps de mettre pied à terre qu'ils furent assaillis. Irina se précipita vers Fred et dut le soutenir pour l'amener sous le tilleul rejoindre Peccorino. De son côté, Agathine mettait Ryd au courant de la bataille qui se livrait au lac.

— Cela fait au moins le quatrième éclair noir que je vois. Excalibur est en train de se faire absorber à petit feu par cette lame obscure ! Et je crois qu'Alex s'est engagé dans le combat. Oh Ryd, dans quel état tu es ! Tu n'as même plus assez de forces pour lancer des clostidix !

— Billy peut peut-être arranger ça, intervint Fred en écartant de sa main valide une mèche de cheveux gênante.

Ryd ne semblait guère emballé par la proposition. Se faire avaler par une vouivre…

— Vous seriez moins courageux qu'un gnarnul ? le taquina Fred.

— Fais-lui confiance, Ryd. Il l'a déjà fait.

— Deux fois en moins d'une semaine ! J'ai épuisé mon quota.

— Ryd, je t'en prie, malgré la disparition de Charoniax, Murgleis est toujours en activité ! Ça n'est pas bon signe ! le pressa Agathine.

Si on s'en sort et que je raconte ça à Stonehenge, ils ne vont jamais me croire, pensa l'Anglais en s'avançant vers la vouivre.

Une plume de paon chatouilla le nez d'Agathine. Elle se précipita vers Ryd.

— La pierre, Ryd ! Ne rentre pas avec la pierre !

Le temps de la rattraper, son propriétaire s'était fait aspirer.

Un Ryd tout neuf et plein d'énergie ressortit. Il se remit aussitôt à califourchon sur sa branche et s'envola en direction du lac.

Au pied de l'arbre, Agathine retrouva Fred. Ses blessures au bras le faisaient souffrir. Tous regardaient impuissants leur ami s'affaiblir. Peccorino plus que les autres : ces plaies étaient en dehors de ses compétences.

— Tu as été un vrai champion, le félicita Irina.

— Tu dois tenir bon, l'encourageait Agathine. Dès que l'Avalon sera de nouveau accessible, on te trouvera un remède. Dommage que Blochet nous ait trahis. Qu'est-ce qu'elle veut bien pouvoir faire de ces mémos ?

— Tiens, Qudule ! s'exclama Peccorino. Tu cherches ton ami anglais ? Il se bat plus loin au lac !

Mais Qudule ne bougeait pas.

— Qu'est-ce qu'il tient dans son bec ? interrogea Irina. On dirait une feuille.

— Une feuille de ginkgo, sa forme en éventail est caractéristique. Cet arbre plus que millénaire est une légende vivante chez les druides. Où a-t-il dégoté cette feuille?

Agathine trouvait que Peccorino posait de trop dangereuses questions.

Comme toujours dans ces cas-là, elle devint odieuse.

— Qu'est-ce qu'il veut qu'on fasse avec cette feuille ? Qu'on la mange ! Il me prend pour un lapin ! flagorna-t-elle.

Elle avait oublié qu'il n'y a pas si longtemps, elle était encore un âne !

– Agathine, tu devrais surveiller ton langage ! Si tu vexes le hibou, on n'est pas prêt de savoir à qui est destiné ce repas !

– Enfin, Peccorino. Je n'ai rien dit de mal ! De toute façon, il a toujours lancé négligemment ce dont nous avions besoin. Pourquoi veux-tu qu'il change ses habitudes ! Il ne va pas nous délivrer un mode d'emploi pour manger une feuille tout de même !

– Voilà, tu as gagné ! Il est parti et la feuille avec ! Parvus m'avait prévenu de ton manque de respect pour le magos, mais franchement, tu dépasses les bornes !

– La feuille est encore sur la branche, s'exclama Irina !

Tous les regards se tournèrent vers Agathine.

– Ok… Ok, je vais aller la chercher.

La grimpe s'avéra périlleuse. Elle ne trouvait plus ses bottines de lutin ridicules finalement car elles lui offraient une meilleure prise sur les branches.

Mais la neige freinait sa progression. Pour éviter de glisser, il lui fallait d'abord déblayer chaque point d'ancrage. Ses mains finirent par s'engourdir, et la jeune fille ne put éviter un faux mouvement. Elle était pour la deuxième fois suspendue dans le vide. Cette fois-ci, elle n'avait d'autre choix que de se laisser tomber. Sans être fatale, la chute fut brutale. Son genou heurta le sol et exclut une deuxième tentative.

— Bon, je crois que mon heure de gloire est arrivée, plaisanta Irina. Sur ce, elle dégrafa son trois quart qui risquait de la gêner dans son ascension et se hissa sur la première branche du tilleul.

— Irina, tu n'y arriveras pas, tu as le vertige ! l'excusa Fred.

Mais Irina s'entêta.

— Tu te souviens du conseil de Samo : apprendre à dominer mes peurs ! C'est le moment.

La jeune Tassilov eut plus de succès que sa camarade. Elle glissa à plusieurs reprises mais se rattrapa de justesse. Parvenue à la feuille, elle sut qu'elle n'aurait plus la force de redescendre, elle avait puisé dans ses dernières forces.

Comment faire à présent ? Rien n'était moins aléatoire que de laisser tomber une feuille du haut d'un arbre !

Elle s'assit lentement sur la branche et ôta une de ses bottes puis une chaussette dans laquelle elle plaça la feuille. Elle prit soin d'y faire un nœud avant de l'abandonner à la chute.

La chaussette fut réceptionnée correctement.

Fred proposa de partager la feuille avec Agathine.

— Je ne crois pas que l'on puisse partager ce genre de remède, refusa la jeune fille malgré l'atroce douleur au genou.

Peccorino confirma.

— Vous n'êtes pas une gnarnule comme les autres vous. Vous vous moquez de son pouvoir, tout en comprenant son fonctionnement ! Il faudra m'expliquer.

— Mange, Fred, on a besoin de toi là-bas, conseilla Agathine, pressée de changer de sujet de conversation.

Chirivel mâchouilla la feuille, non sans quelque dégoût, qu'il oublia bien vite en voyant ses cicatrices se refermer.

— Ne bouge pas, je viens te chercher lança-t-il à l'adresse d'Irina.

— Laisse-moi sur mon perchoir, vous reviendrez plus tard, répondit-elle alors qu'elle tentait d'enfiler sa botte. Presse-toi !

Chirivel aurait bien voulu, mais Bilichilde ne l'entendait pas de cette oreille.

Fred tenta de la cajoler.

— Billy, je comprends que tu n'aies pas envie de voler au dessus d'un Avalon. Cette idée me rend nerveux aussi. Mais mes amies ont grimpé dans cet arbre pour me guérir. Une au péril de sa vie, l'autre défiant sa peur. Cela me ferait de la peine qu'elles aient fait tant d'efforts pour rien. Billy, ne me laisse pas tomber !

La vouivre renâcla mais se laissa monter.

— Peccorino, je vous confie les filles !

4

Arrivés à proximité du lac, Chirivel et la vouivre purent se rendre compte à quel point la situation était critique.

Keaogh avait beau lancer du drobatouille à tout va, Murgleis demeurait inattaquable.

— Qu'est-ce qu'il fabrique ? demanda D'Allebard en levant la tête ?

— J'espère qu'il ne va pas nous gratifier d'une nouvelle cascade, s'inquiéta madame They.

Non, cette fois, Fred ne se laissa pas tomber de sa monture en plein vol, il lâcha simplement son épée à la verticale, juste au-dessus de Murgleis. En le touchant, l'arme de Fred vola en éclat, mais déstabilisa son adversaire.

Excalibur en profita pour porter un coup violent qui surprit Murgleis qui avait baissé sa garde. En se frottant, les deux lames produisirent un éclair. Un éclair rouge. Excalibur venait de réintégrer un de ses biens.

Le duel reprit. Buce et Excalibur revinrent en force et leurs coups parvinrent à faire reculer Murgleis. Fred remarqua que Murgleis ne combattait pas aussi furieusement avec Excalibur, qu'avec l'arme d'Alex. Il fallait exploiter cette faille.

Il descendit en piqué et parvenu à hauteur de Ryd lui brailla : il faudrait emmener Alex faire un tour !

Keaogh renonça à deviner le plan de Chirivel. Il avait accepté depuis longtemps l'idée qu'il fallait faire confiance à ces deux gnarnuls pleins de ressources.

Il lui fallait une monture. Un cheval plus solide que celui à bascule qu'il avait confectionné sous les yeux de Parvus. Et en plein hiver, en rase campagne, à part les branches, le seul autre matériau disponible, c'était la neige !

Il baissa son bras endolori de tant de drobatouilles prononcés. Le duel pouvait continuer sans lui les prochaines minutes, l'étincelle de force recouvrée par Excalibur suffirait à maintenir le groupe hors de portée des attaques de Murgleis. Il avait un cheval de neige à construire.

Chacun eut une partie bien définie à monter. D'Allebard la tête, son fils et Peyotl les jambes. Avec Théodora, il s'était réservé le corps, plus complexe et plus volumineux aussi. Il eut recours à deux formules pour accélérer sa fabrication.

Au final, le cheval avait plutôt l'air d'un cochon, il était trop court sur patte et sa tête était ronde. D'Allebard reconnut qu'il était difficile quand on a l'habitude de faire des bonhommes de neige, de faire une tête allongée ! Mais Keaogh n'en avait cure. Il avait une base. Cela lui suffisait. Il apporta la touche finale en ornant son front de la pierre de Yazd.

— Je suis curieuse de voir comment tu vas transformer ce *cochon de neige* en destrier ! taquina l'ancienne scriptoriste.

— Le plus simplement du monde : par un FRANGOFRACTUM !

Il avait décidé d'adopter la méthode d'Agathine : lancer la formule sans réelle préparation en pensant que cela est réalisable. Manœuvre risquée… Mais elle avait réussi à transformer des tunnels en ligne de métro, il pouvait bien faire un cheval rembourré d'un cochon de neige !

Bien sûr, il lui manquait sa crinière, sa queue, et la texture qu'il avait espéré tenait plutôt de la neige solidifiée que du rembourrage mais son moyen de transport était là.

Il enfourcha sa monture et partit happer Alex au vol.

Chirivel empoigna Excalibur et s'enfuit avec elle au-dessus du lac, Murgleis à ses trousses. Ne sachant quel rôle jouer, Keaogh patienta au-dessus de la berge. Dès la seconde où il vit Bilichilde monter en piqué, Alex sut ce qu'il avait à faire. Il recommanda à l'Anglais de se tenir prêt à intervenir. Comme pour les cliquabœufs, cette manœuvre produisit son effet de surprise. Au moment où Fred se sépara de la vouivre, Murgleis continuait sur sa lancée et reçut le plus puissant coup de revers qu'il ait essuyé.

— Maintenant Ryd !

Keaogh fonça à tombeau ouvert sur Murgleis, Barst-Rathen à l'avant le guidait, tenant son arme non pas comme une épée, mais comme une batte de base-ball.

— Buce, j'espère que tu vas encaisser. Je ne vais pas te perdre maintenant que je t'ai trouvé un nom !

Ce qui se passa ensuite reste confus dans toutes les mémoires.

Le choc des lames fut si puissant que le *cheval de neige* partit en vrille.

Murgleis lui, prit le chemin de l'Avalon. En route, il se heurta à la vouivre et lui sectionna la queue. L'animal, en pleine phase de récupération de son pair, fut saisi de soubresauts et bondit dans tous les sens. Murgleis acheva sa disgrâce d'un plongeon fatidique. Une nappe noire se répandit à la surface du lac comme si la teinture du mal se dissolvait, immédiatement emprisonné par une auréole argentée qui elle-même, finit par disparaître, juste au moment où Keaogh, Barst-Rathen et leur *cheval* firent leur entrée dans l'eau dans un plouf monumental. La monture se désagrégea sur le champ. Keaogh n'eut pas le temps de regretter la pierre restée incrustée sur son front. Elle avait certainement déjà touché le fond. Alourdi par sa tenue d'hiver, il se préoccupait surtout de rester à la surface. L'eau était glaciale et commençait à traverser l'épaisseur de ses vêtements. Il buvait la tasse lorsqu'il se sentit happé par des mains solides qui le hissèrent à bord d'une barque. Alex était recroquevillé à ses côtés et serrait Buce entre ses mains tremblantes. Le pommeau de l'épée devint incandescent et petit à petit, les spasmes du jeune homme se calmèrent. Keaogh tourna la tête pour identifier ses sauveteurs : la plupart étaient vêtus de tuniques, de sur-tuniques, de capes ou de longs manteaux. La couleur, la richesse et l'épaisseur des tissus variaient. Il y avait deux femmes assez âgées et crasseuses. Tous ces gens empestaient des odeurs oubliées depuis des siècles. Aucun d'eux n'était mouillé ! Il en déduisit qu'être libéré d'Avalon dispensait de baignade!

Sur la berge, personne ne prêta attention à la procession qui mettait pied à terre. Madame They, Peyotl et les autres couraient dans tous les sens pour éviter de finir brûlés par les flammes de douleurs crachées par la vouivre. Fred se maintenait en équilibre tant bien que mal en s'agrippant comme il le pouvait à une pointe de crête. L'animal cherchait frénétiquement à calmer sa douleur.

— Atterris sur la neige, lui conseilla Fred. Lorsque sa mère travaillait à l'hôpital, il avait vu des amputés arriver avec le moignon plongé dans de la glace, il se dit que cela pourrait peut-être marcher sur une queue de vouivre.

Fred s'en était souvent remis à l'instinct de son pair ces derniers jours. Au tour de l'animal de faire confiance. Il cessa de battre des ailes et descendit en planant pour finir par racler le sol enneigé. Bilichilde déracina une paire d'arbres avant de s'arrêter tout à fait. Elle ne bougeait plus, respirait fortement.

— Billy, Billy, hurlait Fred qui avait sauté à terre et courait de la queue à la tête de l'animal.

Les autres les avaient rejoints.

— Billy… BILLY !!!

Un râle faiblard lui répondit.

Madame They prit le jeune homme dans des bras.

— C'est fini, Fred Chirivel, c'est fini…

5

Oui maman, tout se passe bien. Mais non, je ne suis pas triste. C'est seulement… c'est notre dernière journée au village et je me suis tellement amusé… Non, on ne sait pas encore l'heure à laquelle on rentre. On prendra certainement la route demain après-midi. Passez un bon réveillon. À bientôt.

Fred préférait abréger la conversation. Sa mère aurait fini par se douter qu'il ne lui disait pas la vérité, une mère sent ces choses. De plus, personne n'utilisait de portable ici, ce n'était pas le moment - même si au bout de trois jours la curiosité à leur égard s'estompait - de se faire remarquer. Ils étaient les premiers étrangers au magos à avoir franchi le dolmen ! Et le moins que l'on puisse dire, c'est que leur arrivée n'était pas passée inaperçue. Une barque, des anciens d'Avalon, des gnarnuls en armure, une vouivre !

Ils furent immédiatement pris en charge par un *panseur* qui soigna le genou d'Agathine, le bras de Keaogh et la fièvre d'Alex, entre autres.

La ville de Kernach avait subi quelques tumultes après la visite de Charoniax et ses cliquabœufs. Plusieurs bâtiments et habitations avaient été endommagés. On déplorait des morts, parmi lesquels certains des plus hauts membres du

Cromlech et de quelques puissantes familles installées ici depuis la nuit des temps.

Le groupe se voyait peu, à part hier, à l'occasion de leur audience auprès du nouveau quorum du conseil du Cromlech. Les pontifs avaient bien évidemment manqué s'étouffer en voyant qu'un farlaff et un murmol avaient choisi des gnarnuls comme pairs, mais ils furent bien forcés d'admettre que cette association avait risqué sa vie pour toute leur communauté. En conséquence, ils furent admis comme *visiteurs extraordinaires*. Une fois le conseil terminé, chacun vaqua à ses occupations. Les D'Allebard, accompagnés des trois quarts des anciens d'Avalon, repartirent hanter la bibliothèque.

Peccorino fonça au *Dragon Gavé*. Maintenant qu'il avait récupéré son bras en chair et en os, l'Italien se refaisait une santé en fréquentant assidûment cette échoppe.

Alex fila chez Giselli, le maître d'arme : Buce s'était fendue légèrement et le farlaff tentait de redresser sa lame. Irina (qu'on eut toutes les peines du monde à faire descendre du tilleul), s'était liée d'amitié avec la patronne du *Zénana*, une friperie et n'en décanillait plus. Quant à Ryd, personne ne l'avait vu depuis deux jours. Comme Peyotl, il s'était évanoui dans la nature. Chirivel espéra que tous seraient de retour pour le repas de réveillon, dont il avait entendu dire qu'il serait exceptionnel cette année. Il avait déambulé toute la matinée dans cette ville hors normes, impressionné par les commerces, si différents de Mâche-la-Poix mais si proches du Magos Mobilis. Parvus lui manquait, Billy lui manquait. Il consulta sa montre : encore deux heures avant le lancement des festivités. Il ferait mieux de rentrer se préparer. La résidence de l'Académie où on les avait logés était à l'opposé de la ville et la navette passait toutes les demi-heures. Seules les They, hébergées par des parentes, restaient en ville. Il sourit à l'idée d'Agathine faisant connaissance avec d'autres membres de sa famille, tous des druides ! Elle devait être mortifiée…

6

En fait, Agathine n'avait jamais autant attendu un réveillon que celui-ci. Elle allait retrouver ses compagnons d'aventure.

Les parties de cache-cache incessantes avec ses aïeuls l'épuisaient. Elle ne pouvait plus supporter ces tantes, oncles et autres qui ne cessaient de se lamenter sur la perte du magos de sa mère dont elle n'avait pas hérité.

— *Ah, il va falloir que tu nous fasses des enfants au plus vite, ma petite, que ta mère puisse leur transmettre ses connaissances !*

Pour qui la prenaient-ils ? Une Juliette qui se marie à quinze ans !

La coupe fut pleine lorsque les vieilles rombières voulurent mettre leur grain de sel dans la tenue qu'elle allait porter pour le bal de ce soir. Elle avait refusé tout net.

Une escapade en compagnie d'Irina au Zénana lui avait fait le plus grand bien. Et Irina s'était surpassée. Elle lui avait concocté une robe en velours de soie bleu gradué accompagné d'un bustier cloqué orné d'ocelles. Ce clin d'œil l'amusait.

De retour dans sa chambre, elle échangea discrètement son psyché murmol avec celui farlaffé de la chambre voisine. Elle put ainsi admirer sa robe de bal qu'elle tenait à bout de bras sans entendre de commentaires, ni risquer de se faire «griller».

La porte de sa chambre s'ouvrit toute grande et sa mère fit une irruption énergique.

— Gat, tu as vu l'heure qu'il est, et tu n'es pas encore prête !

— Maman ! Il nous reste encore 30 minutes et la Chambre du Cromlech n'est qu'à deux pas! Le temps ne s'écoule pas plus vite ici qu'ailleurs!

— Si seulement cela se pouvait!

— Quoi?

— Rien, presse-toi, veux-tu?

Cela lui en bouchait un coin ! Sa mère n'argumentait même pas! Tout cela était louche!

— Maman? Tout va bien?

— Bien sûr ma chérie! Tout baigne! J'ai perdu un excellent ami, j'ai perdu ma magie, des mémos se baladent dans la nature alors qu'ils ne devraient même pas exister, mes retrouvailles à Kernach sont une véritable catastrophe! Mais un dangereux ponce-pirate a quand-même été mis hors d'état de nuire ! Le nirvana !

Son visage s'était décomposé au fur et à mesure de ses récriminations.

Agathine réalisa à quel point sa mère avait les traits tirés, avec l'air hagard de quelqu'un qui vient de sortir du désert.

Ne sachant que dire, elle exprima la première pensée qui lui vint en tête en se demandant si elle n'avait pas fait de transfert avec Irina, tant la gaffe fut énorme!

— Tu t'en remettras. Tu t'en es bien remise la première fois

— Quoi?

Trop tard pour revenir en arrière, autant boire la coupe jusqu'à la lie!

— La première fois, tu as perdu ton fiancé et cela ne t'a pas empêchée de te marier et de m'avoir. Alors, je me dis que pour le magos et le reste, tu t'en sortiras. Tu remontes toujours la pente!

— C'est Parvus qui t'a parlé de Yonatas ?

— Non. J'ai surpris une conversation entre Peyotl et Blochet…

Agathine avait l'impression d'avoir ouvert un tube de baume apaisant. Depuis qu'elle eut prononcé le prénom de l'ancien fiancé de sa mère, son visage s'était radouci, quelques rides s'étaient estompées. La tension palpable de sa mère avait disparu.

Le silence s'était invité dans la pièce, pas un de ces silences de gène ou de colère, plutôt un moment propice au recueillement entre la mère et la fille.

Un grand soupir sortit de la poitrine de Théodora They.

— On devait se marier une fois notre troisième triskèle obtenu, avoir des enfants… Parvus attendait ce moment avec impatience. Charoniax… Charoniax a tout détruit. Le monde des gnarnuls a été une bouffée d'air frais !… Et puis j'ai rencontré ton père, tellement différent de Yonatas! C'est ce que je voulais… m'éloigner de tout ça… te protéger de tout ça.

— … En continuant tes « lustrages murmols » !

— Agathine ! On en revient toujours là, n'est-ce pas!

— Le magos !

— Le magos !

Silence à nouveau dans la chambre.

— Tu es déçue?

— Quoi?

— Tu es déçue que je n'aie pas hérité ?

— Vu les derniers évènements, je serais plutôt soulagée ! Imagine ! Si tu avais possédé, ne serait-ce qu'une once de magos ! Les responsabilités qui auraient pesé sur toi, l'autre seul druide du groupe!

— Alors, dis à tes vieilles rombières de me fiche la paix ! Je ne vais pas me marier à un druide et leur offrir une descendance pour leur faire plaisir!

— Agathine ! Etre déçue ne signifie pas ne pas avoir de regrets !

En fait, Théodora n'était que faussement offusquée. Le clan l'avait suffisamment asticotée sur le magos depuis deux jours : elle comprenait que sa fille ait envie d'entendre parler d'autre chose un soir de réveillon. Elle tenta un autre sujet de conversation.

— Tu as une robe superbe. C'est quoi ces trucs bleus, on dirait des yeux !

— Oh ! Ne me demande pas ! Je n'en ai aucune idée ! Une des nombreuses créations loufoques d'Irina !

— Eh bien, au moins une que le magos inspire !

7

Cela faisait un bon quart d'heure que Tristan D'Allebard se tenait devant l'arche menant à la chambre du Cromlech. Il ne parvenait pas à en monter les marches. Son père patient se tenait à ses côtés.

— Si tu n'as pas froid, on peut encore attendre. Personne du groupe n'est encore là.

— Oui, je… c'est ça, attendons que les nôtres arrivent.

Tristan était reconnaissant envers son père. Il était mal à l'aise à l'idée de traverser une nouvelle fois cette salle. C'était ridicule, cette impression que Charoniax et ses sbires pouvaient surgir de n'importe où, à tout moment. La présence de l'équipe le rassurait.

— N'y pense plus, fils.

— Hum !

— Arrête de ressasser les derniers évènements ! Tu te fais du mal pour rien !

— Si je n'avais pas tant voulu t'épater !

— Ah ! Avec des si ! Si je n'avais pas tant mon nez fourré dans les livres, j'aurais vu que mon fils avait besoin de moi, qu'il veut partager autre chose que des bouts de papier !

— Plus maintenant !

— Il est certain que des vieux papiers qui parlent et racontent des histoires en filmographie directe…

Le père et le fils partirent d'un grand éclat de rire.

— Ce n'est pas que je déteste ta paperasse, mais de temps en temps, si tu pouvais faire une pause et me parler… d'autre chose.

— Entendu, conclut Gaberick d'Allebard, en tendant la main à son fils pour la serrer. Et de quoi tu voudrais que l'on parle?

— Mais, je… je ne sais pas moi !

Un carrosse sans chevaux, ni conducteur stoppa devant eux : la navette universitaire avait revêtu sa tenue d'apparat et modifié son itinéraire. Alex et Fred en sortirent. Leur cape laissa apercevoir des gilets frappés aux effigies de leur pair : une vouivre dorée sur fond bleu pour Fred et un gilet matelassé argenté dont les énormes boutons couleur rubis rappelaient le pommeau de Buce. Ils avaient troqué leur armure contre des souliers vernis et des pantalons assortis à leur gilet. Du velours bleu pour l'un et de la toile gris argenté pour l'autre.

Exceptionnellement, Fred avait laissé ses cheveux en liberté.

— Nous sommes les premiers ? interrogea-t-il.

— Un défilé de navettes depuis une demi-heure : étudiants, membres du Cromlech, commerçants… il ne manque plus que nous, je pense… Quelqu'un a vu Théodora ?

— Non, monsieur D'Allebard. Mais voici une démarche guillerette bien connue. Holà Peccorino ! interpella Alex.

— Qu'est-ce qu'il a encore bu au *Dragon Gavé,* ricana Fred.

Tristan et lui allèrent au devant pour le soutenir, le sol était couvert de neige boueuse, et il risquait la mauvaise chute.

Une voix féminine plaisanta derrière le dos de Gaberick D'Allebard.

— Peccorino a toujours été un émotif. Ça lui passera. D'ici une semaine, il sera redevenu lui-même.

— Théodora et Agathine. Ces couleurs de capes vous vont à ravir.

— Flatteur, Gaberick.

— Attendez de voir Irina.

— Tu veux parler de cette chose fluorescente qui sort de Zénana ? Ah, elle est accompagnée de Pénélope Radegonde. Un deuxième ver luisant ! Elles sont bien assorties toutes les deux !

— Il parait que madame Radegonde la prendrait comme apprentie pendant les vacances gnarnules, grimaça Alex.

— Sous réserve que le Cromlech accède à cette demande. Ils mettent parfois des mois avant de se décider... Bonjour petites lucioles ! Entrons, il fait un froid de nullandouille ici.

— Mais maman, on n'attend pas…

– Ryd et Peyotl sont assez grands, ils nous rejoindront plus tard. En route !

8

L'appréhension de Tristan fondit comme neige au soleil devant l'accueil chaleureux que la chambre réserva au groupe. Il y eut un petit flottement dans l'assistance, un léger silence. Puis les conversations reprirent là où elles venaient de s'interrompre. Ils n'étaient plus une curiosité. Le nouveau président de la Chambre, un vieux druide lourdaud aux cheveux mi-longs encore plus mal coiffés que Ryd Keaogh vint à leur rencontre. Comme tous les membres du Cromlech, il portait une tunique ocre avec en bandoulière une écharpe au bout de laquelle pendait un médaillon gravé d'une balance.

— Très chère Théodora, chers amis !

Madame They le gratifia d'une révérence discrète.

— Président Jéodebodus.

— Prenez place, nous vous attendions pour lancer le repas.

Irina et Madame Radegonde se séparèrent. Des clients assidus de Zénana lui réservaient chaque année une place à leurs côtés.

La jeune Tassilov partit rejoindre Fred et Alex à la recherche de leur siège attribué. Peccorino n'avait pas attendu qu'on l'invite, il conversait déjà au milieu d'une bande de joyeux drilles. Probablement les habitués du *Dragon Gavé*.

— Il faut passer derrière les chaises. Celle qui se recule est votre place, expliqua madame They aux D'Allebard qui n'avaient pas encore bougé.

Lorsque chacun eut pris place, le président Jéodebodus réclama le silence et leva sa coupe.

— Druides de Kernach, ancêtres d'Avalon, gnarnuls d'ailleurs. Cette fin d'année ne ressemblera jamais à aucune autre. Notre communauté ne ressemblera à aucune autre. Nous sommes en train de nous ouvrir au monde extérieur en les laissant entrer à l'intérieur. Pour ceux que cela inquiète, laissez-moi vous dire que de mémoire de druide, je n'ai jamais rencontré de jeunes gens et jeunes filles aussi valeureux et dotés d'abnégation. Je n'oublie pas qu'ils ont été épaulés par des confrères et des pairs de renom. Ayons une pensée pour notre ami Parvus, et levons nos verres au courage du murmol Bilichilde, soignée actuellement par nos ancêtres d'Avalon, sans oublier l'incroyable revers de Buce qui nous permet aujourd'hui d'être des druides libres.

— À Parvus, Buce et Bilichilde !

— Très joli sermon. Du vivant de Parvus, vous n'en n'aviez jamais servi d'aussi poignants.

— Du vivant du Président Dagobard, avoir une opinion contraire à la sienne nuisait terriblement à votre progression sociale. Ne croyez pas que j'approuve tout ce que Parvus et vous avez fait. Vous n'y êtes pas allés de main morte ! Mettre des mémos entre les mains de gnarnuls ! Et je ne parle pas de cette vouivre dont vous nous aviez caché l'existence !

— Ne jouez pas l'innocent Jéodebodus, comment croyez-vous que nous avions arrêté Charoniax la première fois?

Le président balaya l'argument d'un geste agacé.

— Comprenez que nous ne pouvions pas laisser un animal de cette trempe entre les mains d'un jeune sans magos, ni formation !

Il s'adressa à un gaillard souriant assis à sa gauche.

— Ouvrez le banquet, Wandéric.

Wandéric n'avait pas l'habitude de faire des allocutions en public. Il se leva, remit à plusieurs reprises de l'ordre dans sa tunique, tira sur son écharpe et son médaillon, passa sa main dans une chevelure imaginaire (il était chauve !). Enfin, il se racla la gorge :

— Oyez ! Oyez ! Tables et chaises, l'heure est venue au banquet de s'ouvrir !

Ouvrir le banquet était bien la formule appropriée. Dès l'annonce faite, les tables rectangulaires se vidèrent de leurs verres et tant pis pour Peccorino qui n'avait pas fini le sien ! Elles s'élevèrent dans les airs, se contorsionnèrent pour redescendre en cercle fermé, semblable à une nacelle de manège, une table centrale en sus. Une porte s'ouvrit pour laisser entrer les convives. Une fois le plein d'invités effectué, la porte se refermait et la coquille décollait. Une nouvelle nacelle prenait place au centre et attendait la prochaine vague.

Madame Radegonde fit signe à Irina de se joindre à elle. Toutes les deux faisaient sensation avec leur robe aux couleurs de l'océan… particulièrement les vrais poissons exotiques en évolution autour du long jupon.

Un monsieur assez sévère habillé comme un gentleman de la belle époque claqua ses talons et salua le Cromlech, puis s'adressa à Alex.

— Barst-Rathen, nous feriez-vous l'honneur de dîner à notre table ? J'aimerais vous présenter à mes meilleurs troisièmes triskèles.

— Avec joie Maître Giselli. Ça ne vous dérange pas madame They si je…

Ça ne dérangeait pas madame They.

Barst-Rathen prit place dans la deuxième nacelle qui décolla.

— Cher Président, nous allons devoir vous fausser compagnie également. La famille me réclame. Elle a eu toutes les peines du monde à réserver une nacelle de six. Tu viens Gaty ?

— Excuse-moi maman, je ne me sens pas très bien, je vais rester un peu en bas. Je pourrai toujours monter en cours de route, non ?

Madame They n'insista pas.

— Souhaitez-vous partager notre table, Gaberick ?

— Merci Théodora, les bibliothécaires de l'Académie nous ont gardé deux places dans leur nacelle.

— Eh bien, il semble que tout le monde soit casé ! conclut Jéodebodus.

Il s'inclina devant D'Allebard et fit signe aux membres du conseil.

— Messieurs, il est temps de rejoindre notre nacelle.

— Tu ne vas pas rester toute seule en bas Gaty ! Viens avec nous !

— Franchement Tristan, je ne me sens pas à l'aise.

— Allez, allez, jeune fille. Pas d'histoire ! En voiture ! Tu verras, ce sont des gens charmants.

Avant qu'elle ne puisse exprimer la moindre contestation, Agathine se retrouva dans la nacelle. Personne ne fit attention à elle. Elle se recroquevilla dans un coin espérant que cela continue pendant le repas.

— Vous avez une robe tout à fait originale.

Elle sentit une main froide se poser sur son bras et sursauta.

— Pardon, vous disiez ?

— Je vous demandais d'où venait votre robe si… inédite.

— Oh, je… de chez Zénana.

— Vous êtes l'amie de la future apprentie de Radegonde ?

— Agathine They.

Et voilà, se dit Agathine. Dans deux secondes, je vais entendre le refrain. *La fille de… mais alors, vous avez hérité… Oh non, c'est bien dommage et patati et patata…*

— Vous êtes sûre que ça va ?

— Pardon ?

— Je vous demandais si ce n'était pas ces rombières de They qui vous avaient coupé l'appétit… Vous n'avez pas encore passé commande.

— Désolée, j'avais la tête ailleurs…

— Gaberick, cette jeune fille devrait devenir dresseuse de volants… elle est constamment dans les nuages.

La table partit d'un fou rire général.

— Je me moque et je ne me suis même pas présentée : Quiterie de Klerk, bibliothécaire principale de l'Académie.

Quiterie de Klerk avait les cheveux noirs, très courts, et des yeux gris vert qui viraient au vert prairie dès qu'elle blaguait. Ce qu'elle devait passer le plus clair de son temps à faire, au vu des innombrables rides d'expression qui parsemaient son visage, de la commissure des lèvres au pourtour de l'œil.

Agathine n'avait pas du tout envie d'engager la conversation avec cette Quiterie de Klerk. Il suffirait qu'elle lui dise qu'elle ignorait comment commander pour qu'elle en fasse des gorges chaudes. Elle repartit dans son silence.

La bibliothécaire ne poussa pas plus loin et reprit ses bons mots avec le reste de la tablée.

Agathine chercha sa mère du regard, mais avec ces nacelles flottantes qui changeaient d'angle tout le temps, c'était impossible à localiser. Enfin, elle la vit. Elle semblait s'amuser. Pas autant que Peccorino, bien évidemment… dans l'état avancé d'ébriété où il se trouvait, il ne finirait peut-être pas la soirée. À une autre table, Alex était en grande conversation avec d'autres jeunes. Ils devaient parler combat car leurs mains étaient en l'air la plupart du temps.

Mais… où était Fred ?

9

Dans une ruelle parallèle au magasin Zénana, on entendait au loin la fête qui battait son plein. Fred Chirivel ne cessait de dodeliner de la tête, il n'avait pas le cœur à la victoire.

Bilichilde était derrière cette échoppe : l'enseigne à la caravelle dorée. Il était passé maintes fois devant le perron mais n'avait jamais pu le franchir. À chaque tentative, il avait eu affaire à des anciens d'Avalon qui, sans même lui adresser la parole, lui faisaient bien comprendre que l'accès lui était interdit.

Mais cette fois, les sbires ne donnèrent pas signe de vie. Il reconnut sur le perron une des vieilles dames rescapée d'avalon. Il tenta sa chance.

— Oil donc, le p'tiot. T'viens voir ton pair ?

— Oui madame. J'ai entendu dire qu'on lui avait donné la barque comme socle.

- Hi Hi Hi, sourit-elle en montrant sa bouche édentée. Ma Dame !!!... J'aim' ben vot' époq'. D'mon temps, on m'ap'lait la boucsaindin !

La boucsaindin n'était plus aussi crasseuse qu'à sa première apparition. Ses cheveux interminables tout gris et crépus étaient maintenus dans un fichu.

Elle avait changé de vêtements et opté pour une tenue très orientale et bariolée, dont la coupe se rapprochait de ses lambeaux délavés initiaux.

— Vos parents ne vous appelaient certainement pas comme ça !

— Mes anciens ! Pff ! dit-elle en crachant par terre. Des fichtres 'narnuls ! Sans t'vexer ! La mauvaiz' eul qu'ils m'appelaient. Mon vrai nom, c'est Hilduine.

— Madame Hilduine, je peux voir Billy ?

— Sert point à grand chos', vu qu'elle est figée… Mais ent' donc pisqu' t'insist'!

Fred fit timidement un pas en avant. Il ignora le bac, et se dirigea vers la barque. Celle-là même qui avait sauvé Keaogh et Alex. Un animal qui n'avait plus l'air de rien se tenait, comme une figure de proue usée, la gueule avancée. Fred eut un haut le cœur lorsqu'il vit dans quel état se trouvait la vouivre.

En plus de la queue, il lui manquait les ailes à présent.

Il avança les mains pour caresser l'animal.

— Salut ma Billy. Tu t'es bien battue, tu sais. C'est pas fini pour toi. Tiens bon … Pourquoi vous lui avez coupé les ailes ?

— Ben, les arbres l'ont sacrément amochée ta bête. Tant qu'à voir', 'tant tout soigner. Approch' donc, qu'tu m'diz' si qu'tout y est.

Dans un liquide bouillonnant, mais limpide, on pouvait voir flotter une queue et deux ailes déployées. Fred regarda attentivement puis :

— La crête de sa queue est bien plus fournie et plus longue aussi. Pour les ailes… c'est possible de les faire encore plus fines ?

— Plus fines ! Faut qu'j'en cauz à Fastrade. Jamais vu d'ma vie dz' ailes plus fines que celles qu'y vient d'faire.

— Et puis…

— Que fait ce gnarnul ici. Dehors !

L'homme, de taille très moyenne mais de bonne corpulence, leur jeta un regard dédaigneux en se débarrassant de sa cape et de sa toque fourrée.

Contrairement à Hilduine, l'inconnu avait conservé ses habits d'époque, des habits de notable. Ses cheveux mordorés et abondants atténuaient ses traits saillants et faisaient ressortir ses yeux verts.

— Fastrade ! Pt'et ben qu'd'ton temps c'tait com'ca qu'on cauzait aux gens. Mais t'es pu chez toi. Pis t'as pt'et oublié qu'tu sors d'l'Avalon grâce au pt'it…

Ils se toisèrent du regard. Cette époque était tellement bizarre. Tant de choses avaient changé. Il se radoucit, d'autant que son vis-à-vis le dépassait d'une bonne tête.

— D'accord, d'accord, finissez, mais si jamais Stacfert vous voit, ça va faire des histoires.

— Dis voir un peu, l'gamin, y dit qu'y faut fair' dz' ailes plus fines.

La réaction de Fastrade fut identique à celle d'Hilduine.

— Plus fines ?

— Et au bout de chaque membrane, elle a des pointes.

— Acérées les pointes, je suppose !

— Ben mon gaillard, j'sais pas qui t'l'a fabriqué ton murmol, mais ça d'vait et' un sacré morceau !

— Hilduine, voilà Stacfert !

— J'l'entends aussi, j'chui pt'et' vieille mais point sourte.

Elle se mit à siffler, pas comme on siffle un air joyeux, plutôt comme on parle. Ses yeux bleus devinrent vitreux et l'on entendit des jurons de l'autre côté de la porte.

— Peyotl, cessez de vous trémousser comme un ver et venez me relever.

— C'est que le sol est très glissant et je risque de tomber aussi, répondit Peyotl d'une voix enjouée.

Suivirent des borborygmes sans fin.

Apparemment, Stacfert s'initiait au dérapage.

— Hi, hi, hi ! J'ai point perdu la note !... Allez mon p'tit. Fais tes adieux. Peux pas l'laisser dans la mélasse éternellement, y finirait par comprend'.

— Je suis sûr que ces gens vont te soigner : leur magos est tellement plus puissant que celui de notre époque!

Il gratifia la vouivre d'une ultime cajolerie et suivit Fastrade dans une autre pièce.

— Hilduine a tort de prendre Stacfert à la légère. Elle ne sait pas comme moi de quoi il est capable.

— Je pense que si, monsieur Fastrade et que c'est justement pour cela qu'elle nous aide. Il est fort, je le sais. C'est lui qui a renvoyé Billy sur le socle sans connaître la formule !... Hey... mais nous avons traversé la paroi !

— Faudra que je l'apprenne au jeune étranger celui-là. Il est facile, pourtant plus personne ne l'utilise !

— Les druides n'ont plus besoin de s'enfuir depuis longtemps.

— Ça se pourrait que ça revienne !

Chirivel n'eut pas le temps de remercier son guide. Il avait déjà retraversé la paroi. Il jugea prudent de ne pas s'attarder.

Maintenant qu'il avait la certitude que Billy était en de bonnes mains, il se sentait de meilleure humeur. Cette madame Hilduine avait plus d'un tour dans son sac et ne s'en laisserait pas compter par Stacfert. Fastrade avait l'air d'un brave gars. Et puis il y avait Peyotl.

En chemin, une silhouette reconnaissable entre mille grâce à sa coupe de cheveux, hâtait également le pas vers l'arche.

— Ryd ! Vous revoilà enfin ! Attendez-moi ! On se fera moins remarquer à deux !

Rien n'était moins sûr. L'Anglais portait toujours les mêmes vêtements que ceux de la bataille, juste un peu plus poussiéreux.

— Salutations Fred. Vous ressemblez avoir touché le bonheur ! Bonne nouveauté ?

— Excellente ! Dites-moi. Ça ne s'arrange pas votre potion… Pourtant, cette fois elle a été préparée par les anciens !

— Les potions de dialectes ne tombent pas complètement dans les pommes. Certainement qu'une assaisonnement de ma potion est ennemi avec la leur.

— Mais cela a marché pour celle aux 90 phrases !

— Fondée par Merlin ! Très herculéen Merlin !

— Enfin, heureusement que leur potion a marché sur eux ! Je m'imaginais mal leur parler en vieux français, voire en latin !

Ils venaient de passer la porte centrale.

— Ryd, vous ne comptez pas rentrer dans cette tenue !

— Oh ! Platitudes ! *Sylvestriumvirat* !

Un tourbillon de paillettes entoura Keaogh qui, une fois dissipé révéla un jeune homme en queue de pie à la coiffure impeccable ! Un vrai miracle !

Ils poussèrent la porte et furent assaillis par une onde de chaleur insupportable.

— On étouffe ici !

—Il y a beaucoup de brasserie d'air. Abandonnez votre cape et grimpons dans une boule.

Des rires étouffés s'échappaient d'une nacelle qui s'arrêta à leur hauteur. La tête de D'Allebard père en émergea.

— Fred, te revoilà parmi nous. L'air du dehors t'a fait du bien on dirait. Tu es moins pâlot que tout à l'heure. Tristan te cherche, il est dans la nacelle violette avec Agathine.

La nacelle reprit sa route, emportant avec elle les rires qui avaient repris de plus belle.

— Vous savez comment on la fait descendre, Ryd ?

— Je suppositionne qu'il faut la désigner.

— Violette, violette, on voudrait monter !

La « violette » effectua de petits soubresauts pour perdre de l'altitude et ouvrit sa porte.

Tristan se précipita au devant de Fred.

— Pas trop tôt, viens, je dois absolument te présenter un ancien. Ryd, essayez de faire manger Agathine, elle n'a même pas encore retiré sa serviette du rond !

La nacelle patienta que l'échange de convives se termine et reprit son ascension en douceur.

— Tu as l'air morfondue !

— Toute cette magie me fatigue. Enfin, pas la magie, mais en entendre parler toute la journée... magos par-ci, magos par-là...

— Les vieux cartons ne t'ont pas laissé la paix.

— Moque-toi, c'est ça… Ça te démange de me dire qu'il suffit que j'accepte « *M…* » pour qu'on me laisse tranquille.

— Pas du tout. J'allais te dire de retirer la serviette du rond.

Elle ne voyait pas en quoi le fait de déplier sa serviette allait lui remonter le moral, mais elle n'avait plus que cela à faire.

Dès que le tissu violet fut retiré de son support, une fée diaphane s'en détacha et se mit en mouvement.

— Bienvenue à bord de la violette. Tu t'es enfin décidée sur le choix du menu ?

— Je heu… Il y a une carte ?

— C'est pas vrai ! Encore un nouveau qui n'est jamais sorti de son trou ! Pas de carte, c'est toi qui choisis… Alors…

— Je… heu…

— Coupe de rosée du matin, salade de litchis aux noix et… papillote caramélisée de grenouille.

— À votre service.

— Ryd, tes progrès en français sont étonnants.

— Pas étonnant, un menu internationaliste.

— Et… C'est une vraie fée ?

— Où as-tu mis ta tête ? As-tu ausculté les alentours ? Ce sont des fées du logis.

Pour la première fois depuis le début de la soirée, Agathine leva les yeux sur la salle : partout autour des nacelles, des fées travaillaient, prenaient des commandes, apportaient les plats, débarrassaient.

Une ruche magique en action. Ça riait, ça chantait… la fête.

— C'est vraiment très beau Ryd… mais ma chambre me manque, mes amis normaux me manquent.

— Et nous, bien sûr, on compte pour du beurre !

Cette voix ! Cette voix de crécelle !

— Odda, qu'est-ce que tu fais dans la poche de Ryd ! Non, ne sors pas ta tête, on pourrait te voir. Et Gink, il est là aussi ?

— Bien sûr que je suis là, j'ai passé une semaine dehors à cause de toi ! Il serait temps que je me réchauffe. C'est très mauvais pour mes feuilles ces basses températures.

Agathine ne savait plus si elle devait rire, pleurer, se fâcher contre Ryd.

La fée violette réapparut chargée de la commande.

On lui donna congé.

— Bon, maintenant que plus personne ne va venir nous déranger, on la fait cette fête !

Table

Parus aux Editions ATRIA

Biographies

Henri Darbes	**Les enfants de Chiris**
José Herbert	**L'instituteur impertinent**
Tony Willer	**Le bruit des bottes**

Romans

Vincent Bartolone	**Gueule de bois et jambe de verre, un masquelour à la mer**
Florence Boulanger	**La trilogie**
	►Max
	►La tête dans les pieds
	►Renaissances
	La République de Socrate *(théâtre)*
Hélène Calvez	**Le diable dans la cuisine**
José Herbert	**Signé la grande faucheuse**
Didier Hermand	**Embrasse les vivants pour moi**
	Pleure pas Noëlla
	Le secret de Marine
	Les lettres de Lou
Guy Leclercq	**Le bonheur de Félix**

Anticipation / Science Fiction / Fantastique

Paul Renard	**La 10ème Planète**
Gilles Warembourg	**L'œil du calamar**

Fantasy

Noureddine Seoudi	**Sîn le dernier poète**
Valérie-Anne Henrard	**Agathine et les murmols**

sepec
L'imprimerie spécialisée dans le livre

Achevé d'imprimer sur les presses de la SEPEC
1 rue de Prony - 01960 PERONNAS

www.sepec.com
Tél : +33 (0)4 37 62 11 06

Dépôt légal : Septembre 2009

IMPRIM'VERT®